国家示范性高等职业院校创业教育教材

主 审 夏晓军

温州人精神简明读本

主 编 祝宝江
副主编 蒋景东

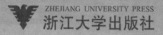
ZHEJIANG UNIVERSITY PRESS
浙江大学出版社

图书在版编目(CIP)数据

温州人精神简明读本 / 祝宝江主编. —杭州:浙江大学
出版社,2009.2
ISBN 978-7-308-06511-5

Ⅰ.温… Ⅱ.祝… Ⅲ.永嘉学派－研究资料 Ⅳ.B244.92

中国版本图书馆 CIP 数据核字(2008)第 213082 号

温州人精神简明读本

祝宝江　主编

责任编辑	周卫群
封面设计	刘依群
出版发行	浙江大学出版社
	(杭州天目山路 148 号　邮政编码 310028)
	(E-mail:zupress@mail.hz.zj.cn)
	(网址:http://www.zjupress.com
	http://www.press.zju.edu.cn)
	电话:0571—88925592,88273066(传真)
排　版	杭州中大图文设计有限公司
印　刷	杭州浙大同力教育彩印有限公司
开　本	787mm×960mm　1/16
印　张	13.25
字　数	231 千字
版印次	2009 年 2 月第 1 版　2009 年 2 月第 1 次印刷
书　号	ISBN 978-7-308-06511-5
定　价	23.00 元

温州人的创业独具特色

（代　序）

　　温州人在创业创新实践中推动经济的不断发展和社会的不断进步，又在创业创新的实践中锻炼提高着自身的各项素质和创业创新的能力，进行着人自身的创新，推进了人自身的文明建设，逐步形成了独具特色的人文精神品格。温州人身上蕴涵着一种令人折服的精神素质。

　　温州人精神，又称温州精神。它是处于创业创新时期的温州人的共同理想、信念追求、价值取向、行为态度等因素的组合，是通过社会实践的融汇、培养、凝聚而形成的一种观念和意识。20世纪80年代的温州人精神，为人所称颂的主要是"四千"精神，即，走遍千山万水，历尽千辛万苦，说了千言万语，想出千方百计，以千家万户的生产经营，适应着千变万化的社会需求。这体现出温州人的吃苦耐劳、不断追求、奋力创业的精神风貌。90年代，温州人精神被概括为"四自"精神，后来又表述为"四敢"精神。1993年温州进行第二次创业，讨论"温州人精神"，概括为"四自"精神，即：自力改革，自担风险，自强不息，自求发展。1998年10月温州市第八次党代会报告概括温州人精神为"敢为人先，特别能创业"。后来我把温州人精神概括为"四敢"精神：敢为人先，敢冒风险，敢于创业，敢于创新。2005年5月，温州城市精神被概括为"敢为人先，民本和谐"。

　　温州人身上最重要的一是商业智慧，敢为人先，富有新的创意；二是合作精神，共生共赢，善于集聚优势。

　　敢为人先，是温州最具特色的精神品格。

　　敢为人先，表现为改革开放以来温州人奋力创业中的不断创新，表现在温州人做生意搞经营屡有新的理念、新的创意和新的办法。温州，发展源于创新，活力来自创新。温州因创新而生机勃勃，人们因创新而生龙活虎。今天，创新，因为量多面广，而变得更为平常，因为深入社会，而变得"润物细无声"。

　　创新，是温州发展生生不息的动力；创新，是温州人的品格和灵魂。不断创新，是温州人一贯的精神品格，正在成为温州人最重要的一种能力。致力于创新的温州人，又在创新活动中锻炼和提高着自身，进一步树立创新意识，培养创新能力，一点一滴地塑造着新的人。创新激活了社会生产力，创新也升华了人的潜能，推进了人的发展。

共生共赢，是温州人精神的另一个重要方面。

民营经济发展中，温州人合股经营、集聚经营、虚拟经营、跨国经营，在经营理念上有一条主线，那就是"创新共生，合作双赢"。合作，重在借力经营。合作，就要合指为拳，形成战略联盟，优势互补，互利共赢，就要整合资源，集聚优势，赢取合作双方共同的更大利益。双赢，是要将存在于传统竞争关系中的非赢即输的二维关系，改变为更具合作性，共同谋求更大利益的三维关系。

温州人做生意，讲的是"生意大家做，你好我也好"，"总不能算来算去，算到人家不敢跟你做生意"，温州人懂得"我有利，客无利，则客不存；我利大，客利小，则客不久；客我利相当，则客可久存，我可久利"的经商之道。温州人讲人情，重视社会资本，注重商会、行业协会的建设，以信任、诚信构建更多的企业联盟，为学习和创新而结成网络。十多年来，注重产业集群的形成，现在则更加注重创新集群的建构。

正是有了温州人精神，我们取得了比较快的发展速度；正是有了温州人精神，我们形成了富有特色的温州经济格局；正是有了温州人精神，温州取得了市场经济的先发优势，创造了许许多多的"全国第一"；正是有了温州人精神，才使温州人闻名全国，闻名世界。温州人精神，成为中国发展市场经济过程中重构现代人文精神的来源之一，影响了中国人，激励着中国人。

进入 21 世纪，我们要继续把体现时代特征的新精神融入到温州人精神中去。温州人精神建立在改革和发展实践的基础上。它的形成和发展，是一个历史的过程，随着时代的发展、社会经济文化的变迁而更新，随着人们思想观念的变化而变化，我们要在不断弘扬温州人精神的同时，推动温州人精神的与时俱进，赋予其时代的新特征，不断增加其新的内涵。

洪振宁

2008 年 12 月 5 日

前　言

　　教育部和财政部联合组织实施国家示范性高等职业院校建设计划,对加快我国高等职业教育的改革与发展产生了空前的推动作用,入围该计划的 100 所国家示范性高等职业院校,由此产生了强烈的社会责任心和历史责任感。示范什么? 怎么示范? 这些问题摆在了我们面前,需要我们进行不断的思考与实践。

　　教育部、财政部《关于实施国家示范性高职院校建设计划,加快我国高等职业教育的改革与发展的意见》指出,高等职业教育必须主动适应社会需求,以加强基础能力建设为切入点,切实把改革与发展的重点放到加强内涵建设和提高教育质量上来,增强培养面向先进制造业、现代农业和现代服务业的高技能人才的能力。作为示范院校之一的温州职业技术学院,在《国家示范性高等职业院校项目建设任务书》中明确提出了三个建设目标:与民营经济互动,与行业企业共赢,使学院"依托行业、产学结合"的办学模式成为全国示范;创新实践教学模式,突出生产性实训功能,使学院"三个合一"的高技能人才培养实训基地成为全国示范;弘扬"敢为人先,特别能创业"的温州人精神,使学院以创业教育为特色的职业素质教育体系成为全国示范。为了把"敢为人先,特别能创业"的温州人精神教育引入学生职业素质教育,传承与弘扬温州人的创业精神,使学生"懂创业、能创业",学院组织开发了创业教育校本教材,《温州人精神简明读本》应运而生。

　　教材分为五章,第一章温州人创业精神;第二章温州人创业意识环境;第三章温州人创业意识演绎;第四章温州人创业意识实践;第五章温州人"敢为人先与民本和谐"。这部教材是我们对高职教育如何与区域文化结合,如何传承和弘扬区域文化所做的尝试,是示范建设工作中构建创业课程体系的一个举措,并将在实践的基础上予以提高,也期待同仁们共同推进新一轮的高职示范特色建设。

夏晓军

2008 年 12 月 8 日

目 录

第一章

温州人创业精神 ≫ ≫ ≫ ≫

第一节　温州人的创业精神

一、温州人有一种精神

在这块几乎没有自然资源优势的土地上，温州人凭着一种精神，以改革求发展，努力创业创新，不断创造奇迹，使温州成为中国最有生机和最富活力的地区之一。改革开放以来，温州市的综合实力不断提升，社会事业全面进步，人民大众得到更多实惠。30 年来，温州市地区生产总值由 1978 年的 13 亿元上升到 2007 年的 2157 亿元，翻了近 6 番，年均增长 15％，比全国和全省平均水平快 5.3 和 1.9 个百分点；财政收入从 1978 年的 1.35 亿元增加到 293.26 亿元，年均增长 20.4％。从质量立市到品牌强市，温州已有中国驰名商标 113 件，中国名牌产品 38 个，中国行业标志性品牌 8 个，被评为"中国十大品牌之都"。2007 年温州市常住人口 790 万人，占浙江省总人口的 15.6％，城镇人口占总人口的比重由 1978 年的 13.4％提高到 2007 年的 60.3％，城市化水平高出全省平均水平 3.1 个百分点。2007 年温州城市居民人均可支配收入 24002 元，居浙江省各市首位，比 1981 年年均现价增长 16.3％；农村居民人均纯收入 8591 元，比 1978 年年均现价增长 16.1％。

30 年来，从初创崛起到二次创业，再到当前为推进科学发展而进行全面创新，每个阶段的探索试验，都体现了温州人的商业智慧和创造能力，体现了温州人的务实品格和创新精神。温州人创业的传奇和创新的故事，屡屡为国人所津津乐道。在人们的心目中,温州人是商业智慧的代表、改革创新的斗士、创造财富的能手。

温州人在创业创新实践中推动经济不断发展和社会不断进步,又在创业创新实践中锻炼提高着自身的各项素质和创业创新的能力,推进了人自身的文明建设,逐步形成了独具特色的人文精神品格。温州人身上蕴涵着一种令人折服的精神素质。

一种反映时代特征,具有中国特色和温州本地特点的社区人的群体精神逐渐生成。它是处于创业创新时期的温州人的共同理想、信念追求、价值取向、行为态度等因素的组合,是通过社会实践的融汇、培养、凝聚而形成的一种观念和意识。

人们称它为"温州人精神"。

1998 年 10 月 23 日至 25 日,时任中共浙江省委书记的张德江在温州调查研究时讲了一段话:现在,温州是举世闻名,特别是在发展商品生产、发展市场经济上,温州在中国是带了头的,闯出了路,提供了经验。温州改革开放 20 年发生了翻天覆地的巨大变化,从一个贫困落后的旧温州,变成一个有相当规模和发展水平,人民生活水平显著提高的新温州。温州的变化,从一个侧面证明了邓小平理论的正确,党的改革开放路线的正确,有中国特色社会主义方向的正确。温州的发展、温州的贡献、温州的成绩,应该给予充分肯定。我们常讲中国人的精神,我以为浙江人的精神集中体现了中国人的精神,而温州人的精神又集中体现了浙江人的精神。浙江人特别是温州人这种自力更生、艰苦奋斗、埋头苦干、敢闯敢冒、富于创造、永不气馁、不达目的誓不罢休的精神,值得提倡和发扬。温州人几乎走遍全国城乡,在世界许多国家都有温州人。温州有今天这样的富裕,是温州人民自力更生,克服千难万险闯市场闯出来的,是干出来的。一个温州企业家,不管大小,其成功背后都有一部艰难的创业史。所以我赞成总结宣扬温州人、浙江人这种艰苦创业的精神。这种精神是人民创造的,蕴藏在人民群众之中。①

1998 年 10 月,费孝通三访温州,在 1999 年第 7－8 期《瞭望》周刊发表《筑码头闯天下》文章,说:结束了对温州的第三次访问之后,我心里很不平静。我已经不是第一次被温州人精神所感染、所激动。我体会到的温州人精神就是不甘心落后,敢为天下先,冲破旧框框,闯出新路子,并且不断创新。温州人从家庭作坊、摆摊叫卖、沿街推销、设店开厂到股份合作、企业集团、资产经营、网络贸易,

---

① 《温州在改革中闯出了路》,载《温州瞭望》1998 年第 11 期。

我也似乎看到了中国的市场经济从初期的萌芽到和国际经济接轨全过程的演示，并且觉得可以从中捉摸中国市场经济发展过程中的一些内在逻辑和规律。

2000年3月"两会"期间，江泽民总书记参加浙江代表团讨论审议时说：全世界都知道温州人会做生意，温州人具有冒险精神，具有吃苦耐劳精神。[①]

温州人精神是一种社区现代人精神。洪振宁在《从温州人精神的总结概括看浙江精神的提炼和弘扬》[②]一文中指出：社区现代人精神是一个社会区域在其发展过程中，某个特定的历史时期和社会环境中形成的特别的、独有的文化精神。它的形成与发展，是一个历史的过程，是一个继承与发展的过程，它随着时代的发展、社会经济文化的变迁而更新，它在人们的思想观念中一直在变化发展、充实调整着，给它下一个精确的定义有一定的难度。随着经济社会的发展和人们思想认识上的深化，还会不断增加新的内涵。

社区现代人精神是本社区内人们的共同理想、信念追求、思想情操、行为态度、价值取向等因素的组合，通过社会实践的融汇、培养、凝聚，形成一定的观念和意识，从而体现时代特征、时代精神，体现本地区人特有的观念和意识，展示区域社会的整体风貌，因此，它富有时代特征、中国特色和地区特点，富有个性。

社区现代人精神建立在现实的基础上，又作为人们行动的先导，产生推动作用，帮助和促进人们更新观念，熔铸新的精神品质，推进人自身的精神文明建设、人自身的现代化，推动社区的改革和发展；这种精神，对外反映、代表社区形象、风貌，对内能够凝聚人心，是社区现代化建设的一笔不可估量的无形资产。

二、温州人精神的与时俱进

温州人精神，又称温州精神。

20世纪80年代的温州人精神，为人所称颂的主要是"四千"精神。

"四千"精神，即，走遍千山万水，历尽千辛万苦，说尽千言万语，想尽千方百计，以千家万户的生产经营，适应着千变万化的社会需求。这体现出温州人的吃苦耐劳、不断追求、奋力创业的精神风貌。

如，《瞭望》周刊记者朱国贤、张和平、陈坚发的报道《温州农民闯市场》[③]指出：温州人被公认为是闯市场的"高手"。全国年成交额最大的义乌小商品市场，

---

① 《总书记笑听温州事》，载2000年3月16日《温州日报》。
② 载中共浙江省委宣传部编《弘扬浙江精神，开拓浙江未来——浙江精神研讨会论文集》，2001年1月印行。
③ 《瞭望》周刊1993年第46期，11月15日。

有 1/3 是温州人；温州 68 万人在全国各地流动，北京、云南、新疆、西藏等地纷纷建立了温州城、温州村、温州街，他们吃尽了千辛万苦，说尽了千言万语，跋涉了千山万水，用尽了千方百计，方便了千家万户，适应了千变万化的市场需求，赚回了成千上万的钱。

90 年代，温州人精神被概括为"四自"精神，后来又表述为"四敢"精神。

1993 年 7 月，温州要树立新形象，再上新台阶，进行第二次创业，于是，全市开展了"温州人精神"的大讨论。9 月，在广泛讨论的基础上，市委书记张友余把温州人精神概括为"四自"精神，即：自力改革，自担风险，自强不息，自求发展。

张友余在其所著《温州·温州人·温州路子》①对此有个阐释：改革开放初期，温州人民凭借自己的聪明才智，发扬吃苦耐劳的四千精神，使温州的商品经济发展取得了令人瞩目的巨大成就，也充分体现了一个时期温州人民的精神风貌。在后来的改革发展过程中，温州经历了坎坎坷坷、风风雨雨，受到了外界的种种非议和指责，但温州党政领导和广大干部群众坚持实践不争论、坚持发展不动摇、坚持方向不改变、坚持前进不停顿，这"四个不"充分展示了温州人不唯书，只唯实的精神境界。二次创业，使温州的"四千"、"四不"精神升华到了一个新的高度，形成"四自"精神，即自主改革、自担风险、自强不息、自求发展。就是在改革上，根据温州的实际，因地制宜，分类指导，理性推进；在发展过程中，坚持敢冒敢闯，敢于和善于承担风险；在困难面前，始终做到目标不变，干劲不减。

1998 年 10 月召开的温州市第八次党代会上，市委书记蒋巨峰在报告中概括温州人精神为"敢为人先，特别能创业"。

报告指出：温州人精神，是温州优良传统文化经过改革开放和市场经济大潮洗礼而逐步形成和发展起来的，它是温州文明的基本内涵和重要特征。温州人精神，对外代表温州形象，对内能够凝聚人心。这是温州现代化建设一笔不可估量的无形资产。建设现代化新温州，温州人是最大的优势。温州人的优势，集中体现为敢为人先、特别能创业的温州人精神。在新的历史时期，我们要继承和发扬温州人精神，要把体现时代特征的伟大抗洪精神融入温州人精神中去，不断赋予其新的内涵。在深化改革中，我们要继续发扬温州人勇于探索、敢于超前的精神，不断增强改革新优势；在发展市场经济中，我们要继续发扬温州人勇于竞争、敢担风险的精神，不断增创发展新优势；在改革发展遇到困难和问题时，我们要发扬温州人勇于拼搏、敢于胜利的精神，不断增创新业绩。我们要用温州人精神，把广大人民群众改革发展的积极性和创造性，最大限度地调动起来、凝聚起

① 张友余：《温州·温州人·温州路子》，中共中央党校出版社 1999 年版，第 101－102 页。

来,共同为建设现代化新温州而努力。

后来,有人把温州人精神概括为"四敢"精神:敢为人先,敢冒风险,敢于创业,敢于创新。

进入 21 世纪,要把体现时代特征的新精神融入温州人精神中去。2005 年 5 月,温州城市精神被概括为"敢为人先,民本和谐"。

陈艾华在《弘扬浙江精神,加快现代化新温州建设》①文章中指出:温州改革开放 20 多年的发展过程,就是温州人精神不断提炼升华和不断发扬光大的过程。我们可以从温州人精神的不断提炼升华中,看出温州改革开放 20 多年发展的轨迹。同时,正是温州人精神的发扬光大,推动着温州经济社会一步一步地向前发展,推动着温州经济格局不断创新和完善。

正是有了温州人精神,我们取得了比较快的发展速度;正是有了温州人精神,我们形成了富有特色的温州经济格局;正是有了温州人精神,我们取得了市场经济的先发优势,创造了许许多多的"全国第一";正是有了温州人精神,温州人才闻名全国,闻名世界。

2000 年 12 月 25 日,中共温州市委八届六次全会上,市委书记蒋巨峰指出:我们的温州人精神过去主要表现在敢闯敢冒、敢为人先、吃苦耐劳,今后要不断赋予其新的内涵,体现时代特征,增加文化含量,增强现代化气息。

2004 年 1 月 7 日,市委九届三次全体(扩大)会议上,书记李强要求:进一步弘扬温州人精神,全力打造温州人品牌。李强说:恋乡不守土、敢冒知进退、自信不自满、重利不守财,是温州人的禀性。敢为人先、特别能创业,是温州人精神的集中体现。大力发扬温州人的优良传统,不断总结和提炼新时期的温州人精神,使其更加具有时代特征。一要树立学习型的温州人形象;二要努力造就一大批高素质的企业家;三要进一步扩大在外温州人影响力。

2008 年 1 月 3 日,中共温州市委十届三次全会通过的《关于扎实推进创业富民、创新强市的若干意见》要求:培育创业创新文化,大力弘扬温州人精神。《意见》指出:"敢为人先,特别能创业"的温州人精神,是民族精神和时代精神在温州的生动体现。要大力弘扬温州人精神,在全社会营造尊重个性、平等竞争、鼓励创新、宽容失败的人文环境,形成追求理想、追求文明、追求成功的精神导向,形成崇尚创业创新、勇于创业创新、不断创业创新的精神追求,形成与时俱进、奋发有为、昂扬向上的精神状态,使创业创新内化为温州城市精神。

---

① 2000 年 8 月 26 日《温州日报》。

三、各界对温州人精神的探讨

社会各界对温州人精神也有许多讨论。

1986年12月12日,浙江省社科联和温州市委宣传部联合召开"温州试验区精神文明建设理论讨论会"。洪振宁与会提供的论文《"温州人精神"的主要特征及其他》(原文载1987年10月《温州探索》试刊号),最早探索温州人精神,把温州人精神的内涵概括为"自立自主,崇实务实,竞争开拓,奋勇创新"(见上海《社会科学报》1987年1月1日会议观点综述)。1989年8月洪振宁撰写《谈谈"温州人精神"》(载《散思断想》书中),建议以"自主、务实、开拓、创新"来概括温州人精神,并对其内涵进行了阐释。

1987年,在中共温州市委宣传部任副部长的王永昌编著《温州人的精神面貌》,较为系统地论述了温州人的精神世界和温州的精神文明状况。他在论述"温州模式"的精神文明意义时指出:作为思想观念上的"温州模式",即"温州人精神",其主要内容包括:第一,热爱温州,关心温州,建设温州的意识,为建成一个高度文明的现代温州而奋斗的精神;第二,作为创造"温州模式"的温州人的光荣感、自豪感以及进一步完善和发展"温州模式"的责任感的区域意识;第三,敢为天下先,敢吃第一口的改革开放、开拓创新的观念;第四,坚持实事求是,勇于唯实不唯书的科学精神;第五,勇于吃苦耐劳、勤奋拼搏、艰苦创业的精神;第六,商品经济观念以及与此相应的其他一系列现代化观念;第七,"小题大做"(小商品、大市场;小规模、大协作;小机器、大"动力";小利、大干;小能人、大气魄)的精神;第八,求新、求异、求多样、求美的意识;第九,讲实际、讲实惠的意识,重务实、重实践的精神。所有这些方面,构成了作为一个有机整体的思想观念方面的"温州人精神"。当然,"温州人精神"是需要不断发展、不断充实、不断完善的。"温州人精神"既是"温州模式"的产物,又是推动"温州模式"形成和发展的社会思想文化的根源。毫无疑问,"温州模式"的继续发展和完善,温州改革开放和商品经济的继续发展,仍然需要温州人继续发扬和光大"温州人精神"。我认为,"温州模式"条件下的精神文明建设,一个重大的战略目标和任务,就在于进一步在全体温州人民中提倡"温州人精神",在实践中进一步充实和完善"温州人精神",从而有力地促进温州的两个文明建设。

1995年12月,经济学家钟朋荣与当时任平阳县委书记的董希华对话,把温州人精神概括为:白手起家、艰苦奋斗的创业精神;不等不靠、依靠自己的自主精神；闯荡天下、四海为家的开拓精神；敢于创新、善于创新的创新精神。① 1999 年市委党校教师林冬晓在当年第 3 期《温州论坛》发表《试论温州人精神》一文，论述了温州人精神的本质、特征及其影响。

1998 年 10 月华夏出版社出版温州项光盈主编的《世纪之交看温州》。项在书中认为：温州人精神内涵很丰富，但其要旨有二。其一是，争强好胜，敢为居先，体现在一个"争"字上；其二则是，善于学习，善于借鉴，体现在"学"上面。

原温州市市长钱兴中曾多次概述温州人精神。他在讲话中认为：温州经济是老百姓经济，企业以民营为主、资金以民资为主、市场以民办为主。温州市场经济发展的根本动力是温州人，温州市场开拓的关键是温州商人，敢为人先、敢闯敢冒的温州人成为温州发展的独特优势。温州人具有自主意识、创业精神、创新思维、负重品格、风险观念、经商能力。2002 年，钱兴中用三句话来概括温州人精神：恋家不守土，敢冒知进退，双赢重诚信。（答中华工商时报记者问，参阅《温州坐标》）他又用另一表达式来概括温州人精神：敢为人先，自强不息，明礼诚信，共生共荣。②

温州学者蔡克骄、熊慧君、应云进、胡飞航等人也曾发表文章，探讨温州人精神。蔡克骄的《温州人文精神剖析》发表在《浙江师范大学学报》1999 年第 24 期上。

2002 年 1 月 8 日《中国经济时报》刊登董辅礽《"温州模式"的继承和提高》，论述了"温州模式"的基本精神：

"温州模式"的最重要和最宝贵之点在于，温州人有很强的致富欲望和创业精神，只要尊重、鼓励、保护广大群众的强烈的致富欲望和坚忍不拔的创业精神，群众自己会找到致富之路。"温州模式"的基本精神还在于为了致富，为了创业，要不断追求，不断开拓，不断前进，永不满足。这种精神也是需要继承和发扬的。"温州模式"的基本精神还在于，为了致富，人们异常勤劳，敢于冒风险，勇于闯天下，工作不挑拣，没有职业高低贵贱的考虑，努力学习本领，善于适应环境，即使是极偏远、极艰苦的地方，都有温州人在奋斗，在创业，他们无论到哪里都能够生根、发展。温州人创业极其艰苦，特别是在外地、在海外。为了生存和发展，温州人之间既彼此竞争，又较为团结互助。特别是在海外，先出去的温州人在自己立足后，往往把自己的亲戚朋友带出去，用各种方式帮助新来的温州人创业。一些地方建立了"温州村"，有些地方建立了温州商城，就是他们共同努力的结果。

---

① 见 1995 年 12 月 4 日《人民日报》。

② 《全面建设信用体系，打造现代商业文明》，2002 年 6 月 23 日《人民日报》。

"温州模式"的基本精神,创造"温州模式"的温州人固然应该继承和发扬,而各地在学习"温州模式"以发展本地经济中,也应学习和发扬"温州模式"的基本精神,特别是温州人艰苦创业、敢于冒风险、永不满足等基本精神,而这些精神又是最难学到的。

2003年1月召开的"温州学"学术研讨会上,温州大学应云进在他的《商业精神与市场经济——兼论温州人精神的本质》论文中把温州人精神的基本内涵概括为:敢为人先,争闯天下,艰苦创业,自强不息。应文还阐述了其内涵,并认为温州人精神的本质就是市场经济的本质精神——商业精神。

肖龙海等人编写的《温州人精神》[①]一书,概括温州人精神为:吃苦精神,创新精神,合作精神,敬业精神,诚信精神。

2005年,马津龙概括说:我的观察是,温州人精神的核心是自发、自然和自由。[②]

温州人精神建立在改革和发展实践的基础上。它的形成和发展,是一个历史的过程,随着时代的发展、社会经济文化的变迁而更新,随着经济社会的发展和人们思想观念的变化,不断增加新的内涵。

改革开放初年,温州人往往是,把脸皮撕下来放在家里,人到外面做生意去。白天当老板,夜里睡地板,能吃苦。跑遍千山万水,历尽千辛万苦,想尽千方百计,说尽千言万语。有百分之一的可能,就以百分之百的努力去追求。一些老板文化程度不高,越不懂,越敢干。越敢干,越赚得来。先试试,生了孩子再取名。创立了改革开放以来的许多中国第一。胆大包天,包飞机,包列车,包油田开发,等等。

1998年的一个晚上,一个温州老板说:现在的企业,往往不是大鱼吃小鱼,而是快鱼吃慢鱼,要比人家快半拍,快半拍才能赚得来。企业竞争至少有这么几个阶段:数量竞争,质量竞争,品牌竞争,人才竞争,文化竞争,每个阶段都要想办法比人家快半拍。温州老板大多是跑销售起家的。全国到处跑,视野宽广,为了赚更多的钱,不断发现和吸收人家的优点,来提升自己。后来,这个方面继续发扬下来了。

四、现代人文精神的建构

温州人创业精神的形成和创新意识的增强,表现为现代人文精神的建构。

---

① 肖龙海:《温州人精神》,合肥工业大学出版社2004年版。
② 《温州十问》,《浙商》2005年5月号。

在改革开放的新时代,人文精神的建构,孕育了温州人精神,丰富着温州人精神。

人文精神是人性本质的精神外显,是对价值世界的观念反映。进入当代社会,人们追求真善美那种精神更加加强,建立与社会主义市场经济相适应的人文精神,要求我们坚持以人为本,追求人的自由、幸福和尊严,追求人类生存的意义、价值理想和对人类的终极关怀。

在温州,我们看到,随着改革开放的不断推进,现代人文精神的建构也日益凸显出来。

建立市场经济就意味着重构人们的经济生活和精神生活,它不仅改变着社会的经济结构,也改变着人们的价值观念和理想信仰。

人文精神的本质特征是人的超越精神,是人的那种不断地追求自己的生存意义又不断超越当前的生存状态的精神力量。

改革开放以来,市场经济的发展一方面改变着中国的经济体制,另一方面也塑造着人的生活信仰和行为方式。30年来,温州人在变,从思想到行为,从观念到能力,从个体到群体,越来越多的温州人具有创业精神和创新能力,具有现代文明的举止。

经济培育人文,人文引领经济。1995年光明日报出版社出版徐光春总主编的《辉煌十五年》,其《沿海卷》(上)所载《变化中的温州》(洪振宁执笔),描述了温州人精神面貌的变化:

市场经济活动锻炼了温州人,提高着温州人的各项素质。特别是市场经济的发展使社会关系不断发展和丰富,从而不断提高温州人的社会化程度。社会关系的丰富,人们之间横向社会联系的扩大,增多信息交流的渠道,加大信息的流量,加速人的知识和观念的更新。同时,市场经济的发展,还促使温州人的个性在生活中得到越来越多的体现,个人正当的特殊利益和特殊权利普遍受到尊重,个人的独立性、创造性得到社会的承认和鼓励,人的个体自主观念逐步形成。市场经济中的每个人都在努力提高着自身的素质,发展着自己的能力,不断作出自己的选择,不断去发现、开拓新的机会,人的潜能不断得到发掘。

温州人正在调整知识结构,建立新的知识体系,走向新的文明。20世纪80年代初发展商品经济初始阶段,需要观念的更新。人家不敢闯的,你敢去试一试,你就能获胜。而现在大家的脑筋都在转换,要在激烈的市场竞争中取胜,就不仅要有新的观念,而且必须有发展战略的头脑和现代科技知识,才能抢先一着、先行一步。看得准,才能赚得来。于是,全民都开始进行知识结构的调整。进入市场的和将进入市场的,往往比没进入市场的更渴望新知识,学习起来往往也更为主动、积极。温州人学电脑,学新会计,学新税制,学经纪,学期货,学管理,学习现代市场经济知识,学习现代科学技术知识,吸纳新知识,建立新的知识体系,真可谓不惜工本。股份合作企业请专家学者到本厂讲课,派职工到外地进修培训的越来越多。股票知识讲座、关贸总协定知识讲座等,场场爆满。股份合作企业的领导、私营企业主学习经济知识格外积极。各类教育、培训兴旺发达,职业介绍所红红火火,人才市场热热闹闹,社会大变动,人才大流动。无知,也就赚不到钱,混不下日子;有才干有技能,就可挑个好工作,较快富裕。尊重知识、尊重人才的好风气,盛起来了。

五、温州最具特色的精神品格

在温州人精神中,特别突出的,被人们赞扬最多的是"敢为人先"的精神品质。

这是一个快鱼吃慢鱼、活力鱼吃休克鱼的时代。在温州这个改革的试验区,温州人走在改革实践的前头,经常是"快半拍",别人不敢干的,还没人干的事情,温州人先干了起来。温州人往往是创业创新的先行者。

《温州形象》[①]较早记录了改革开放以来温州人创造的全国第一。《温州形象》写道:虽然农民的群体文化素质偏低,也不理解流行于都市的孤独寂寞浮躁失落徘徊忧伤等等时髦情调,像他们那些制陶网鱼狩猎的祖先一样,并没有细细想过自己的所作所为历史意义是否深远,文化内涵是否深刻,但农民们不靠嘴巴不靠幻想而靠自己的辛勤努力实实在在地生活,分分秒秒地竞争,点点滴滴地积累创造,于是温州便有了许许多多的"全国第一":

全国第一个专业市场——桥头纽扣市场。

全国第一座农民城——龙港农民城。

全国第一个农民跨国农业公司——美国明尼苏达州康龙农业开发有限责任公司。

全国第一个农民包机公司——天龙包机公司。

全国第一个私人钱庄——钱库方兴钱庄。

全国第一座商标城——金乡商标城。

全国第一个教具市场——桥下教具市场。

全国第一家纯属民间性质的集体金融机构——东风城市信用社。

全国第一个实行金融利率改革的城市。

---

① 徐海滨、李涛著:《温州形象》,文化艺术出版社1993年7月版,第9—10页。

全国第一批股份合作制企业的诞生地。

全国第一个制定"私营企业条例"的城市。

全国第一个将国有土地有偿出让给境内公民的城市。

全国第一个实行全社会养老保险的城市。

全国第一份私人工商执照的发放地。

一位在温州任职的领导说：温州改革领先，市场机制灵活，是温州人敢为人先的结果，是创新的结果。温州整个城市富有生机和活力，创新是温州这座城市的灵魂。温州创造了许多个"第一"，这些创新为经济发展和社会进步带来很大的动力。有了创新，才有特色，有了特色，才有竞争力。创新在哪里，就在于实践，把不可能变成可能。①

1998年，温州学者马津龙指出：改革是突破旧体制建立新体制的过程。温州模式之所以引人注目，就在于一系列旧体制的突破和新体制的建立，许多是成功地从温州开始的。

对于中国渐进式的改革来说，最难能可贵的正是温州这种"第一"意义上的创新。中国计划经济体制向市场经济体制的转型，正是通过一个个的"第一"得以实现的。"第一"需要冒风险并且很可能被扼杀，而在"第一"的示范作用下，后续改革的代价则低得多。例如温州的股份合作制经济，不仅由于在企业制度建设以及政府有关文件的制定上没有可供借鉴的经验而代价高昂，而且由于在性质上一度不被人们所接受而备受指责；而近年来全国各地大量出现的股份合作制经济，不仅可以借鉴温州等地的经验教训，而且已经被十五大作为改革中的新事物加以肯定，从而不存在政治上的风险，从这样的意义上说，中国的"第一"是不平凡的。

而对于温州来说，由于群众中普遍地存在着自发地进行市场取向改革的积极性，所谓"第一"一般并不表现为单个改革的孤军深入，跟进、仿效者往往接踵而至甚至趋之若鹜，以至于实际上往往很难说清楚谁是真正的"第一"。而从这样的意义上说，温州的"第一"则是平凡的。②

阐释温州城市精神时，洪振宁在2005年6月25日《温州日报》发表文章《敢为人先是温州最具特色的精神品格》，指出：

敢为人先，就是走前人没走过的路，做前人未做过的事，不断进行创造性的实践。这是温州最突出的秉性，是温州城市最具特色的性格，是温州人精神风貌

---

① 钱兴中：《温州坐标》修订本，第120页。

② 《不平凡的中国"第一"和平凡的温州"第一"》，载《温州人》1998年第7期第11页。

的真实写照。

敢为人先,至少有三方面的内涵:一是敢于冒险,二是善于变通,三是勇于创新。历史上的温州人注重变通,现代企业家敢于冒险,过去、现在和未来都要求温州人勇于开拓、不断创新。

这既是对温州人一贯的精神品格的高度概括,又是对温州人在未来发展实践中提出的新的更高要求。

改革开放以来,温州的经济社会全面发展,温州城市市容市貌日新月异,城市品位和文明程度变化显著。温州的优势产业集群发展较快。在海外的温州人约有 50 万,在全国各地经商办企业的温州人有 170 万,在大江南北的繁华都市,或是长城内外的穷乡僻壤,到处都活跃着温州人的身影。温州人的业绩展现在中国的大地上。

国人屡屡赞扬温州,给温州以"中国民营之都"等等荣誉称号,实际上,大家是在赞扬民本经济,赞扬敢为人先的精神,赞扬不断创新的实践行动。

经济活力的中间和后面,是强劲的新知识文化、新精神理念、新实践行动的支撑和推进。活力植根于民间,来自于创新。温州人敢为人先,不断创新,温州曾经成为中国市场经济的创新源头之一,成为中国民营经济的策源地。20 世纪 80 年代全国金融利率改革首先在温州实行,2002 年 12 月温州又成为中国唯一的金融改革综合试验区。温州人敢为人先,创造了中国第一座农民城;改革试验,中国第一批股份合作企业在这里诞生;胆大包天,首开中国第一个私人包飞机的先河;走出国门,建立了第一个农民跨国农业公司。温州还是中国第一份私人工商执照的发放地,全国第一个制定私营企业条例的城市,第一个将国有土地有偿出让给境内公民的地区,全国第一个实行全社会养老保险的城市。

敢为人先,不断创新,是温州人的灵魂,是温州人的生命。过去三十年,温州人努力把党中央的路线、方针、政策与温州的具体实际结合起来,创造性地开展工作,创造了许许多多的全国第一。温州在不断创新中赢得了持续的发展。

现在,贯彻落实科学发展观,温州进入了发展的新阶段,温州也越来越成为中国的温州、世界的温州,温州开始融入全球价值链,面临着诸多新的实际。我们要推进温州经济社会又快又好发展,需要温州人继续创新,把温州建设成为创新者乐园、创新型城市。

现在的创新,应当是科技创新与体制创新以及其他方面创新的结合与互动。科技创新以及作为其基础的知识创新,越来越重要。温州过去最主要的特色表现为体制创新。在继续进行体制创新的同时,需要不断推进科技创新、服务创新和温州人的理念创新,尤其是要加快区域创新体系的建设。创新体系的子系统包括技术创新、体制创新、知识创新、服务创新等,这些方面的创新活动是相互联系、相互作用的,具有互动性。其中,技术创新通常居于核心地位。区域创新体系的建设是推动地区经济发展的火车头,是提升区域综合竞争力、保持城市活力的关键。

科技创新,需要企业、政府、大学、社会一起携手奋战,加大科技创新、知识创新力度,创建更多的创新集群。体制创新,重点由企业转向政府,改革进入"深水区",要求改变行政管理体制改革滞后于经济体制改革的面貌,要求政府由管理型转变为服务型,提供更多的公共产品和公共服务,以不断增进公共利益。理念创新、思路创新越来越重要。迅速成长的美特斯·邦威、森马,并不靠土地的扩张等要素资源的大量增加,而是在产品研发、加工生产、市场销售这三端中抓住两头,并致力于市场拓展,在温州本地放弃加工生产,请别地帮着做。新思路、新理念赢得新的更多的收获、新的更大的发展。

过去温州人敢为人先,更多的是生存逼出来的。现在的创新,应当是自觉的有计划的,一要能可持续,二要制度化,三要相互配套协作。围绕温州城市持续创新能力的提升,围绕温州人创新能力的培育,政府需要制定创新计划,市民需要培育创新精神,社会需要形成鼓励创新的风气,这就需要改造温州文化土壤,需要在温州建设创新型文化。温州人要正视自身的不足,努力超越旧我。

温州城市精神概括为"敢为人先,民本和谐"。"敢为人先"和"民本、和谐",是紧密相连的,坚持"敢为人先",是为了达到"民本、和谐"。民本,是新民本,即以人为本,温州经济是民本经济,民有、民营、民富、民享,永嘉学派的事功、重商是民本思想的表现,更重要的是温州要崇尚和追求"以人为本",要在温州尊重每个公民的权利要求,促进每个人的自由和全面发展,实现各阶层的共赢共荣。和谐,是应当追求的理想,是一种状态、一种理念、一种情调,乃至是一种生活。全体温州人要和谐创业,互利共赢。在敢为人先、合作创新中,不断走在前列,实现以人为本,共创和谐家园。

六、共生共赢 集群运作

共生共赢,是温州人精神的另一个重要方面。

2002 年 6 月 23 日《人民日报》发表时任温州市市长钱兴中的文章《全面建设信用体系,打造现代商业文明》。钱文指出:从资本原始积累到"质量温州"、"品牌温州"、"信用温州"的跨越式发展,具有开放性格的温州模式,孕育了"敢为人先、自强不息、明礼诚信、共生共荣"的温州人精神。一种既有地方特色、又有时代精神的现代商业文明,温州已粗具雏形。他解释"共生共荣"为:就是双赢重诚信,温州人做生意,不是你吃掉我,我吃掉你,而是你好,我也好,共生且共荣。

上个世纪 80 年代中期,温州人在体制改革中,奋力创新,合股经营,以大量的股份合作制企业,推动了市场经济的发展。多个业主进行资本联合和劳动者的劳动联合,解决了企业规模小的问题。股份合作制企业,这一创造性的定义,使民营企业合法化了。温州成为全国股份合作制企业的发祥地。费孝通参照《三国演义》里边的"桃园结义",说温州人进行了富有东方色彩的"经济结义"。

集群经济发展阶段,温州人进行经营模式的创新,靠产业集群,推动经济发展。集群化,全国化,为其主要特色。在一村一品、专业化生产的基础上,温州企业建立制造业联盟和商贸业联盟,"合指为拳",聚力做强,努力进行经济发展方式方法的创新。温州,成为浙江省"块状经济"的发祥地。

研究者认为,集群经济具有三个特点:一是充分的专业化分工协作,企业集聚在一块,相互配套,相互优惠,信息共用,联结互动;二是自发与人为共同促成,产业群的形成有"自发"作为其基础,但又没有离开"人为";三是具有产业经济基础和创新的社会文化基础。创新的社会义化基础的生成,显得特别重要。它是合指为拳、合作共赢的神经,是黏合剂。

虚拟经营的企业所采用的合作战略,对我们是有启迪的。他们在研发、生产、销售和市场拓展的价值链中,把企业已形成的某种核心竞争力掌握在自己手中,而把自己不擅长的、实力不够的,或没有优势的部分分化出去,通过联盟与合作来达到目的,目的是整合外部资源,弥补自身劣势,拓展市场空间。这需要企业认清自己的核心能力和优势能力,在与伙伴合作中,达到利益共享。

美特斯·邦威公司董事长周成建深有体会地说:温州是一个产业互补、强强联合的模式。而美特斯·邦威采取的一直是借用外来的力量这样一种模式,从一开始就是借用外面的资源,它也是一种整合,因为一个企业的发展,靠自身的力量是难以发挥好的,如果我们能借用外面的资源拿来我用,这样的发挥就更好了。①

改革开放以来,温州民营经济的发展,合股经营也好,形成企业集群也好,进行虚拟经营也好,温州人在经营理念上有一条主线,那就是"创新共生,合作双赢"。

管理的社会,正在转变为创新的社会。几十年来,经济的发展,使得世界上的企业从追求管理利润,到追求经营利润,再到将进入依靠创意取胜、追求合作

---

① 周成建 2002 年 10 月 15 日在温州服装产业集群与市场营销论坛上的讲话,刊登于《温州服装》2002 年 10 月号。

利润的新阶段。商场如战场,快鱼吃慢鱼,企业要生存,要成长,要取胜,需要创新共生,需要合作双赢。

共生,概念来自生态学。共生作为一种行为方式,是指生物在长期进化过程中,逐渐与其他生物走向联合,取长补短,互通有无,共同适应复杂多变的环境。

合作,重在借力经营。合作,就要合指头为拳头,形成战略联盟,优势互补,互利共赢,就要整合资源,集聚优势,赢取合作双方共同的更大利益。

双赢,是要将存在于传统竞争关系中的非赢即输的二维关系,改变为更具合作性、共同谋求更大利益的三维关系。

温州人做生意,讲的是"生意大家做,你好我也好","总不能算来算去,算到人家不敢跟你做生意"。温州人懂得"我有利,客无利,则客不存;我利大,客利小,则客不久;客我利相当,则客可久存,我可久利"的经商之道。温州人讲人情,重视社会资本,注重商会、行业协会的建设,以信任、诚信构建更多的企业联盟,为学习和创新而结成网络。十年多来,注重产业集群的形成,现在则更加注重创新集群的建构。

温州人的经营哲学是"新木桶理论",一改传统的"加板"思维方式,企业不再囿于自身内部来修补和加长木板,而是拿出自己最长的那块木板和其他企业的长木板进行拼装,形成一只容积更大的木桶。为了完成特定的市场目标,若干企业通过合作,组成新木桶,优势互补,各用彼长,借力赢利,更加合理、有效地进行资源配置,以实现共赢。

这是产业集群化、创新集群化的时代,逼得合作双方必须有"创新共生"的发展战略和"合作双赢"的经营理念。不创新,就灭亡;不共生,就同死。在新一轮的发展中,创新集群的形成,利益共同体的建设,越来越重要。企业要进一步选择好自己的合作伙伴,变竞争为握手,进行新的更高形态的"经济结义"、战略联盟,开创创新发展的新局面。

屡屡在行动上"集群运作"是对"共生共赢"理念的一种表现。

历史上的温州人善于集群运作,频频"合指为拳",具有朴素的共生意识。

温州文化发展史上,往往不是一个一个的文化名家,而是一群一群单个个头不大,但善于抱团、充满创造活力的"知识群体"。

西方人吃饭总是单个的自助餐式,强调个人;中国人吃饭却历来是群集而聚,体现民性。战争造成许多流亡人口,成千上万的人背井离乡,迁居异地,他们被迫脱离了原有的封建宗法大家庭制度,在动荡的社会生活中孤立无援,加以温州不断遭受台风等自然灾害,人们在精神上惶恐不安,渴求建立一种新的社会联系,于是,各种民间的结社应运而生。

　　带给平民大众欢乐开心的南戏(永嘉杂剧),产生于北宋末南宋初的温州,是编写脚本兼演出的"书会"这一下层文人和艺人组织的杰作;诗创作者,结有诗社,在南宋温州形成了"四灵"为主的永嘉诗派,以后不断又有各种诗社、文学社;而在医学上,则有被后人称为"永嘉医派"的医学群体;在学术上,则先有勇于到外地学习借鉴新文化的永嘉"九先生",以至于"浙学之盛,实始于此",后演化发展为主张事功的"永嘉学派",再转变为"永嘉文派"。温州知识群体结集会社,集群运作,在这块热土上,相继出现。

　　后来的温州人继续以集群运作。据王穉登《弈史》记载,明代嘉靖年间,有"永嘉弈派",一度在中国棋坛上打第一。温州棋手鲍一中(景远)是当时全国最有名望的国手,同时又有李冲、周源、徐希圣等人。稍后又有方家兄弟(日升、日新)、陈谦寿、包幼白、僧野雪(郑头陀)等人也因棋艺突出,在全国有名望。明代温州还初步形成家族维系相对紧密的知识群体和不得不以文艺谋生的被称为"山人"的士人社会群体。

　　清朝乾隆嘉庆年间,有季碧山为首的"市井七才子",由卖菜的季碧山、营卒黄巢松、茶馆役使祝圣源、鱼贩梅方通、修容的计化龙、锻铁的周士华、银匠张丙光七人组成,结成诗社,相互唱和,世称"市井七才子"。《光绪永嘉县志》记载,清朝嘉庆九年(1804),陈遇春在温州城区创立"文成会"。众人捐钱,集资生息,以作为文士乡试、会试之旅费。温州位处浙南,自温州府治至省城1080里,至京师4690里,路途遥远,贫寒士子赴考往往望而却步。温州人创建"文成会",从自己的实际情况出发,靠众人之力,改变赴考路途遥远、资金不足的状况,继续以集群合力运作,寻求温州教育与文化的新发展。文成会之创立,乃温州人集群运作又一创举。随后设立的有永嘉场梯云会、南乡文成会和武成会等。

　　至晚清近代,推波助澜,温州形成了一批具有革新思想的"知识群体",如求志社、慎社、瓯社等,又有最早的公共图书馆雏型心兰书社,靠集群运作,陈虬等人创办了利济医学堂、利济医学报等,温州人不断推进文化创新,屡创中国第一。

　　总之,集群运作,聚力做强,是温州文化的一大特点,是温州人的行为特点之一。

　　集群运作,也影响了温州经济社会的发展。经济运作中渗透了文化因素,"集群文化"在温州不断生成、发展。温州人靠勤,靠群,来克服温州文化上"小"的弱点,试图做大。他们具有朴素的共生意识,懂得共生共赢的道理,总是"合指为拳",力求合作双赢。

　　温州改革发展的一个突出特点是全民参与,"蚂蚁雄兵"。2003年10月10日《东方早报》刊登记者王亮对报喜鸟董事长吴志泽的采访。吴志泽说,总体上说,温州企业的规模不算大,温州企业的发展绝不是胜在出了几个大英雄,更多的是靠千军万马,靠群体的力量。在企业外部靠的是温州企业间的分工合作、在竞争中发展;在企业内部则是依靠一个优秀的团队。蚂蚁虽小,但联合在一起力量惊人。温州人强调集体的力量,出了国门也是一样。

本书完成初稿时,看到温州市政协副主席姜嘉锋2008年6月2日发表于《温州日报》的文章《让关系服膺于社会规则》。姜文指出:现在世人所说的温州人精神,只是强调了温州人的创业和闯劲,其实,温州人精神中最可贵的还有协作共赢的精神。这种精神已经是一种文化的优势。创业时代的温州,温州人凭借着这种优势,走向全国,走向世界。商品生产初始阶段的温州,温州人凭借着这种优势,在缺乏自由结社制度的当初,他们的团队理念就自然地成为市场经济扶助的组织资源。谁都不否认,温州民营企业是在家族企业基础上发展起来的,协作共赢关系是温州本土资本积累的主要组织形式和文化优势。

姜文认为其已形成一种文化:共赢就是互惠互利,协作就是团队精神。这种协作与共赢的做法,在温州来说,已经形成了一种文化,是最朴素的文化。这种文化,带动村镇、县域经济发展和温州人的群体致富的例子,比比皆是。无论是从温州华侨发展史上看文成和丽岙等地的华侨群的形成,或者是从市场角度来审视温州永嘉桥头的纽扣、瑞安和瓯海的眼镜等十大市场的兴起,还是看平阳青街的开矿挖煤的工程团队在外的影响力,或者说遍布世界各地的温州商人和温州商会的抱守群居、互利而群结的做法,都与温州人的浓浓的亲缘关系和互相惠利这个传统文化背景有着密切关联。温州历史上有一句俗语,"张阁老做官也带牵地方人",说的就是这个意思。我们审视温州企业和企业家创业、发展的过程,从一个个例子中尤其感受到,这种协作共赢的精神在温州人创业之初无处不在,起到了重要的组织资源作用。温州人在创业中的团队精神,以一带十、以十带百的协作精神,在温州的历史上就有沿袭,它是一种传统,是一种亲缘,更是一种文化现象。这看似简单的协作和共赢的做法,在温州人的具体操作上,已经有着自己的一套:在企业运行中,它形成了产业紧密链接;在商业运作中,它产生了环环相扣的庞大市场网络;在人际关系中,它表现了扎实的团队亲和力。

姜文同时指出:协作共赢是优势,其文化背景也是进步的,它通过团队协作关系、乡土亲缘关系、互惠互利关系、协作共赢关系等,相互关联。而这里所体现出来的都有"关系"二字。关系,是把双刃剑,用得好,是社会的资源,用得不好,会产生变异。这种关系一旦渗透到了行政领域,就导致了行政关系化,原本协作共赢的文化被扭曲了,在社会上产生适得其反的效果:协作变成了拉关系结党营私,共赢变成了权钱交换。

陈乃醒、傅贤治主编的《中国中小企业发展报告(2005—2006 中小企业发展与产业集群)》(中国财政经济出版社 2006 年版)认为:伴随着企业集群的形成与发展,我国东南沿海产生了具有区域特色的集群文化,其内涵有:"抢先一步"的经济价值观,超前、务实的制度环境,独特的商业或手工业传统,冒险与模仿精神,小生产意识与家族文化,竞争与包容的文化传统,一定程度上的创新精神,抱团作战的精神。特别是产业内的学习与创新文化成为了先进集群文化的主要标识,区域品牌文化是集群内产业文化的高端构成。地域文化构成集群文化的文化底蕴,影响中小企业集群内人们的认知模式、思想观念与行为倾向,影响集群内企业的制度文化、竞合文化与运行机制,影响集群内企业对外来文化的交流与吸收;同时,集群文化又给集群内的企业带来深刻的影响,如对企业主的价值观念、思维方式、行为意识等产生深刻的影响,催生企业内企业家精神,增进业主之间的信任等等,企业文化又反作用于整个集群文化的发展变迁。

张聪群在《产业集群互动机理研究》[①]指出:温州众多的产业集群都是在家族(家庭和亲族)基础上发展起来的,以血缘、亲缘为纽带的人文网络是产业集群的无形精神脉络。基于血缘、亲缘等人际关系之上的信任与合作在温州产业集群发展中发挥着重要的作用,企业之间在资金上的相互赊借和延迟付款、工艺技术方面的相互模仿、合同订单的互借互助等默契的互动关系都建立在这种人文环境之中。而且,这种人文环境还有利于降低企业间的交易成本,有利于中小企业有效地掌握商机、降低风险;同时,在遭受经营困难时亦能同舟共济,共渡难关。这种基于家族团体的产业集群,在一个生产、技术、市场都不稳定的大环境里,往往比其他产业组织更具灵活应变、规避风险的能力。另一方面,海外华侨在温州产业集群的发展中也有着很重要的作用。温州移民进入欧洲的主流经济圈后,成为温州与国外联系的桥梁,在温州产业集群向海外拓展中扮演着很重要的角色。通过海外的人际网络关系,温州本地企业可以及时获得国外最新的工艺技术和市场信息。据称意大利、法国等国家的服装业界最新流行面料、款式在3 天后就能反馈到温州。温州传统的血缘、亲缘、地缘等关系在长期商业实践活动过程中,能够顺应商业利益关系的变化,使社会网络与集群内部的企业网络耦合成一个有机整体。在集群内的分工协作中,经济网络与社会网络相互嵌套,相互促进,螺旋上升。

---

①　张聪群:《产业集群互动机理研究》,经济科学出版社 2007 年版。

七、发展中的新文明

温州人精神也是温州新文明的反映。

文化决定创新。创新力的基础和本质是文化力。在温州,创业文化、创新文化正在生成。温州文化,不在于它为中国人创造了多少"大"的东西,而在于它给中国人多少"新"的启示。温州文化的求新还在与外来文化交流融会中不断地创新,这正是其可贵之处。

温州,发展源于创新,活力来自创新。温州因创新而生机勃勃,人们因创新而生龙活虎。今天,创新,因为量多面广,而变得更为平常,因为深入社会,而变得"润物细无声"。

创新,是温州发展生生不息的动力;创新,是温州人的品格和灵魂。不断创新,是温州人一贯的精神品格,正在成为温州人最重要的一种能力。致力于创新的温州人,又在创新活动中锻炼和提高着自身,进一步树立创新意识,培养创新能力,一点一滴地塑造着新的人。创新激活了社会生产力,创新也升华了人的潜能,推进了人的发展。

1998年夏,洪振宁提供给"邓小平理论与温州改革开放实践研讨会"的论文《发展中的温州新文明》[①]认为:温州日益发展中的新文明,集中地体现在温州人身上。温州人在改革和发展的大潮中扩大交往,发展"温州人经济",走出乡里,奔走南北;走进都市,安营全国;跨出国门,闯荡世界;温州人人际交往的范围日益扩大,交往的对象日益广泛,手段日益多样化,交往的能力日益增强。改革开放以来,人们的思想观念发生了深刻的变化,温州人的精神面貌也焕然一新。市场经济的竞争性强烈地冲击了因循守旧、墨守成规、自满保守、不求进取的消极观念,调动和鼓励了温州人大胆探索、敢为人先、勇于竞争、开拓创新的精神;市场经济的自主性冲破了盲目服从和过于依赖的思想,激发了人们的创造活力,张扬了人的个性,调动了温州人独立自主、自强自信的精神;市场经济的开放性削弱了地域观念的束缚,开阔了人们的眼界,打开了人们的视野,丰富了温州人对世界的认识,培育了人们开放兼容、借鉴纳新的精神;市场经济的功利性唤起了人们脱贫致富的强烈愿望,随着富民政策的实施,一部分人、一部分地区得以通过辛勤劳动先富起来,增强了人们劳动致富的观念、时间效益的观念和尊重人才尊重知识的观念,培养和强化了温州人的机遇风险意识和敬业创业精神。在温

---

① 载《温州瞭望》1998年第11期,被收入《1978—1998 邓小平理论与温州改革开放实践研讨会论文集》。

州,人们创新理念,弘扬温州人精神,再塑形象,走向现代新文明。一大批发财致富型的经营者转向现代事业型的企业家,温州企业叫响温州货、打响温州牌,"质量立市、名牌兴业"的推进,树立了温州产品的良好形象。温州城乡面貌发生了较大的变化,楼房长高了,道路宽平了,城市变美了。温州的文化品位正在逐步提升。

1998年10月26日,中共温州市第八次代表大会上,市委书记蒋巨峰报告第五部分提出"建设具有时代特征的温州文明"(1998年11月2日《温州日报》)。1998年12月1日,召开了以"弘扬温州人精神,弘扬温州文明"为主题的讨论会,各界代表在探讨中认为:改革开放20年,温州人创造了具有区域特色的温州经济,在跨世纪发展中,温州人更要创造温州新文明①。

敢为人先,特别能创业,是一种精神,更要变成一种文化,成为一种能力,形成一种风气,成为一种社会风尚,使创新就在空气之中,让温州成为创业者的胜地、创新者的乐园。

温州,正在推进文化的创新,建设一种鼓励不断创新、培育创新斗士的新型文化。从2002年开始,温州市每年一度的经济十大年度人物的评选和表彰,是企业界乃至全社会的一件盛事。社会各界推选了他们心目中的英雄,同时,企业家精神则不断得以在全社会弘扬,为现代社会注入一种务实创新的新质。一个城市,当那里涌现了大量的创新斗士,构建了众多的创新乐园,形成了一种创新文化,将无往而不胜。

温州人不断在进行理念创新。

改革开放以来的温州经济发展,从民营经济起步,又用集群经济办法,现在正进入创新经济的阶段。今天的温州,正在由"民营之都"转向"创新之城",过去,是鼓励创富,现在,要鼓励创新。

贯彻落实科学发展观,要求温州成为科学发展模式的试验区,要求温州人争当实践科学发展观的排头兵。要转变发展观念,创新发展模式,提高发展质量,温州人要进一步树立世界眼光和战略思维,进行新一轮的理念创新,突破阻碍科学发展的思维定势,扫除阻碍科学发展的思想障碍,正确对待我们既有的经验和做法,做到永不自满,持续创新。

2004年7月16日,中共温州市委九届四次全体(扩大)会议上,李强书记强调要提升温州人和温州人精神的资源品质。他指出:温州人和温州人精神是我

---

① 参见《温州侨乡报》1998年12月5日《东南周末》,载张云存《市民构筑的丰功伟业——关于温州文明思索》。

市独特的战略资源。在温州人和温州人现象越来越引起外界关注的情况下,要更加注重整合温州人的资源,引导温州人的行为,提高温州人的精神境界,使温州人的资源品质和温州人精神的时代内涵不断得到升华,从而更好地推动温州发展。

2003年10月10日《东方早报》刊登记者吴乐晋采访马津龙的报道。马津龙指出:温州人精神的某些内涵并不具有超越时代的永恒性,它只具有特定历史时代的有效性。温州人精神需要赋予新的内涵,任何事物一旦成了思维定势,造成路径依赖,原先很多的惯性选择就会约束后来的选择。在计划经济向市场经济转型期间,不讲规则是一种策略,是一种勇于创新的尝试。但是当市场经济逐渐规范的时候,这种变通有可能演变为"漠视规则";胆子大可能会演变为致命的自负;过于强调追求利益可能导致唯利是图;企业家那种世俗化、功利主义的入世精神可能会阻碍他们的视野和人生抱负。温州人精神需要发展和突破,也就是强调精神上的创新。温州人精神像一条河流,那些核心的精神精髓会一直留存,而新的精神内涵也会像支流一样源源不断,通过新一代温州人的实践和探索,汇聚过来。更多创造财富的现代概念被温州人精神所吸纳:自律、责任感、合作开放等。

2000年5月,温州市工商局和温州市个体劳动者协会、私营企业协会印行《建设现代化新温州个体劳动者、私营企业主读本》(洪振宁、余顺生主编)。读本第四章"倡导现代文明",鼓励温州人要努力倡导现代文明新风尚,要增加现代知识,强化现代化意识,进一步弘扬温州人精神。

读本指出:强化现代化意识,就是要求我们扬弃小康经验,进一步树立和强化与现代化相适应的现代思想观念,要增强全球意识,增强科技意识,增强创新意识,增强合作意识。

要进行新一轮的理念创新:

(一)要将单纯谋利动机升华为一种事业成就感和社会责任感

要获取利益的经济行为是无可非议的。但是,单纯的物质性原始冲动不应成为一个国家、一个地区发展市场经济,推进现代化的根本动因。发达资本主义国家在鼓励物质贪欲去发展市场经济不断失败之后,也开始升华经济行为的动机,如英国提倡"合理谋利精神",美国当代著名经济学家莱斯特·瑟罗在分析日本企业的经营目的时曾指出:日本公司的利益排列顺序是:雇员第一,顾客第二,股东第三。因此,我们在发展社会主义市场经济的过程中,不能丢掉爱国主义、集体主义和为人民服务等道德规范,应特别注意将谋利动机转化为目标合理、手段合法的社会行动,并使其升华为一种敬业精神,变成为社会责任感。

（二）将单纯货币资本意识升华为一种重视人力资本和智能资本意识

温州迈向新世纪建设现代化的事业，不同于改革初期，必须走内涵和集约型的发展道路，必须走科技兴市、教育兴市、文化兴市的道路。知识就是力量，知识就是财富。人力资本、智能资本是货币资本发挥效益的基础，是构成财富的最终源泉，是现代经济增长的钥匙。我们要树立一种新资本概念，加大人力资本、智能资本投入，积极投身实施"科教兴市"战略的实践中，并努力充实和丰富自己的科技文化知识。

（三）将你死我活的竞争意识升华为一种互惠互利、你赢我赢合作双赢的意识

现代经济发展需要竞争中的合作。过去着重竞争性战略，是为了争夺同一块蛋糕，导致一赢一输局面；现代经济发展需要着重合作性战略，合作性战略通过共生关系促进双赢，借力经营，互惠互利，你赢我也赢，经济增长了，效益做大了，蛋糕更多了。竞争中合作，合作中竞争，能提供更多的机会和信息来源，促使经济更快发展。

（四）将家族血缘意识人情观念转向现代契约意识和现代法理精神

市场经济是法制经济，现代社会是法治社会。我们要发扬中华民族优良传统，又要克服家族经营的局限性，要树立和强化现代契约意识，树立和强化现代法理精神，破除小生产观念、小农意识。

（五）把安逸、享乐意识升华为一种追求生活质量、生活价值和生活意义的超越精神

对于一个民族，贫穷是挑战，财富也是一种挑战和考验。我们要努力克服"小富即安"、"小进即满"的思想意识，坚决抵制炫耀性消费和攀阔比富游戏人生的享乐主义。享乐主义也许可能引起人们的注意与羡慕，但永远不能引起人们的尊重，它是人在财富面前的异化。我们务必把追求经济水平和财富水平的意识升华为追求生活质量、生活价值和生活意义的超越精神，树立人生在于奉献的新意识。

八、温州人精神的影响

改革开放以来，大批温州人到全国各地创业，经商办企业，在全国各地实践和弘扬着温州人精神。同时，全国各地来温州考察学习的人络绎不绝，他们为温州人精神所折服。各媒体和出版的各种书刊连续大量地报道温州人的创业事迹和经营智慧，马津龙、洪振宁等温州学者屡屡受邀赴全国各地，报告温州人发展经济的做法和理念，介绍和传播温州人精神。温州人曾经被赞誉为"中国的犹太

人"。全国一些地方自己动手建设"温州",如"北方温州"、"西部温州"。许多城市开展了学习温州的大讨论,当地报纸一个专版一个专版地讨论如何学习温州人的创新精神,辽宁沈阳市每年还特别举办"温州日",江苏徐州市 2008 年 4 月 8 日设 2400 个分会场,50 万人收看"温州人和温州人精神"专题报告会。

温州人精神,成为中国发展市场经济过程中重构现代人文精神的来源之一,影响了中国人,激励着中国人。

钟朋荣在《走向城市·序》一文中指出:

温州模式的核心或精髓,正是温州人的精神。

温州人是否干某件事情,既不看伟人讲了没有,也不看别人做过没有,只是看实践中需要不需要做,实践中能不能做得通。只要实践中需要的而且又能做通的,他们都会千方百计地去做。农民手里有钱却又没有城镇户口,进不了城,他们就集资建一个农民城;城里的国营商场不卖温州产品,他们就把国营商场的柜台租下来自己卖,在全国一下子就租了 5 万个;从外地回温州没有航班,他们就包飞机,自己开辟航线;国家银行不给贷款,他们就创办信用社、基金会,发展民间金融,实行浮动利率,自己给自己找资金;分散的家庭经济规模小,而且被斥之为私有制的样板,他们就创造了股份合作制,既解决规模小的问题,又戴上了公有制的帽子。

中西部地区的人学温州要学根本,这个根本就是温州人不等不靠,敢于试验,敢于创新的思维模式。在温州的经济模式之后,隐藏着一个更重要的模式,即温州人的思维模式。这个思维模式的特点是:不是从教条出发,而是从实际出发;敢闯敢试,敢为天下先。正如陈云同志所倡导的:"不唯书,不唯上,只唯实。"在温州,还要加上一个只唯试。不管什么事情,不管你旁人怎么讲,我都要试试看。试不成拉倒,试成了就要认认真真地做下去。

在温州,正是由于有这种思维模式,才有一系列的创新,才有温州模式和温州的经济奇迹。可以讲,温州的经济模式是温州人思维模式的产物。

朱仁华《向温州学什么》[①]认为:

温州经验最具有普遍意义的是温州人的创造。最值得别人学习的,正是温州人的精神。

温州人自强自立。凭着自信自强、自我奋斗的个性意识,近 20 年来,温州农民干出了一番轰轰烈烈的事业:你搞贩销,我也搞;你能办厂开店,我也能;你富了,我要比你更富。温州人自比像"草",因为他们"善于从石缝中长出来"。有条

---

① 朱仁华:《向温州学什么》,《浙江日报》2000 年 1 月 11 日。

件自然"长"得好,没有条件想办法照样"长"。这是一种多么可贵的禀性。

温州人吃苦耐劳,不怕困难。"高山峡谷有小城,有城就有温州人。"温州人像"鸟",他们满世界跑,哪里有机会赚钱就奔向哪里,从不计较远近、苦累。温州人精明、会赚钱,但更多的是苦干、实干。其他地方没人愿干的事,温州人干了,还拼命干。如今温州有百万人在国内外创业,他们那种肯吃苦、吃大苦的作风,给世界各地的人留下了深刻印象。

温州人敢闯敢冒,勇往直前。从1956年全国第一个"包产到户"合作社,到1980年全国第一批个体工商执照,再到1991年中国第一个私人包机公司,无一不显示温州人是"敢于第一个吃螃蟹的勇士"。人们说温州人的耳朵特别"硬",向来不人云亦云,凡事都有自己的主见。自己认准的事情,"任尔东南西北风",坚决、大胆地干,不达目的不罢休。

一些地方之所以发展不起来,很大程度上不是环境、政策等外在原因,恰恰就是缺乏温州人那种创业精神。

我们学温州发展非公有制经济,首先就要学温州人的创业精神、实践精神。

吴晓波说:随着经济的发展和企业规模的扩大,任何一种经营模式都存在着不断衍变进化的过程,温州同样也不例外。而一个未曾改变过的"温州精灵"则是,在过去20多年间温州人及温州经济所表现出来的追求自由的现代精神。每年全中国有那么多人千里迢迢赶到温州去取经,你说具体取到了什么经营之道很难说,但温州人的创造热情和百无禁忌的市场开拓精神,则无疑鼓励了所有的取经者。这股来自民间的草根力量是推动中国经济进步的原动力之一。这几乎可以算得上是一个来自温州的精神上的呐喊。

第二节　温州发展的内在动力

一、内在驱动力——温州人精神

温州地处东南沿海,历史上属于荒僻之地,人烟稀少。三国时期和南宋时期的战乱,导致中原地区的人民大量逃亡南迁,他们历经周折迁徙到温州一带。移民是早期温州人的主要组成部分,温州人居无定所的动荡生活,形成了无拘无束、独立思考、敢冒风险和不满足现状的性格,而且这种性格特征在古代温州人那里已经有所显现:人们处于沿海,资源贫乏,则向大海索取生活资本成为他们必然的选择,同时也对古代温州人的性格塑造起了一定的作用。在南宋时期就已经形成了比较有影响的"永嘉学派",而在这前后已经有温州人到海外闯荡。明清时期,出海谋生的温州人更加频繁。及至近现代,温州经历了 20 世纪 50 年代的前线,60 年代的火线,70 年代的短线,80 年代的"出线"的过程。从它"出线"至今 30 年,其改革开放的程度和所取得的成就,一直为人们所瞩目,吸引全国人民的眼球,各地纷纷派人前往学习"温州模式",探寻"温州精神",即"温州人精神"。

(一)温州人精神的形成

改革开放以来,温州人闯出了一条独具特色的路子,形成了独特的"人文精神",也即被世人称道的"温州人精神"。"温州人精神"的具体内涵也是随着温州改革开放的逐步展开而渐渐丰富和充实起来。它的形成也是经历过一个过程的,在各个阶段有不同的具体表现,但一以贯之的总体精神始终是一致的。

在改革开放初期,由于自然环境等各方面因素的限制,温州人被迫走出去,寻求出路。那时人们还是为了满足基本的生存的需要,经商、做生意还没有上升到理论、理性的高度,所以人们总结那时的"温州人精神"之特点为"四千精神",即走遍千山万水、历尽千辛万苦、想尽千方百计、说尽千言万语。生产单位基本上是以家庭作坊为主,小打小闹。在经营的规模和产品的技术含量等方面几乎没有什么要求。可以说,这时的温州人纯粹是处于维持生存的层面,这个要求是最基本的也是最浅层次的。而为了把生产的"产品"销售出去,温州人真是想尽各种办法,当然获利也是微薄的,但是透过微薄的利润,温州人获得了另外一种财富,即市场行情、走南闯北的经验,这些为日后的发展提供了积淀。

随着改革开放的深入,温州的私营企业、私营经济逐渐形成规模,这种与计划经济有些异样的经营方式、经济形式是在自发的态势下形成的。惟其不同于传统,则引起了本地学者以及其他地区学者的关注和争论。对于这样一些新生事物,如何定位、如何正名是摆在人们面前的一个问题。不但是思想上在讨论和定位的问题,而且有的影响非常之大,例如乐清柳市"八大王"事件。之后,随着政策的逐渐宽松,人们的胆子也大起来。而今,人们忆起当年的争论之事,很多至今非常有影响的大企业家都对已故著名社会学家费孝通老先生心存感激。费孝通先后三次访问温州,每次都深入走访一些当地比较有影响的企业,倾听民企老板们的心里话。之后不久,费老先生发表了系列文章明确地对温州这种独特的生产经营方式给予肯定。一些还在政策边缘游离、犹疑的温州人像吃了定心丸,他们从费老的文章中似乎窥到了某种激发人们向上的讯息和动力,最终费老把他的认识汇总提炼为"温州人精神"。他在《瞭望》周刊撰文阐述"温州人精神"

时认为:"就是不甘落后,敢为天下先,冲破旧框框,闯出新路子,并且不断创新。温州人从家庭作坊、摆摊叫卖、沿街推销、设店开厂到股份合作、企业集团、资产经营、网络贸易,我也似乎看到了中国的市场经济从初期的萌芽到和国际经济接轨全过程的演示,并且觉得可以从中捉摸中国市场经济发展过程中的一些内在逻辑和规律。"

经济学家钟朋荣曾将"温州人精神"概括为四句话,即:白手起家、艰苦奋斗的创业精神;不等不靠、依靠自己的自主精神;闯荡天下、四海为家的开拓精神;敢于创新、善于创新的创造精神。这个概括至今仍为人们津津乐道。

作为两届人大代表的浙江正泰集团董事长南存辉对温州人精神作了现身说法的诠释,他认为:"温州人之所以取得今天的成就,很大一部分原因是有'温州人精神'支撑。""温州人精神"包含四个方面的内容即忧患意识、尊重人才、团队精神和敢于创新。

2003年,在温州召开的世界温州人大会上,温州当地的学者把温州人精神提炼为:"敢闯"、"进取"、"创新"、"敏锐"、"坚韧"、"耐苦"、"团结"等几个方面。温州市政府政策研究室李伟力在《温州经济社会发展情况介绍》中把温州人精神总结为:改革开放初期做"四千"精神,即走遍千山万水、历尽千辛万苦、想尽千方百计、说尽千言万语;发展为"四自"精神:自主改革、自担风险、自强不息、自我发展;基本内涵:自主、敢为人先、创新创业。原温州市委书记李强从四个方面对温州人精神进行总结概括:一是敢闯敢冒敢试,敢吃第一口螃蟹。在改革的进程中,温州创造了上百个全国第一。正是靠这种敢为天下先的精神,温州创造了市场经济的先发优势。依靠这种精神,温州人创造了我国第一例民营企业打赢洋官司(应对欧盟打火机反倾销案)的典范。前些年,不少媒体广泛报道过的温州人胆大包"天"、胆大包"海"、胆大包"地",从一个侧面凸现了温州人敢为人先的精神。二是爱乡不恋土,走南闯北筑码头、打天下。哪里有市场,哪里就有温州人;哪里有温州人,哪里就有市场。温州货、温州街、温州城,温州人在全国遍地开花,成为一道特殊的风景。在海内外创业的温州人有200多万,占了温州全市常住人口的1/4,温州人走出家门、国门闯荡世界的比例之高,全国罕见。三是不断进取,永不言败。温州的许多老板、企业家出生于修鞋匠、裁缝、供销员,吃苦耐劳精神和进取心都很强。温州人具有强烈的创业意识和致富欲望,这使得他们能义无反顾地打拼天下。"白天当老板,晚上睡地板"、"宁当鸡头,不做凤尾",是温州人艰苦创业、永不满足的真实写照。四是自主意识强,善于创新。温州土地少、资源少、国家投入少,老百姓不靠政府靠亲友,不找市长找市场,自主谋生、自愿组合、自筹资金、自主经营、自担风险、自负盈亏,一切靠自己。在自求发展过程中善于不断创新,把握机遇,发挥优势,乘势而上。

伴着温州经济的逐步跨越,温州人精神也经历了这样一个基本类似的过程。从"温州模式"、"温州秘密"到"温州制造"、"温州奇迹",再到"温州人精神"的一个发展脉络可以看出,"温州人精神"的形成经历了一个比较长的过程,也即伴着改革开放30年温州经济社会各方面的发展而逐步有了丰富的内涵,而且也将随着温州经济社会的变化而继续丰富。

(二)温州人精神的解读

笔者认为,温州人的精神特质,即温州人精神,应指改革开放以来温州人民在发展社会经济、争取富裕生活的创业过程中形成的一种独特的思想品格,既有历史资源的丰富积淀,又有着现代的内容,是历史与现实的有机结合,是温州的灵魂。温州人精神的形成是"温州人集聚性群体的思维方式、生产方式、生活方式、交往方式长期积淀而成,是支配温州人的价值取向、行为方式、心理导向的精神力量,是温州历史的深厚积淀和温州现实的集中体现"。

温州人精神从表现的群体上讲,可以分别落实到官方政府部门和基层老百姓当中。就政府部门而言,温州当地的政府各个部门能够因地制宜、因时制宜,采取比较灵活的政策和措施处理事情。其灵活性的表现:一方面,灵活消化上面的政策,把其中与地方不一致的地方根据自己的实际情况而加以变通,在不违反原则的基本前提下,吸收其中有利于地方经济社会发展的部分,从而使当地的一些"特殊"问题能够得到适时地消化和处理。温州曾经在较长的时间里受着姓"资"姓"社"、姓"公"姓"私"争论的困扰,但温州市的干部能够高瞻远瞩,认定"发展才是硬道理"这个理,坚持争论归争论,做还是要做,在内部不争论中悄悄发展。社会主义市场经济体制改革目标的提出和确立,让温州人吃了定心丸,使温州加快了发展的步伐。你争你的,我们坚持发展。当然,是否促进了经济社会的发展,其评价标准是老百姓的生活水平是否提高的角度。同时,对基层群众在实践过程中出现的新问题或者具有创新性质的事情,虽然是国家没有明文规定、没有先例、没有定性的东西,官员们坚持只要大方向是正确的都给予积极的鼓励而非压制。即使是有些争议的小问题,只要群众的初衷是为了谋生、发展生产等基本目的也采取默认的态度。政府的这种"无为"与"有为"有机结合的运行方式极大地调动了群众的积极性和创造性,为人民群众提供了宽松的创业环境,大大激发了群众的潜能。

就老百姓而言,温州人精神的体现就更加直接也更加丰富。由于温州自古以来远离中原文化,则人们的思想观念里容易接受新鲜事物,而且头脑里没有那种根深蒂固的等级观念,没有传统的"士、农、工、商"的分工意识,具体表现为对商品经济观念的接受和勇于实践,在人们内心不会引起太大的波澜,因为他们已经习惯,认为那是当然的事情。即使遇到了什么问题,人们也不等不靠,"温州下岗静悄悄"描述的就是温州人处事的自我和从容心态。对那些服务行业,诸如一些被外地人认为是低贱的工作,他们也乐于去做,甚至就是由一些小处出发却做出了大文章。在老百姓身上体现得更为明显的是那种"敢"的精神:敢闯敢为天下先、敢于冲破条条框框,只要是束缚生产力发展的种种因素,他们都能打破旧观念、旧框框。温州人潜意识里从来就很少想过谁来资助救援,在他们最困难、最平淡或最辉煌的日子里,他们首先想到的是"靠自己"。温州人的"靠自己"确实是很有特色,他们可以说是"大丈夫能屈能伸"。"屈"时可以补鞋、弹棉花、做木工、当泥瓦匠,但他们内心却没有自卑感,一心想的是苦难就是财富,盼着寻找阶梯爬上去,寻找一切可以改变命运的机会和机遇,只要有一线商机,温州人一定会抓住。"伸"时可以做大买卖,指挥千军万马;可以投资大项目,一鸣惊人;可以慷慨解囊,一掷千金。更重要的是一些人不敢做的事,温州人却敢做,因为他们的"嗅觉"往往比人家灵敏。就是凭着这顽强的"靠自己",他们中的许多人远离故土,寻找自己的另外的落脚点,也许是在其他城市,也许是远涉重洋。温州人富于冒险精神,他们干事情,既不看权威人士讲了没有,也不看别人做过没有,只看实践中需要不需要做,实践中能不能做得通。正是有了这种冒险精神,才有了50多万温州人漂洋过海,足迹遍及巴西、美国、日本、意大利、菲律宾等65个国家和地区,单是在法国巴黎,就有8万多温州人。在温州经济社会发展的过程中,温州人精神形成了许多独具特色的内涵。其中"第一"之多就是一个例子:全国第一个提出"包产到户"的地方;全国第一家实行利率改革的农村信用社——苍南金乡镇农村信用社;全国第一个农民城——龙港镇;全国第一家私人跨国公司——叶康松办的美国明尼苏达州的康龙农业开发有限公司;全国第一条内地和香港合资兴建并运营的地方铁路——金温铁路;还有第一家"私人包飞机"的胆大包天等等,诸如此类不胜枚举。

　　温州人精神是在温州本土产生孕育发展而来的,但它也是浙江精神具体而微的缩影。从地理环境、资源、人文环境等方面,温州相比于浙江省的其他地区都偏落后,没有任何优势,但是温州却能在经济上形成自己的特色而且影响深远。浙江原省委书记张德江视察温州时说过:"我们常讲中国人的精神,我以为浙江人的精神集中体现了中国人的精神,而温州人的精神集中体现了浙江人的精神,这就在某个侧面说明了温州人的精神集中体现了中国人的精神。浙江人特别是温州人集中体现了艰苦奋斗、自力更生、埋头苦干、永不气馁、不达目的誓不罢休的精神。""浙江精神"是中国人民勤劳智慧优良美德的一个缩影,是中华民族在改革开放中新的精神风貌的集中体现。这种精神既有历史传统,也具鲜明的时代特征;既有地方特色,也融汇了各个地方的优长。它植根于祖国大地,发荣于各个地方。可以说,各省、区乃至市、县都有一些自己的优势和长处,可以概括为各种精神。人民群众生气勃勃的创造精神是一笔宝贵的精神财富。研究温州人精神对研究、深化浙江精神,甚至于对全国都有借鉴意义。时值改革开放30年之际,总结温州经济社会发展的规律、透视其精神特质,对温州、对浙江、对全国都有一定借鉴意义。

如今,回首三十年的发展历程,回望三十年的不平凡道路,温州经济、社会已经形成了生机勃勃的态势。温州人精神已经定位为敢为人先、特别能创业的特点,显示出了蓬勃的生机和活力。

二、盛名之下的反思

温州人精神是在一定的历史条件下形成、发展和丰富起来的,其与温州模式互为表里、相得益彰,使温州获得了无数青睐的目光。但是随着改革开放的深入,中国加入世贸组织以及全球经济的新发展、新变化,温州人精神内涵的传统先发优势正在逐渐淡化,有的优势渐渐转变成劣势,甚至有一些一直被我们称道的内容成为发展的"桎梏"。许多企业家已经意识到了这个问题。因而,有些人便批判"温州经济",批判"温州模式",似乎有全盘否定的意味。作为温州人精神特质的"温州人精神"确实是温州经济社会发展的内在动力的集中反映,它既是对历史的继承又是发挥。也曾经带给温州人诸多的光环,由之而形成的温州模式更是吸引了成千上万的外地人的目光,由争论、好奇到称羡和学习。近年来,在全国对温州的一片赞扬声中,温州市委、市政府的干部和当地的经济学家大多保持着很冷静的头脑。前任温州市委书记李强指出,温州人在光环之下,必须清醒地认识到自身的不足。温州本土经济学家马津龙认为,温州人的冒险、创新等精神是值得大书特书的,但温州人精神需要被破解,需要赋予新的内涵。因为温州人精神是特定历史阶段一种有效的商业文化精神,不具备超越时代的永恒性。

笔者以为,一种理论、一种模式的形成都是符合特定历史时期的特定情况,看待这个问题必须秉承实事求是的态度,坚持辩证唯物主义、历史唯物主义的观点,才能给予一个正确的评价。何况,温州人精神本身就内蕴着开放性和包容性的特点,它不是一个封闭的圆圈,而是可以"与时俱进"的开放系统。所以,在弘扬温州人精神的同时,笔者认为必须经历超越的过程,只有这样,温州人精神的内涵才能达到与时俱进,不断丰富。超越是必由之路。

（一）问题与弊病

1. 自主创新精神不够突出

温州人虽然以敢于善于冒险著称，但没有科技含量的冒险要付出惨痛代价，不能称之为创新。从企业而言，传统的家族企业在取得了一定的成绩同时也成为企业现代化进程中的瓶颈，在一定程度上限制了企业的现代化脚步。在今后的经济发展中，体制创新是必然的要求，就是要进一步加快从传统的家族式企业转变为现代制度的企业。就政府部门而言，能够提供的发展空间有限，则导致大量的资金外流、企业纷纷搬离，影响了本地经济的发展。政府部门的服务意识、忧患意识还不强，有的仍满足于这数字那数字的统计，看到的似乎是欣欣向荣的景象，实际上，一些资金悄悄外流已成为不争的事实。体制方面的问题落实到一些具体问题上，比如办事难、效率差、人情风浓厚、"潜规则"盛行，据说，有的规模不是特别大的中小企业不愿意和政府部门打交道，因为一旦有密切联系，那么"吃""拿""卡""要"是必不可少的，几年下来，企业就会被拖垮。"温州模式"曾吸引大量农民卷入到创业的洪流中，但这些温州早期创业的老板大多素质不高，文化教育水平低，在"温州模式"兴起之初，他们还能驾驭企业，而在全国的市场经济发展起来，以及市场越来越对外开放后，他们只有不断提高知识水平及经营管理能力，才能适应这种形势，否则就会被市场所排斥。这个问题能否解决好，将直接关系到温州经济未来能否继续走在前列。

2. 发展仍然缺乏协调意识

虽然有一些极具生命力的农民城出现，但综观温州城乡之间，发展的协调性不够。尤其是落后的农村，依然闭塞、贫困。温州自古以来土地资源匮乏，价值基础薄弱，则本地农业的发展显得相对滞后。体现出经济实力的增强与生产力水平总体上不高之间的矛盾。温州经过这么多年的发展，人民生活水平迅速提高，民间资本的储存增长迅速。但实际上，总体上的经济实力增加并不能代表生产力水平的真正提高，平均数字还不足以说明问题。人民生活总体上达到小康水平，同时收入分配差距拉大趋势还未根本扭转，城乡贫困人口和低收入人口还有相当数量，统筹兼顾各方面利益难度加大。我们去看看那些落后的山区、看看农民的生活、看看街头的穷人，还有一些由经济增长带来的一系列问题，如贫富不均、农村劳动力贫乏、服务体系服务设施不完善、老百姓的福利没有普遍得到提高。

3. 文化领域问题仍在

随着经济的迅速发展以及资讯的日益发达，人民精神文化需求日趋旺盛，人们思想活动的独立性、选择性、多变性、差异性明显增强，对发展社会主义先进文化提出了更高要求。而就温州本土而言,在文化建设上的投入还显得不够力度。老百姓的精神生活相对贫乏,巷弄里咖啡、酒吧或是大排档分布很多,看着灯红酒绿的夜生活很多姿多彩,实际上层次、品味高的文化场所、文化活动很少。而青少年还是沉溺于游戏、网吧等,或者是追星;老年人则热衷于带有一些迷信色彩的"娱乐"活动。这些都是与社会主义精神文明建设的要求不和谐的内容。反思之处,人们的言行还是限于狭隘的个人经验和眼前利益,应该把单纯的追求功利的动机升华为一种事业感和成就感,把重商主义升华为一种工业精神和实业精神,将家族的血缘意识、人情观念转向现代化的契约和法理精神,把单纯的追求安逸享乐转化为追求生活质量、生活价值和生活意义的超越精神。温州人的软肋是文化。有个旅居巴黎的温州人陈先生提出个数字:在巴黎一年赚几百万容易,赚几千万就有难度。除环境因素以外,很多温州人都同时遇到继续上升的瓶颈:语言和交流问题。像"禅"这样的中餐厅挖来有 30 年行业水准的法国人做总经理的例子到底还是少数。有限的法语水平和在思想领域很少真正与法国社会沟通,制约了他们更大胆地尝试新领域。

4. 规则理念仍然欠缺

随着对外开放日益扩大,面临的国际竞争日趋激烈,发达国家在经济科技上占优势的压力长期存在,可以预见和难以预见的风险增多,统筹国内发展和对外开放要求更高。这对我们的企业主、老百姓等各个阶层的人提出了更高的要求。尤其对于民营企业而言,国际化的理念更加重要,要求我们更加谙熟国际惯例,增加法律规则意识。应该说,随着温州经济社会的发展,温州的人才环境比较好了。但是,与经济上迅猛发展相比较而言,温州的人才环境还存在诸多弊端。这一方面是由于自古以来的闭塞文化传统的影响。所以,本地人的心态还是有强烈的排外情绪,招聘、求职等等一般认同的是本地人。听到谁普通话说得标准,立刻说他是"外地人",听了非常不舒服,表明他们不够宽容和包容,没有大城市的气魄和胸襟。温州经济的发展虽推进了市场经济的形成和发展,但还是受到市场发展不足及不完善的约束。以金融支持为例,温州经济在较长时间里缺乏正规金融的支持,为满足民营企业的融资需求,出现了各种各样非正规的或地下的金融机构组织和活动。民营企业通过非正规的融资渠道融资,成本高,风险大,发生过一些严重问题。

5. 家族企业的思维

家族企业曾经是"温州模式"的一个特色,许多企业的发展历程也证明家族企业在一定时期内有着特殊的作用。根植于血缘亲情的家族文化,是温州民营企业文化的重要特征。这种企业制度在特定时期的确凝聚力强,但随着资本原始积累的完成、企业规模的不断扩大和外部环境的迅速变化,家族企业文化的种种弊端逐渐暴露出来。必须看到,家族企业有其优越的地方,但也存在其局限性。例如,家长式的领导与决策方式不利于调动企业员工的积极性和创造性,可能在一定程度上限制企业的扩大发展。温州老板大多把企业封闭起来,不愿外人进入,不愿与其他企业合并,更不愿被其他企业收购和兼并,一般不愿接受股份公司的企业形式。这些是温州企业难以长大的一个原因,也是温州至今只有一家国有企业改制而成的上市公司的原因。对资本运营虽然观念上接受,但是落实到实践层面却难以开展。对家族企业不能全盘否定,但温州的企业制度仍需要创新,应该学习建立现代企业制度。如何扬长避短,不断创新,逐步突破管理上的瓶颈,实行家族企业文化的创新,这就需要引进先进的管理理念和现代企业制度,同时也要加入许多创新的元素。

（二）对策建议

要使温州人精神真正有生命力,我们必须面对问题,提出超越的思路和理论,才能使之有更好的发展。针对温州人精神的缺失和弊端,笔者认为主要应做好以下一些转变。

1. 从冒险到规则意识的转变

我们常说,温州人胆子大,闯荡四海,说明温州人有冒险意识。但那些身在海外的温州人,包括法国、美国等国家的温州商人都有同样的感觉,他们很难融入主流社会。尽管拥有一定的财富,但是由于文化上的薄弱,那种断层不是一朝一夕可以补上的。同时,一些人盲目地出国,甚至采取一些不法的手段,冒着不该冒的危险,以为到国外就会遍地黄金,结果国外的现实令他们很难适应。所以说,冒险,如果没有充分的准备,也要付出巨大代价。在计划经济向市场经济转型时期,不讲规则是一种策略,是一种勇于创新的尝试。但是当市场经济体制逐渐完善后,这种变通有可能会演变为"漠视规则"。盲目的胆子大可能会演变为致命的自负;过于强调追求经济利益可能导致唯利是图;企业家那种市俗化、功利主义的入世精神可能会阻碍他们的视野和人生抱负。温州人在抓住机会和胆子大方面出了名。那么现在的温州企业家在追求利益最大化和个人利益最大化的时候,应该关注眼前利益与长远利益之间的联系。企业家要认识到,企业的存在不仅仅是谋求利益的机器,同时还是社会资源的利用者和权利行使者。所以在获取一定利润的同时,还要担当起社会责任,把自己定位为社会的一分子。温州人"人人想当老板"的自我性很强,有竞争意识,但有时缺乏合作、协作和甘当配角的精神。"人人想当老板"的独立性固然让温州人无所畏惧地纵横四海,也会冲淡温州人善于合作和适应环境的精神,不靠别人、只靠自己的独立性格,赋予了温州人无穷的勇气。但也正是这种独立性,同时导致了同业间鲜有合作,而以竞争为主,尤其是前几年的价格战竞争,往往带来恶性循环。

温州人重人情,亲和力强,但有时规则意识不够,本来人情味浓烈是应该被称道的,但是与温州人打交道,总觉得其中夹杂着某种让人不舒服的东西,喝酒、聊天、喝茶,最终的目的无非是"利益",有时是直接的有时是间接的而已,很少有纯粹的休闲生活,做任何一件事情,都带着功利的目的,要么是有点成绩的人炫耀自己资本的方式。温州人几乎没有什么休闲的观念和行为,忙碌但不知为什么忙碌!传统温州草根文化的特质非常明显,以血缘、地缘、情缘连接成的"熟人社会",带有一定的排外性,价值认同趋于单一,思维方式比较雷同,法律、法规的意识相对淡薄,功利主义相当明显。温州人历来是熟人社会,办任何事情,只要有熟人,都会节约大量的资本。于是人们把很多的精力用在经营熟人经济上面。为了结交可以用得着的人,建立熟人脉络,温州人可谓大动脑筋,于是酒肆、茶楼、大排档到处活跃着其乐融融的气氛。经过这样有意无意地建设,熟人社会就这样串联起来。一些人为自己的熟人资源之广阔而自豪。如果熟人经济催生的是规则,本也毋庸置疑,熟人网络也在一定程度上表明了社会的文明进程。人们已经充分社会化了,而不是如传统社会一样是孤立鲁滨孙面对自由客体的遗世独立处境。问题的关键是,这种熟人、亲缘关系的活络和发达暗含着对规则的轻视,甚至对法律制度的忽视。熟人碍于面子,即使不符合某种规则、规定也违心地帮忙,因为这种帮忙是相互的。对亲缘关系的过分重视,也导致了规范不够。对一般温州人来说,要办个事情,或者出了事情,首先想到的是要去找熟人、找关系、讲人情,而不是先问是什么性质的事情,管理部门是否应该给我办,或者是否会违反原则。在今天越来越规范的市场上,规则意识不可缺少。

2. 从家族观念到创新

温州人有强烈的同乡认同感,温州人的"抱团现象"也是有目共睹的。结成同乡团队去闯世界的温州人,避免了初创时期势单力薄的困境。在国内整体信用环境不佳的情况下,同乡人之间的借贷更不失为交易成本较低的一种方法。早期的温州经济建立在家庭小作坊的基础上,所用的人大多是自己的亲戚、朋友。这种经营方式在企业规模很小的情况下是实用的。但是,当企业发展到一定规模的时候,家族企业所负载的厚重的壳就会成为企业扩大发展的瓶颈。这也就是今年一直在争论的代际转化的问题,怎样处理和解决企业里缠绕的亲族关系。于是有一些老板已经在稀释家族的股份,也取得了一些成就,然而这个过程是复杂的。这就要求我们的一些企业加强管理,积极更新管理观念,实施战略创新,调整组织结构,优化管理方式,重塑管理流程,重视管理细节,同时充分倡导"以人为本"的文化理念,寓文化于管理之中,将管理人格化、亲情化,促进企业管理创新,提升企业管理层次,企业的自主创新能力和核心竞争力明显增强。重点要推进三个创新:技术创新、体制创新、管理创新。坚持自主创新,打造自主品牌是系统工程,必须以技术创新为核心、以体制创新为保障、以管理创新为基础,三者协调进行,方能奏效。科技含量决定品牌的价值,是品牌生存的基础。民营企业在打造自主品牌中有体制和机制的优势,但也有局限性。家族式产权制度的封闭性和狭隘性容易导致急功近利,忽视品牌建设。管理创新是顺应知识经济要求的必然选择。与市场适应的任何管理都是创新的管理。以正泰集团为例,该集团分为投资决策层、利润增长层和成本控制层三个层次,初步形成了以母子公司为基本构架的企业管理体制。在企业日常运作中,坚持三会(股东会、董事会、监事会)制衡,三权(所有权、经营权、监督权)并立。在企业重大问题的决策上,实行的是"专家咨询、民主决策"。虽然经历了初期的阵痛,但长远来看,家族企业的稀释、民主化、现代化是一个企业能够获得更大发展的必由之路。当然,具体的措施仍然要根据自己的企业实情来设计,但变革是必然的。

3. 从能"睡地板"到"看黑板"

我们一形容温州人吃苦精神的时候便说"白天当老板,晚上睡地板",如今,对此有了新的诠释即"白天当老板,晚上看黑板"。温州的一些企业老板也已然意识到了学习的重要性。

吴志泽说:"最好的效果是近距离的学习,潜移默化的作用是最大的,只有把'500强'引到身边,我们才能时时产生紧迫感和危机感,我们才能有榜样和目标。挑战性的学习是效果最好的学习。"

温州人保持了当年"敢为天下先,特别能创业"这样一种品质,而且还汲取了新的元素。很多企业家重视学习,过去他们是"白天当老板、晚上睡地板",现在是"白天当老板,晚上看黑板",不断充实自己、提高自己,与企业同时成长。过去温州民营经济宁可当鸡头,不去做牛尾,没有一家上市企业,现在已经有上百家企业非常希望上市,与国外合作的积极性也非常高。过去所有的事情都事必躬亲,现在聘请职业经理人来管理。

可喜的是,温州企业的"少壮派"都能意识到这一点,他们也充分利用"黑板经济",一些年轻的企业家每年在学习上花费的费用不菲,但他们意识到这其中潜藏的巨大能量。所以,在一些高端的研讨班、学习班以及各式学术含量比较高的讲座现场都会发现温州老板的影子。

4. 从推崇模式到突破模式

温州本来没有模式,这样的人文、经济环境不应有模式存在,温州模式的提出是在与苏南模式的对比过程中明晰起来的。模式一旦形成,温州好似被固定和公式化了,这并不符合温州人精神的要求。"温州模式"的出现,在我国城乡经济发展史上,可以说是破天荒的。它孕育了我国社会主义市场经济和民营经济的最早胚胎,走出了一条城乡经济、治穷致富的新路子。

温州经济主要力量是民办、民营,它是一种自发的又是稳定的可持续发展的经济秩序。历史表明,在自发秩序下,出现先行者的实践样板,产生诱导作用,通过相互博弈,可以快速、不断扩张,形成新的体制、新的机制。早期的温州人就有出海谋生的传统,渊源很远。新中国成立以后,外出受到限制,他们只能就地寻找机会,从此开始搞小商品生产,如服装、鞋帽、低压电器、眼镜、商标牌等,期间经历的辛苦和磨难无法想象。及至改革开放以后,市场起到主导作用,家庭经营的个体经济私人企业因而获得大发展,结果形成了一个中小企业大群体。最终形成了一种高于个体经济基础上的自发的、扩张的经济秩序。互联网本是一个虚拟的网络,而温州人则把这个虚拟化为了现实,他们有着遍及各个角落的网络大军:温州现有100多万人在全国,30多万人在国外,这个网络适时在运作着,活跃着,在互助互学、信息传递、相互策应、协调对外交往、异域经营等方面提供了便利。

温州当地政府职能的转变与简化是温州取得今天诸多成功的一个关键因素。政府对微观经济及其日常经营,始终不去直接干预,而把主要精力都用来改善宏观环境、搞好建设规划、制定游戏规则、搞好基础建设等。

任何事物都有两面性,温州模式在赢得赞誉的同时,其劣根性也显而易见。从温州模式的发展历程和其经济结构中我们可以看出,温州是典型的小家族式企业模式,父子、夫妻、兄弟和亲戚朋友,形成了现在温州企业主的主要结构,由于专注于创业,则这些中小企业业主本身的文化素质、知识结构和决策能力都有一定的局限性。笔者仅举一个关于人才的例子:在今天的新经济环境背景下,许多业主开始感到了力不从心,决策困难。许多企业都已意识到了人才的重要。可当我们透视温州业主结构看温州企业的人才环境,就会发现,温州模式非常缺乏很好的人才生长环境,许多被大张旗鼓招揽来的人才最终还是被"悬置"起来。一些人感慨在温州没有归属感。老板们一方面用人,同时又疑人。很多有志青年满腔热情来寻找伯乐,失望总是伴随着他们。因为这个地方的文化、语言等让你自己觉得被排斥,文化缺少包容性和兼容性,保持了中国人的传统思维习惯。虽然,有些人也懂得"用人要疑、疑人要用"的道理,但缺乏制订游戏规则的能力,或规则制订不合理。同时,家族势力的影响还存在,在一些规模比较大的企业内部,最核心最关键的职位其控制权依然掌握在亲族手中,影响了外人的能力发挥。不仅在人才方面,在企业规模、企业家的责任法律意识、政府的角色定位以及温州城市的规划、公共服务、人文环境、人的素质等等方面都有待于提高或者改变。

如今,温州、温州人、温州产品,不再是过去世人印象中脏乱差、假冒骗的代名词,而是赋予了健康向上的新气质。温州人以实际行动重塑了温州的新形象,使如今的温州成了一块响亮的品牌。应该说,创新是温州模式长盛不衰之处;发展是温州模式的生命力,温州模式就是在不断发展、不断受到质疑中存立于世。

而温州模式要继续发展,必须"与时俱进",突破三大障碍:一是要调整和提升产业结构和产品结构,实现整体经济效益。二是要创新企业制度。加入一些创新元素,比如,创新资源、创新机制。创新资源包括与创新活动有关的各类人力资源、资金、技术成果及设备等,其中,创新人力资源是创新的核心资源;创新机制是保证创新体系有效运转的关键因素,逐步建立和完善在市场经济基础上的动力机制、激励机制以及公平竞争机制,形成现代企业制度。三是要善于利用资本市场,实行资本经营。由于温州民间资本的雄厚,如何整合利用这些资本发挥更大的作用是要解决的问题。

只有如此,一直为世人称道的温州模式、由之而来的温州人精神才能真正焕发新的生机与活力。"温州模式"之所以最终被认同,是因为经过不同的实践及反复的思考,人们终于认识到只有发展市场经济才能促使资源配置的优化,加速经济的发展。"温州模式"的实践对促使人们转变观念,接受和发展市场经济起了重要的作用。"温州模式"说到底是放手发展民营经济的模式,通过实践使越来越多的人认识到,发展市场经济就必须发展民营经济,民营经济或者说非公有制经济是社会主义市场经济的重要组成部分。

第三节　温州人精神文化与经济社会发展互动

一、阐释方法与具体分析

在有关资本主义产生原因的理论中,有马克斯·韦伯的观点。他把资本主义产生归结为新教伦理精神。有人以同样的方法从精神层面去寻找温州发展之谜,解释温州经济现象的产生根源,将其归结为温州人的精神文化,视精神文化为唯一的甚至最终的原因。如果只截取历史发展过程的某一环节去理解历史,这样的结论似乎可以成立。然而历史是过程,是承上启下的,是不断延续的。克罗齐在《历史和编年史》中说:"精神即历史,在历史存在的每一时刻,精神就是历史的创造者,同时精神也是以前一切历史的结果。"这段话是对经济和精神关系的一种恰当描述。新教伦理精神在资本主义发展中产生过作用甚至是重要的作用因素,但是如果把它视为唯一的根源性的东西,却缺乏说服力。任何一种精神的产生都有一种其得以产生的社会存在背景、经济背景,而且它产生作用也需要一种社会存在环境,或者说需要这种精神具有适应环境的特性。新教伦理精神的出现本来就是社会经济生活变更的反映,是社会经济生活的变化在人们心理上产生的影响,它首先是历史结果,然后才成为历史发展的推动力。温州人精神文化也同样如此。在这个问题的研究上,马克思主义的哲学世界观仍然是能够使我们做出正确解答的科学方法论:相互作用是世界的根本原因,经济的东西在社会发展中始终起着最终的决定的作用,精神的东西也始终对经济的东西起着反作用。

回顾温州三十年的发展历史,经济和精神的关系始终处在互动中,呈现着互为因果的关系,这种因果关系在社会急剧变动时期,因为互动的急剧而难分难解,难以梳理。但如果做认真的分析,还是可以清晰地看到的。

(一)温州模式发展初始精神文化动力

温州模式发展有其初始精神文化动力即市民心态。市民心态根源于温州历史的和现实的经济状态而非叶适功利主义,它适应了改革开放初期的温州经济发展状况和要求,并在温州模式的发展中得到张扬。

在温州三十年的发展过程里,市民心态是初始精神文化动力,也是温州人精神文化的雏形。这是一种心理层面的东西,可称为市民心态。我曾经在一篇文章里将其描述为"传统农业社会向工业社会转型初期欲通过土地以外的手工业和商业活动获取利益的心理,是开始摆脱听天由命的无奈,企图自主掌握自己命运的心态"。这种心态有历史的和现实的经济社会根源,决不是温州人的天性和本能。从历史来说,这种心态在南宋时随温州手工业和商业发展而萌生,几百年里温州社会经济生活几乎没有大的变化,因此这种心态在温州社会始终氤氲不绝,积淀极深。即便是新中国成立后的几十年里,由于政府在温州极少投资,城市经济没有得到多少发展,现代大工业始终没有在温州产生,因此温州少有现代工业文明的熏陶,甚至现代工业文明的辐射也极少抵及,市民心态也没有机会被与大工业相适应的心理所取代。而由于政府无能为不断增加的人口提供基本的生存条件和实质性的帮助,在人多地少的温州,个体的手工业商业活动方式从来没有根绝,因此主流意识形态的灌输缺乏接受的基础,抑制商品经济发展、压抑人的自主性和创造精神、否定功利心理这些左的错误,在温州,遭到的抵制也特别强,市民心态因此没有发生大的变化。正是这种市民心态,适应了改革开放初期的经济发展状况,成了温州模式产生的精神动力,并在温州模式的发展中得到张扬和升华。

一直有不少人在谈叶适事功学派思想对温州经济发展特点的影响,有人视其为"文化渊源"、"理性启迪"、"文化基因"等。这些说法十分勉强。我们可以推论,作为一种理性意识,叶适思想是对当时社会心理的加工整理,是以当时的社会心理为基础形成的,但我们不能凭空推论叶适思想对当时社会产生过多大的影响。一种思想对社会产生影响,并能在几百年里延续,无非有这样两条途径:一是其思想成为社会经济政治政策、决策的指导思想,通过这些政策措施的实施,从而影响社会心理,这是间接的途径;一是直接的途径,通过某种媒体在社会传播,从而影响人们的心理。就叶适生活的时代而言,叶适的功利主义思想非主流思想,并没有为当时的皇帝接受,对当时社会没有产生过多大影响。叶适曾将自己的政见写成四十五篇论文,以备有机会呈于皇帝,但孝宗皇帝并无询问。叶适的事功学说主要是在他的著作《习学记言序目》阐述的,此书是叶适晚年居家经十六年时间而成,当时在从其学的弟子中有过传播,影响面极小,此后只在学术圈子里有过传播(学术界对其思想也是反对居多),并没有在社会里广泛流传,对民间的影响究竟有多大,没有史料可以证明。周梦江先生在《叶适与永嘉学派》一书里谈到,叶适之后,温州的一些学者不谈事功之学,而是大谈义理之学。其中最著名的是叶味道和陈埴(叶是朱熹的学生,陈曾是叶适的学生,后从朱熹学)。而"自从叶味道和陈埴在温州传播朱熹道学后,主张事功学说的薛季宣等人便被温州学者作为远祖而疏远了,永嘉学派衰落了"。至于叶适思想对后世社会心理的影响更是无从谈起,改革开放初期的温州人知道孔子儒家及其思想言论的很多,但绝少有人知道叶适及其思想。因此,叶适思想作为文化遗产,我们今天可以挖掘它,以吸收其为今天所用之精华。但将其视为温州经济发展的根源,以为温州经济发展是在其点拨、启迪下形成的说法,却未免失当。

(二)在市场经济发展中市民心态的升华

在市场经济的发展中市民心态得到升华,形成了温州人精神文化中的现代化素质;这种素质在市场经济的发展中得到扩张和丰富,成为一种地域性的社会意识,并且造就了温州经济和温州人经济。

市民心态及其所包含的功利思想、重商意识是推动温州模式形成的初始动力,但在温州三十年里起作用的精神绝不只是这些。在三十年里,温州人表现出来的最积极、最突出、最具有特殊性的精神文化,是高度的自主性和创造性以及风险意识、流动意识、效率意识。这些正是英格尔斯概括的人的现代化素质的重要内容。我们可以认为这些现代素质是温州人的精神文化特性，因为它们在温州社会有特别普遍的发展，呈现为一种社会性格，而在其他地方很少有这样普遍的表现。

这些现代素质不是先在的，也不是固态的，而是在现实的市场经济活动中培育，在市场经济的活动中变动发展着的。传统的作用固然存在，然而更具影响力的是现实生活。我们看到，南宋以来的几百年里，经济社会发展变化呈缓慢态，甚至可说是静止态，市民心态的变化也呈缓慢和静止状态。而改革开放的三十年里，经济社会发展突飞猛进，温州人的精神文化心理意识也随之发生着巨大的变化。推动温州经济发展的精神文化，正是在经济发展的过程里发展出来的，而且也是在不断发展变化着的。周晓虹在《传统与变迁——江浙农民的社会心理及其近代以来的嬗变》一书中比较苏南周庄人和温州虹桥人的现代素质生长状况时指出，温州人现代素质比苏南人强，差异不是如许多人讲的是传统文化的不同，苏南周庄人和温州虹桥人都有重商的传统，他认为造成差异的一个很重要的因素是自然资源尤其是土地资源的差异。他说："远离现代城市文明的温州地区的农民之所以会普遍产生脱离土地、从事小手工业和小商业的动机，很大程度上是由土地的匮乏所促成的。"他认为，这增加了虹桥人离土和离乡倾向，也培养了他们的流动和风险意识，以及独立从事经营的能力，而在温州模式的发展中，又获得了高度的个人自主性和效能感。的确是这样，首先是经济状况、经济特点影响决定着温州人的心理、意识，而温州人的心理意识又推动了温州模式的产生；在温州模式的运行中，发展出了温州人的现代素质。三十年里，我们看到，许多个体的共同的需要，表现为一种共同的追求，初始效应在温州模式的运行中不断扩大，通过模仿，通过心理的相互影响，凝结成一种共同的精神状态，形成一种地域性的社会心理。我们也看到，在这些年里，温州人的素质在不断随着经济的发展要求而发展，表现得越来越丰满越来越现代，而正是这种现代素质形成和不断发展造就了温州经济和温州人经济在三十年里的非凡成就。

（三）温州人精神文化中的负面因素

温州人精神文化中存在负面因素。这种负面因素有经济的和社会的根源，为它支配的行为模式支撑了温州人最初的原始积累，但是，随着经济社会的发展，这些负面的东西越来越成为温州经济发展的障碍，经济社会发展产生了摈弃这些负面因素的要求。

就像一枚硬币有正反两面一样，在温州人精神文化这种地域性的精神心理中同时存在负面的东西。这种负面的东西不仅是实际存在的，也是起作用的，在它支配下的行为模式支撑着温州人最初的原始积累。比如温州人敢冒风险,就包括了敢冒道德上的风险,这也是与变革的时代即市场经济发展初期的状况相适应的,比如,行贿、偷税漏税、假冒伪劣,没有这些不可能有最初的积累。负面东西在最初的发展中帮了温州人一把,它和闯的精神、自主精神交织在一起,推动了温州人的原始积累。对这一历史事实我们不必讳言,它几乎是客观规律性的东西,在自然经济向市场经济转化的阶段里具有必然性,因为,它和其时的环境有关系,一方面是旧体制尚未松动,提供给走上市场的人的机会很少,空间很小,为了抓住机会,为了拓展空间,温州人就不择手段了,行贿等等不道德甚至违法的行为就出现了;另一方面,社会还来不及建立外部制约机制去规范市场经济活动。对这种现象的否定,必须依赖经济的一定发展,必须依靠建立起外部制约机制。

也因此,我们看到当经济发展到一定阶段时,这些负面东西成了温州经济发展的障碍,经济发展产生了一种客观要求,要求温州人摒弃其精神文化中负面的东西,无论是从社会的利益关系调节角度来说,还是从温州经济的可持续发展来说都产生着这样的要求。在市场经济的历史中,我们看到经济本身发展的力量,能迫使人放弃恶的行为方式。比如,当市场经济由卖方市场进入买方市场,经济活动中假冒伪劣现象无疑会减少,经济活动主体的道德状况从整体上说会有所改变,道德水平会有所提升。恩格斯曾经揭示过这种变化,他说:"现代政治经济学的规律之一就是:资本主义越发展,它就越不能用作为它早期阶段的特征的那些琐细的哄骗加欺诈手段。的确,这些狡猾的手腕在大市场上已经不合算了。在那里,时间就是金钱。那里商业道德必然发展到一定水平,其所以如此,纯粹是为了节约时间和劳动。那时,人们主要是依靠良好的信誉和精美的产品来获取经济效益。"这表现了利益竞争中的一种平衡,也是经济活动主体道德意识自觉的过程,经济发展的现实,使人们体会到、意识到利益间的相互依赖,从而产生社会责任感并不断得到提高。这种局面的形成是现实的经济发展状况的反映,是经济发展水平提高和利益制约强化的反映。西方市场经济的发展历史是这样,温州的情况也是这样,我们看到我国经济发展进入买方市场后,这样的苗头开始出现。从 20 世纪 80 年代后期提出质量温州,后来提出品牌温州,以至近些年提出信用温州,正是表现了、适应了这一调节要求、发展要求和制约强化的反映。在经济和精神文化的互动中,我们看到温州人的道德价值观念在发生积极的向上的变化,尽管还不尽如人意,但是,变化是切切实实的。

(四)温州人精神文化的提升完善

在经济发展进入一个新阶段的今天,曾经推动温州经济发展的温州人精神文化中积极的作用趋于稳定,负面因素的阻碍作用越来越大,经济发展对新的精神文化因素的要求则越来越强烈。温州经济能否持续发展从某种意义上说,取决于温州人能否适应这一要求,不断提升完善自己的精神文化。

当历史车轮滚过这三十年,我们看到,曾经成为我们发展障碍的一些价值观念已被我们远远地抛弃,我们不再忌讳谈论功利追求功利,曾经被压抑的求利心态得到了释放,得到了张扬,也因此,对发展来说曾经显得十分重要的功利价值观,在变化了的今天,对经济生活的影响也不再像以往那么重要,像自主意识、风险意识、流动意识等现代性素质的推动力作用也趋于稳定甚至减弱。因为,经济已经走上新的阶段,在这样的阶段里,经济发展需要新的精神文化动力,需要的是对负面东西的纠正,对我们尚不具备的东西的养成。比如,经济社会的进一步发展需要对功利的超越,这种超越不是对功利的否定,而是在注重合作、注重互利、注重协调的基础上对功利的追求。因此,重要的是养成谋功利所需要的文化素质:在谋功利中正确调节利益关系的价值观念、对法制和规则的尊重。对温州来说,还很需要的是对知识和人才的尊重,这是我们最为缺乏的,也是温州经济发展最急需的。温州的文化底蕴并不深厚,我们缺知识缺人才,我们因此受到的制约已经十分明显,但是,令人担忧的是,我们许多人价值观深处缺乏对知识和人才的尊重。还有市场经济的发展要求平等、公正,而我们社会还有十分浓厚的谋求特权的意识和行为,它也在严重损害市场经济的发展。最近,关于温州经济发展趋势有种种议论,我们看到,一些议论不是无中生有,温州社会的确存在这些缺陷,一些学者的分析是切中要害的。能否摒弃我们一直存在的缺陷,铸就适应经济发展所需的品格,关系到温州经济发展的未来,关系到温州社会发展的未来。而且特别需要指出的是,这种欠缺更重要的表现在政府官员中,我们更需要把精神文化素质提高的注意力集中在官员身上,从而为温州经济社会发展创造良好的环境。

二、追溯历史,可以给我们以关于未来发展的启示

第一,经济和精神永远处在相互作用中,经济的东西始终是中轴线,是最终决定的因素,但是被经济决定的东西也始终对经济发生着反作用,而且精神文化在历史发展的更高阶段,在经济发展的更高阶段,将对经济社会发展产生比过去更为重要的影响作用,它的先导作用、基础作用、制约作用越来越凸现。这是我们所处的这个时代的特点,我们必须正视这一特点,以积极的态度去应对。

第二,经济对精神文化的作用不仅表现为过去的经济发展历史所产生的精神文化结果,还表现为经济发展对精神文化的要求,它也是经济决定作用的表

现。在对两者的关注中,更需要人们注意的是现在的经济发展、未来的经济发展对精神文化的要求,它需要人们去预见,需要人们有远见,需要人们在把握它的丰富内涵的基础上,加强自觉建设。经济发展自有一种客观的力量迫使人们改变心理意识、思维方式和行为方式,但是自觉地建设能使我们发展得更迅速更完善。

第三,在培育精神文化中,我们需要吸收传统中的精华,更重要的是立足现实着眼未来的发展要求。挖掘优秀文化遗产是需要的,但沉溺于固有的文化底蕴是绝对不够的。在一个飞速变革的世界和时代里,更重要的是跟上时代进步的脚步,而且要尽可能走在前头。

第四,经济社会是复杂的现象,它对精神文化的作用也是复杂的。经济的、利益的东西在心理中是起作用的,利益驱动能导致积极的东西的产生,比如在市场经济条件下能强化人们的自主性,也会导致负面的东西,产生诸如假冒伪劣等极端自私自利的行为。精神文化现象中积极因素和消极因素并存和交织是永恒的现象,它要求社会在自觉建设中始终注意对精神文化中消极东西的克服。

第四节　叶适事功价值观与温州人精神特质

在叶适的思想体系中,其哲学思想是最珍贵的,也是最丰富的。它是在摆脱了"关学"和"洛学"的束缚,对朱熹、陆九渊等唯心主义哲学的批判基础上形成的。作为永嘉学派之集大成者,事功的价值观是叶适哲学思想最显著的特色。所谓"仁人正谊不谋利,明道不计功,此语初看极好,细看全疏阔。古人以利与人而不自居其功,故道义光明。后世儒者行仲舒之论,既无功利,则道义者乃无用之虚语尔"。在这里,叶适批判了董仲舒重义轻利,特别是朱熹脱离事功空谈心性的倾向,明确主张义利统一而以功利作为衡量道义的标准。

叶适事功的哲学思想是通过对程朱道学的分析批判而阐发的。叶适反对道学的重要特点之一,是从儒家思想发展史的角度,论证道学家的所谓"道统"是一种虚构。叶适说:"道学之名,起于近世儒者,其意曰:举天下之学皆不足以致其道,独我故能之,故云尔。其本少差,其末大弊矣。"程朱道学自命为儒学道统的嫡传,故而天下只此一家,别无分店。叶适认为,程朱道学家对道统的编造,"其本少差,其末大弊"。程朱道统说的主要错误是把曾参作为孔子之道的"独受而传之人"。两宋的道学家认为,在韩愈所说"孔子传之孟轲"之间,还有一道统的嫡传,这就是曾参亲传孔子之道,后传给子思,子思传孟轲,孟轲死后失传千五百年,而他们自己则是上接孟轲的。所以在叶适看来,曾参是否亲传孔子之道,这是涉及道统源流的重大问题,不可不辨。"传之有无,道之大事也。世以曾子为能传,而余以为不能,余岂与曾子辨哉? 不本诸古人之源流,而以浅心狭志自为窥测者,学者之患也。"叶适通过大量的考证、辨析,"以为曾子自传其所得之道则可,以为得孔子之道而传之,不可也",叶适并不否认从曾参、子思、孟轲到两宋的道学有一个传承的系统,但认为他们所传的并不是孔子的"一贯之道",而是"曾子自传其所得之道"。这对于两宋道学家所宣扬的道统来说,无异于釜底抽薪,使之成了无源之水,破除了他们独得孔子之道的神话。叶适的考证,对于帮助人们摆脱程朱道学思想的束缚,是有积极意义的。

两宋哲学家讨论的中心问题是理气、道物关系,叶适认为,正是在这一本体论问题上,由曾参、孟轲到两宋道学背离了孔子的"一贯之道"。他说:一贯之旨,因子贡而粗明,因曾子而大迷。叶适之所以称曾参为"大迷",是因为曾参背离了孔子的"本统"。"曾子之学,以身为本,容色辞气之外不暇问,于大道多所遗略,未可谓至",即是说曾子只专注于个人身心的修养,"欲求之于心",而忽略了经世致用。曾参的这种倾向,在当时已被孔子指责为"偏失"。叶适认为从尧、舜到孔子,从不离开具体事物去言道,"上古圣人之治天下,至矣。其道在于器数,其通变在于事物"。而从曾参经过子思,再到孟轲,则进一步发展了曾参离开具体事物空谈身心修养的偏失,"尽废古人人德之目,而专以心性为宗主,致虚意多,实力少","古人之圣贤无独指心者,至孟子始有尽心知性,心官贱耳目之说"。叶适指出,两宋道学家脱离事功、空谈心性的修养,就其思想渊源来说,是来自曾参、子思和孟轲,而背离了孔子:"舍孔子而宗孟轲,则于本统离矣……"

叶适上述论述的意义,一方面是论证了两宋道学家是"舍孔子而宗孟轲",他们所谓的道统并非是孔子的真传;另一方面,更重要的是,叶适借孔子之名,表述了他对道物关系这一哲学基本问题的看法。他说:"古诗作者无不以一物立义,物之所在,道则在焉,物有止,道无止也。非知道者不能该物,非知物者不至道。道虽广大,理备事足,而终归之于物,不使散流,此圣贤经世之业,非习为文词者所能知也。"叶适的这一段话,包含着丰富的和深刻的内容。第一,说明了只有"物在"才有"道在",道只能存在于事物之中,"性命道德未在超然遗物而独立者也"。第二,说明了道与物的区别。所谓"物有止"是说事物都是具体的、有限的,"道无止"是说道是无限的、普遍的。道与物之间存在着普遍和个别的差别。第三,对道和物的认识是互相依赖的。不去认识和掌握道,就不能概括具体事物;不去认识具体事物,也就不能达到对于道的真切的把握。这表明叶适已经接触认识到一般与个别的辩证关系。

叶适还进一步指出,所谓道之理,即是事物本身所具有的规律性:"夫形于天地之间者,物也;皆一而有不同者,物之情也。因其不同而听之,不失其所以一者,物之理也。坚凝纷错,逃遁诡伏,无不释然而解,油然而迁者,由其理之不可乱也。"叶适首先明确地肯定有形有象的具体事物,是天地间最根本的、唯一的存在。叶适认为天地间的事物,既存在统一性,又存在着差别性,这是客观事物本身所固有的特点,客观事物虽然千差万别,但由于存在着统一性,这就表现为事物的规律。事物的运动变化,虽然纷繁复杂,但其消散与凝集都有一定的秩序,就是由于其中存在着必然的规律。叶适认为,理只是事物的规律和秩序,不能离开物而独立存在,这就与程朱道学处于根本对立的地位。叶适用事物多样性、差别性的统一,说明事物的规律,这个思想也是深刻和精辟的。

叶适从"物在"则"道在"的道物观出发,在认识上注重对具体事物的考察。他说:"夫欲折衷天下之义理,必尽考详天下之事物而后不谬。"判断一种义理是否正确,必须经过对天下事物的详尽考察,然后才能得出结论。所以叶适十分重视见闻在认识过程中的作用,"观众器者为良匠,观众方者为良医,尽观而后自为之,故无泥古之失而有合道之"。说的是要广泛地直接地观察事物,这是认识的基础,"是故君子不以须臾离物也。夫其若是,则知之至者,皆物格之验也。有一不知,是吾不与物皆至也"。强调认识一刻也离不开对事物的接触和观察。叶适强调"尽观"是认识的基础,但不能停留在"尽观"上,必须"尽观而后自为之",才能得到真理的认识。所谓"自为之"即指对经"尽观"得到的认识,还要运用人的理性加以思考。叶适说:"耳目之官不思而为聪明,自外人以成其内也。思日睿,自内出以成其外也。""古人未有不内外交相成而至于圣贤。故尧舜皆备诸德,而以聪明为首。"耳目感官要依靠广见多闻,才能变得聪明,这叫做"自外人以成其内"。思是心之官的作用,对耳目见闻取得的认识,运用心之官的作用加以思考,从而达到正确的认识,这叫做"自内出以成其外也"。在叶适看来,人的整个认识过程就是耳目的见闻与心之思两相的结合,这就叫做"内外交相成"。其中又以"聪明为首",是说整个的认识过程是以耳目感官的观察为基础和开端。这就在理论上批判和克服了从孟子到程朱道学"尊心官,贱耳目"和"专以心性为宗主"的错误倾向。

叶适在认识论上特别值得注意的是提出了"弓矢从的"这一光辉的命题。他说:"立论如此,若射之有的也。或百步之外,或五十步之外,的必先立,然后挟弓注矢以从之。故弓矢从的,而的非从弓矢也。""弓矢从的"即是有的放矢,其基本思想是强调理论要从实际出发和以实际效果来检验理论的正确与否。叶适说:

"物不验不为理";"无验于事者,其言不合";"论高而违实,是又不可也"。所有这些言论都是从不同角度论证"弓矢从的"这一思想的。

哲学思想是一切意识形态的理论基础,它决定了其他社会意识形态的基本性质。叶适的这种事功的价值观表现在政治上,其一就是主张"务实而不务虚",以为"空言"误国。他说:"善为国者,务实而不务虚",程朱的理学"虽有精微深博之论,务使天下之义理不可逾越,然亦空言也。盖一代之好尚既如此矣,岂然尽天下之虑乎?"所以与程朱理学比较,叶适更关心国家、民族的命运。其二叶适从"务实"出发,能够面对现实,针对当时社会的弊端,提出了以民为本的进步的政治主张。叶适认为抗战要取得胜利,首先要减轻人民的负担,"能裕民力,而后可以议进取",把民看成抗战和立国之本,反对君主"私其国以自与",认为国家的一切"命令之设,所以为民,非为君也"。

在宋代君主专制制度高度发达的情况下,叶适以民为本的思想是十分可贵的。明清之际启蒙思想家黄宗羲批判君主专制制度,提出"天下为主君为客",即与叶适的民本思想有着渊源关系。在此基础上叶适进一步分析了宋朝专制统治的发展过程,认为纪纲以专为类,提出了分权理论:"自昔之所患者,财不多也,而今以多为累;自昔之所患者,兵不多也,而今以多为累;自昔之所患者,法度疏阔也,而今以密为累;自昔之所患者,纪纲纷杂也,而今以专为累。"叶适对封建社会的家族本位的世禄制,也提出了激烈的指责。他说,世禄制使那些"庸庸无所短长之士,而必使世继为之"。因此,"天下患公卿大夫之子不学无能而多取天子之爵禄"。叶适把取消世禄制作为政治改革的重要任务之一,是很有见地的。

叶适的事功的价值观表现在经济思想上是反对传统的崇本抑末、重农轻商的思想,强调"理财"的重要。他说:"古之人,未有不善理财而为圣君贤臣者也。"叶适认为理财就是讲利,反对"以不言利为义"的儒家传统观点。但叶适并不盲目地追求利,对理财与聚敛作了区别,"理财与聚敛异"。聚敛以不正当的手段攫取个人的财富,"取天下百货自居之",而理财则是"以天下之财与天下共理之",从而达到国家富强、人民富足的目的。所谓"以天下之财与天下共理之",在叶适那里不是抽象的原则,而有着确切的含义,这就是"开阖、敛散、轻重之权不出于上,而富人大贾分而有之",反对政府对经济的全面管制,"工必官府,是使余民艰于器用也"。明确主张工商贾应该从政府那里分有一部分经济权力,并要"以国家之力扶持商贾,流通货币",发展商品经济。叶适认为,只有充分发挥士、农、工、商四个方面的作用,国家才能得到治理和兴旺,"夫四民(士、农、工、商)交致其用,而后治化兴,抑末厚本,非正论也"。

叶适事功学说作为温州传统文化发展的一个顶峰,与当代温州人的精神特质也必然有着千丝万缕的联系,在某种意义上,可以说叶适事功价值观决定了当代温州人精神特质的基本内涵。所谓温州人的精神特质(或温州人精神)是指改革开放以来温州人民在为发展社会经济、谋取富裕生活的艰苦创业中形成的一种独特的思想品格。这种思想品格可从政府部门与普通个人两方面进行概括。一方面从政府部门而言,其一是指温州的各级政府部门思想解放,实事求是,善于敢于寻找中央政策与温州实际的最佳结合点,从不同地方的实际出发,从不同时期的实际出发,只要有利于发展,有利于人民生活水平实实在在的提高,就坚持少说多干,你争你的,我干我的,真正走有自己特色的路子,即所谓的"敢于实践不争论,敢于突破不守旧"。这与叶适"善为国者,务实而不务虚"的治国理念、"弓矢从的"的认识论思想不谋而合。其二是指政府部门尊重群众的首创精神,充分发挥群众在改革发展中的主体作用,允许并鼓励人民大胆地试,大胆地闯。特别对群众在改革发展中创造出来的新事物,政府部门能满腔热情地予以支持、予以保护、予以扶植,不完善的帮助其逐步完善起来,不规范的帮助其逐步规范起来,使之朝正确的方向发展。改革开放三十年来,温州经济之所以发展得这么快,最主要是调动了千军万马、千家万户的积极性和创造性,释放了群众发展的经济潜能。由此,我们深深地感受了叶适认为国家的一切"命令之设,所以为民,非为君也"的"以民为本"思想的不朽的精神魅力。

　　另一方面,就普通个人而言,温州人的精神特质,其一乃是指多数温州人封建的身份等级观念淡薄,独立性自主意识强,负重品格明显而较少依赖性。这与八百多年以来以叶适为代表的重事功,主张"功利与仁义并存",重商言利的传统文化的长期熏陶不无关系。这样一种精神特质使得温州人在职业选择上少有身份等级观念的障碍,因而,能较早进入那些历来被认为低人一等的非公有制经济和商业服务领域。所谓下岗职工"不找市长找市场","温州下岗静悄悄"的现象亦是此种精神特质的体现。其二,乃是指温州人敢闯敢冒、敢为人先的精神特质。改革开放的初期甚至中期全国上下占主导地位的思想观念仍带有计划经济的浓重痕迹,许多人们还在为保证纯而又纯的所有制形式而不敢越雷池一步。深受永嘉学派功利观影响的温州人却唯实、不唯书、不唯上,敢吃第一口,敢迈第一步,已经大胆地实实在在地追求能使人过上幸福日子的利了。温州人之所以走千山万水、说千言万语、想千方百计、吃千辛万苦,主要是因为这辛苦乃至辛酸的背后有着他们的渴望和梦想——争千金万银。利之所在,就是行之所向,温州"家家是工厂,户户响叮当"的局面,正是叶适"事功"思想的生动的现实写照。

　　从孔孟、董仲舒直至程朱空谈心性,长期以来重义轻利的儒家思想一直占绝对的统治地位,叶适则一反这种根深蒂固的传统观念,直言事功、重利,这需要何等的理论勇气,当代温州人敢于冲破禁区、敢越雷池的实践勇气,又何其相似。因而敢冒敢闯,敢为天下先,乃温州人精神的核心思想,是温州人精神特质的"灵魂"。正是凭借这种敢闯敢冒的精神特质,温州人民敢于冲破一切束缚生产力发展的旧观念、旧思想、旧框框,率先进行市场取向改革,率先发展市场经济,率先进行所有制结构调整,从而创造了许许多多的全国第一;也正是凭借这种精神特质,100多万温州人走南闯北办市场办企业,30多万温州人足迹遍布地球上的每一个角落,出现了"哪里有市场,哪里就有温州人;哪里没有市场,哪里就会有温州人去开拓市场"的可喜局面。

诚然,叶适事功价值观也存在着一些基本的缺陷,这与叶适不赞成对宇宙观问题作系统的研究有关。叶适在宇宙观上满足于古代的五行、八卦说,他不仅反对程朱学派的道学,对老子、易传、荀况、张载也都加以反对,他说:"后世学者,幸六经之已明,五行八卦,品列纯备。道之会宗,无所变流,可以日用而无疑矣。奈何反为太极、无极、动静、男女、清虚一大,转相夸授,自贻蔽蒙?"叶适满足于对世界发展图式的简单理解,认为古代"五行八卦"学说已经足以说明世界了,对北宋以来围绕无极太极、动静男女、清虚一大这样一些重要哲学问题的讨论,一概加以否定。这表明了叶适轻视理论研究、否认道德价值的狭隘的经验主义倾向。今天温州的城市文化品位不高,人文气息不浓厚,理论研究缺乏深度,公共环保意识不强,人们言行往往囿于狭隘的个人经验和眼前利益等等,诸如此类现象,追溯其思想渊源,亦当与叶适事功学说的消极影响不无关系。

在新旧世纪交替的今天,700万温州人正开始努力以世界性的眼光来观察温州、审视自己,进行新一轮的理念创新。这就需要我们进一步研究探讨以叶适为代表的永嘉学派的事功理论,整理并继承其优秀的思想文化遗产,注入全新的观念,使温州人的精神特质内涵更丰富、思想更深刻,做到把单纯谋利动机升华为一种事业成就感和社会责任感,把重商主义意识升华一种工业精神和实业精神,将家族血缘意识、人情观念转向现代契约意识和现代法理精神,从把自然当作劳动对象和资源索取对象的意识升华为人与自然有机统一的现代环境意识和生态伦理精神,把安逸享乐意识升华为一种追求生活质量、生活价值和生活意义的超越精神,迎接21世纪的挑战。

第二章

温州人创业意识环境 　　> > > >

第一节　地理环境

一、历史地理环境形成

温州位于浙江省东南部,远在五六千年前的新石器晚期,已有先民在这里繁衍、生息。夏、周、商三代为瓯地。秦属闽中郡。西汉初为东海王封地。汉顺帝永和三年章安县东瓯乡置永宁县。西晋末年汉族第一次向南迁徙,因人口增多,社会经济比较发达,于东晋太宁元年(323)建立永嘉郡。唐高宗上元二年(675),始置温州。此后历 1300 多年,州名沿用至今。

北宋末年和南宋初年汉族第二次大南迁,又使温州人口激增,城乡社会经济蓬勃发展起来。史料显示:北宋崇宁年间(1102—1106),温州户口是 119640 户,人口 262710 人;到了南宋前期淳熙间(1174—1189),即迅速上升为 170035 户,户口 910657 人,人口比原来增加三倍之多,叶适说,两浙十五州人口占南宋全国的一半。劳动力资源的富裕,使南宋两浙地区的社会经济大大发展。

北宋中期,东南地区的垦田面积超过北方。据官方史料统计,以宋神宗时全国垦田数为例,全国共 4616500 顷,东南耕田面积扩大且以水利为主,北宋时期的两浙水利设施建设比唐代增加一倍,南宋时期水利设施,由唐代 44 处增至302 处,增加七倍之多,《宋史·食货志上一》记载:"南渡后,水田之利,富于中原,故水利大兴。"从温州来说,南宋淳熙十四年,温州知州沈枢发动群众疏导会昌河,修筑了从永嘉到瑞安长达百里的塘河堤岸,灌溉两岸数十万亩良田。瑞安县于绍兴年间修筑了集善乡(今陶山区)陶山河陂塘,并两次修建石冈斗门、水闸。平阳县则在金舟乡海滨(今苍南县金乡)修建水利,"障海潮,潴清流";又造斗门于阴均山下,按时启闭水闸,使鳌江以南四十余万亩农田从此不再受海水侵害。乐清亦于绍兴年间,在县治东西两溪修筑了赵公塘,导水自塘南入海。又修筑黄花的东西二大塍。水利事业的发达使农业大大进步。

南宋东南地区田租,一般采取定额地租的封建租佃制,由地主交田租给佃农耕种,稻熟时收取定额租谷。因此,宋代佃农比较前代有较多的人身自由。温州当时也盛行这种租佃制,因而农民的生产积极性有了一定程度的提高,使南宋时期的温州农业亩产有了较高的收成。陈傅良在《桂阳军劝农文》中谈到当时温州亩产,一般年成是"上田收米三石,次等二石",亩产量居全国前列。

两宋政府为了提高亩产量,在东南地区大力推广早熟耐旱的占城稻。这种水稻对浙江省平原、丘陵地带很适宜。清代永嘉黄汉《瓯乘补》卷十三引《朱氏杂记》:"温之百日黄,宋时借种于闽,俗称金城,金城即占城也。"同时,中原汉族人民大南迁给温州带来先进的农业技术,这时温州的农民既能深耕细作,又会用粪肥田,知道可以用肥料改变土地性质,还会制造和使用龙骨水车。淳熙十五年(1183),永嘉学派著名学者陈傅良,深感当地农业生产落后,便将龙骨水车介绍给桂阳农民,并教导他们说:"闽浙之土,最是稀薄,必有锄耙数番,加以粪溉,方为良田。此间不待施粪;锄耙亦稀。"从这里可知温州的农业生产技术在当时居于全国先进行列。虽然社会城乡经济发达,但是由于人口的增多,土地资源的有限性则显示出来,便形成了今天温州七山、二水、一分田的格局。

二、挑战"重农抑商"

八九百年前的南宋时期,知州吴咏说:"总一岁之收,不敌浙西一邑之赋。"由于人多地少,百姓生存不能仅仅依靠农业,手工业、小商业成为许多百姓谋生之路。多山滨海的地理环境,工商业经济的发展,塑造了温州独特的地域文化。以儒家为代表的传统思想文化,一向重视农业,轻视工商业的发展,即所谓的"重农抑商"。不单中国如此,18世纪法国魁奈即是其典型的代表,通俗地讲就是看不起商人,以经商为下贱的思想。此一时期的温州学者对这种思想发出了挑战。北宋皇祐年间(1049—1054),"温州皇祐三先生"——王开祖、林石和丁昌期在自生活的热土上传播着中原文化。"皇祐三先生"后期的周行己、蒋元中、沈躬行、刘安节、刘安上、许景衡、戴述、赵霄和张辉九人于北宋元丰年间(1078—1085)去中原汴京太学学习,人称"温州元丰九先生",亲赴洛阳、关中拜见学习洛学——程颐、关学——吕大临的学术思想,还兼收蜀学——苏轼、湖学——胡瑗、新学——王安石等诸学派思想,返回温州后加以传播发扬。南宋时期薛季宣扩大前人学术思想,陈傅良承前启后,叶适集其之大成,形成了永嘉事功学派。温州地临南宋京师临安,又是南宋的大后方和经济腹地。南宋永嘉事功学派与吕祖谦为首的金华之学、以陈亮为首的永康之学及四明之学合称"浙江学派",与当时以朱熹为代表的理学派(福建学派)和以陆九渊为代表的心学派(江西学派)成为鼎足而立的三大学派。

宋代温州经济文化大发展,商业社会的萌芽已经出现,交子(纸质货币)已经大量流通。在东南沿海一带,海外贸易也开始繁盛起来。随着商业经济的发展,中国社会的结构也悄然发生着变化,手工业者、商人开始成为一种比较固定的职业,并且形成了一定形式的社会组织,开始成为一个社会阶层。许多读书人在仕途失败后,转而进入手工业、商业中谋求发展,并以自身较高的修养和学识推动其发展。中国社会正悄然酝酿着一场重大的变革。叶适重商文化奠定了温州人重实际、讲实利、求实效的思想文化基础。对于温州乃至更大范围内人们商业观念、商业传统的形成,有很大影响。可惜的是,随着蒙古人南下,元朝建立,实行严格的等级制度和属地管理制度,商业社会发展被中断了,一直到明朝中后期才重新开始。永嘉学派也失去了生存的土壤,得不到进一步的发展。这是中国社会发展历程中的一个重大损失。

在温州民间,永嘉学派所倡导的社会价值理念一直深入人心,一旦遇到适合的气候环境,它就会萌发出勃勃的生机。这也是温州人能够在社会变革时期敢为人先、走在前头的重要原因。

第二节 商业环境

一、制革与鞋业

南宋时期,民间的制鞋技术和工艺已经成形,就有了皮鞋业的"专业户"。明朝万历年间,除皮鞋业"专业户"之外的一般百姓能"用狗皮做帽子,用猪皮做皮靴",皮业户由此应运而生。明朝成化年间,温州生产的靴鞋已成为朝廷贡品。对此记述在《岐海琐谈》便可找到。

清朝后期,皮鞋作坊集中在温州府前街一带,其中有叶三进、美禄、萃康等店面,他们的闻名缘自于用料考究制作精良。20世纪20年代,温州城中皮革街、皮件街、皮鞋行、皮鞋、皮箱、皮件商店等各种作坊鳞次栉比。30年代后期,温州鞋遍及长江南北,又远销新加坡、菲律宾、印尼等东南亚各国和地区。因此说温州制革业具有历史性的沉淀。据《温州市志》记载:"清嘉庆初,平阳北港水头即有王聚源皮坊,采用熏法或明矾鞣皮。"清末,瓯海"三溪"(瞿溪、郭溪、雄溪)一带农民也常在农闲季节从事土法鞣制牛皮。民国初年,出现制革作坊,集中于西郊一带,现在位于百里西路的皮坊巷,"皮坊巷"也就因此而得名了。

二、造船业

北宋哲宗时期,全国每年漕运钢船造船额是2900多艘,温州和明州(今宁波市)各为600艘,居全国首位。南宋时期,北方和中原为金国占领,漕运锐减,温州钢船造船额虽然下降,但战船(海船)造船额则有增加。绍兴元年,打造钢船340艘,仍居全国前列。宋代温州造船场在永嘉县城郊(今鹿城区)郭公山下,其他各县如平阳县的蒲门寨(今属苍南县)也有造船场。温州造船场昌盛时有官吏5人,兵级247人,造船的工人主要是厢军,也有从民间征发来的工匠,工匠是支付钱米的。淳熙年间曾任温州知州的楼钥说:"所养工匠则有衣粮之费。"所造的船有河船和海船。河船是平底船,海船因海道深阔,有风浪,是尖底船。1979年宁波曾发现宋代海船,船形尖头尖底,长15.50米,排水量53吨,前后有两桅或三桅,设有八道水密舱璧,分为九个舱室,船壳板由杉木做成,船上装有减缓摇摆作用的舭龙骨,技术水平是当时世界最先进的。温州和明州近在咫尺,特别是北宋大观二年(1108),温州造船场一度并入明州造船场,政和二年因明州木材缺乏,又将整个造船场迁到温州。民间私人造船业也很发达,"凡滨海之民,所造舟船,乃自备财力,兴贩牟利而已"。

三、漆器业

北宋时期,首都开封就有专门贩卖温州漆器的铺子,南宋时期首都临安(杭州),卖温州漆器的铺子更多,有"彭家漆器,黄草铺漆器铺,平津桥沿河漆器铺等"。温州产漆多,漆的原料多由浙西、福建、四川运入。1959年南京博物院在江苏淮安西南杨庙镇宋墓发现一只花瓣式圈底漆盘、一只花瓣式圈底圆漆盒、一只花瓣式平底小漆盒,上面分别题有漆工姓名和地址,如漆盘外边有红字"丁卯温州开元寺黄上牢",圆漆盒上有"戊申温州九三叔上牢",小漆盒上有"己丑温州□□□□上牢"。漆器除运销江苏、福建、河南等各地外,还远销东南亚各国。元初永嘉周达观《真腊风土记·欲得唐货》就说真腊人对温州所制的漆器非常喜爱。

四、造纸业

《宋史·地理志》记载全国有九个地区进贡纸张,温州是其中之一。所贡是蠲糨纸,简称蠲纸。大凡列为贡品,必是全国最精的,唐代以来,南方造纸业超过北方,温州蠲纸在宋代是名纸,东南出纸处最多,此当为第一焉。北宋政和年间,年贡 500 张。南宋时,首都临安有专门贩卖蠲纸的行业。南宋周晖说,在唐凡造此纸户,予免本身力役,故以蠲名。今出于永嘉,士大夫喜其有发越翰墨之功,争捐善价取之一,一幅纸能为古今好尚,殆与江南澄心堂纸等。"由拳"是余姚县由拳村出产的著名藤纸,亦"皆出其下"。近年瑞安市仙岩石寺塔中发现的北宋大中祥符八年(1015)《妙法莲华经》写本,和瓯海县白象塔中用活字印刷的大观三年(1109)的《佛说观无量寿佛经》(此经上有"大观三年永嘉显教院沙门子坚刻印"五十字。经页有好几个"色"字,其中一个色字印成色,很有可能是活字印刷),纸张质地洁白细腻,据说即是用蠲纸印刷的。此纸"政和以来方和贡,权贵求索浸广,而纸户力已不能胜矣"。这种纸户是受政府控制的民营手工业,因权贵需索太多,以后终于停产。

五、陶瓷业

温州盛产白土(又名高岭土),陶瓷制作很早。晋代温州就有缥瓷,一种淡青色的瓷器。潘岳《笙赋》说:"倾缥瓷酌酃。"缥瓷杯中倾满湖南酃绿名酒。杜毓《赋》中说:"器择陶拣,出自东瓯。"明确指出产地在东瓯,即温州。宋代温州的瓷器大多是青瓷。新中国成立后温州发现并已确认为宋代窑址的有四五十处,其中最大的窑址在今温州市鹿城区西山护国寺山脚,长约一公里,此窑始于唐代,盛于两宋。其他较大的窑址有:永嘉县桥头、朱涂东山、老坟山、瑞安市珊溪(今属文成县)、平阳玉塔(今属泰顺县)、乐清市大荆屿后村等。这些都是民窑。西山、桥头、珊溪是青瓷,岩头有青褐花,屿后村是褐色彩绘瓷,玉塔是白瓷和黑瓷,瓷色的繁多,反映出宋代是我国陶瓷工艺成熟阶段的特色。温州瓷器品种繁多,除饮食器皿外,有专供欣赏的瓶壶、文具、茶具等。

六、丝织业

温州古代就有"八珍蚕"。《齐民要术》记载:"永嘉有八辈(蚕):航珍蚕,三月绩;柘蚕,四月初绩;阮蚕,四月末绩;爱珍,五月绩;爱蚕,六月末绩;寒珍,七月末绩;四出蚕,九月初绩;寒蚕,十月绩。"宋代,两浙路是全国丝织业最发达的地区。北宋两浙路上供丝织品占全国 35.2%,浙东、浙西两路的丝织品需求更多,上供丝织品达到 48.2%，浙东路罗的上供数占全国 99.8%，为 21124 匹。当时浙江路丝织品最发达的地区是婺州金华县，"民以织作为生，号称衣被天下"。温州的克丝、瓯绸等亦闻名于东南。"温克丝之名偏东南，言衣者必资焉。精好夺绮縠，他郡贵之。"其原料"仰于衢、婺之丝商"。克丝即刻丝，亦作缂丝，是宋代流行的丝织品。南宋庄绰在《鸡肋篇》卷上说："以熟色丝经于木挣上，随心所欲作花草、禽兽之状，以小梭织纬时，先留其处，方以杂色线缀于经纬之上，合以成文，若不相连，承空视之，如雕镂之象，故名刻丝。"是当时一种高档的衣料。

南宋后期温州丝织业已出现"机户"，在宋代两浙路是罕见的。南宋宝庆三年（1227），钱时《慈湖先生行状》已述温州知州杨简于嘉定五年（1212）离任情况说："去之日，老稚累累争扶拥遮道，有机户，尝遭徒，亦手织锦字大帷，颂德政。""机户"是宋代纺织业中的小型作坊或机织家庭的专称，他们以家庭为单位，生产并出卖纺织品，属独立手工业者，他们一般具有主要生产工具织机，原料靠外来供给。温州克丝的原料"仰之衢、婺之丝商"，或"购湖丝织于瓯"，这说明南宋时代温州丝织业的生产方式已居于全国最先进地位，也说明温州这时的手工业已与农业分离。

七、市肆景象

温州农业、手工业的发展，促使城乡商品经济发达。早在北宋绍圣二年（1095），温州知州扬蟠作诗描写永嘉县城呈现出"一片繁华海上头，从来唤作小杭州"的繁荣景象，与"上有天堂，下有苏杭"的杭州来比拟，可见永嘉县城已相当繁华。永嘉城内街道纵横，市肆林立，"其货纤靡，其人多贾"。南宋初期，温州的商业繁盛，商人众多，就已闻名全国了。南朝梁代筑有内城，到南宋时期"原有子城（内城），城四面有壕（护城河），壕上下岸各有街，彼时一渠两街，河边并无居民。宋绍兴间，下岸街许民告佃，目是稍架浮屋，岁久，河道侵塞"。叶适说："市里充满，至于桥水堤岸而为屋。"永嘉"四灵"之一的徐熙《题赵明叔新居》，描写温州永嘉城内人口，"十万人家城里住，少闻人有对面山"。十万这个数字可能有些夸大，但可以反映出当时永嘉已是一个人口众多的城市。这时，唐代以来的坊市制度已被破坏，永嘉城内出现夜市，"过时灯火后，箫鼓正喧阗"，打破了时间空间的限制。

八、财政税收

宋代市区面积扩大，在城市周围兴起一种军政合一的组织，即四个厢：望京厢、城南厢、集云厢、广化厢，加强对城内旅客、居民的管理。因为州治商业繁荣，北宋熙宁十年,永嘉县税场的商税就已高达 25391 贯 6 文,是全国各县平均商税的 7 倍。南宋永嘉县税场的商税收入当然比北宋更多,可惜缺乏这方面的正式材料,但叶适《登北务后江亭赠郭希吕》诗有云:"何必随逐,栏头奴,日招税钱三百万。""栏头"是出外收税的最低级税吏;郭希吕名津,婺州东阳人,是当时永嘉县北务的监税官;每日税钱三百万,虽属夸大,但可看出南宋永嘉县商税收入之多。

九、农产品

温州城外面镇市林立,永、乐、瑞、平四县共有八镇和许多市以及小市。这八个镇是北宋政和四年设永嘉的白沙镇,乐清的柳市镇、封市镇,瑞安的瑞安镇、永安镇,平阳的肥艚镇、泥山镇(今苍南县)、前仓镇。这些镇、市都在农村,由于农村商品经济的发展,镇的商税也很可观,如瑞安镇每年商税是 6287 贯,永安镇4703 贯,柳市镇 2049 贯 794 文,前仓镇 1512 贯 130 文。当时温州农产品大米、瓜果等都已商品化,最著名的是土特产瓯柑。南宋柑橘产地,西出荆州,南闽广,有数十个州,其中以温州最为有名。温州四县普遍种植柑橘,叶适诗云:"有林皆橘树,无水不荷花。"淳熙五年(1178)温州知州韩彦直著《橘录》一书,记载了温橘十四种,最佳的是瓯柑中的乳柑,又名真柑,产于平阳县泥山。他认为:"其叶沃而实大者,斯为园,丁之良。"柑橘成熟时雇用农工采摘,"数十辈为群,以剪就枝间平蒂断之,轻置筐篆中"。柑橘买卖市场兴旺,未待完全成熟,则有商人运销外地。"岁当重阳,(柑)色未黄,有采之者,名曰摘青,舟载之江浙间。青柑固人所乐得,巧为商者间或然耳。"

十、国际贸易

温州城乡商品经济的发展,使对外的交通、贸易更加发达起来。温州是当时的交通枢纽,闽、广商人、士子从南路进京——临安,必须经过温州,与台州、福州等地有驿道相连接,水路北达明州、杭州、松江、苏州以至密州,南通泉州、漳州、广州等地。《宋会要辑稿·食货》中说:"大商海船辐辏之地。"此时温州已发展成为交通枢纽,具有相当规模的辐射功能。海路可通朝鲜、日本、东南亚、印度以至非洲。永嘉人周达观在《真腊风土记》中记载,他在元成宗元贞二年(1296)赴真腊时,就是从温州港出发的。这时距南宋灭亡(1279)仅十多年,可见南宋时温州就有海路可通东南亚一带。南宋洪迈《夷坚志·海上异竹》也有"温州巨商张愿,世为商贾"的描述,他的货物为日本商人所购买,当时日本商船时常停在温州洋面,如绍兴十五年十月,内有男女十几人,携带硫黄、布匹来温州贩卖,因风漂入平阳仙口港。陈傅良诗云："江城如在水晶宫，百粤三吴一苇通。"上述的温州土特产、漆器、瓷器、纺织品以及瓯柑，大多由水路运销国内东南各省及远销海外。为了管理海上贸易，稍早于南宋绍兴元年（1131），温州已正式成立了市舶务，建有待贤驿、来远驿，招待各国商人。绍兴元年，温州市舶务"全年共抽解一十九万九百五十二斤另十四两尺钱二字八丰段"。这时外地商人和异国人士来温州的为数不少，日本僧人到天台国清寺进香的很多，大多由温州登陆，他们也同时到乐清雁荡能仁寺和江心龙翔寺朝拜。宋代永嘉"四灵"之一翁卷《送翁应叟》诗云："远自刺桐里，来看孤屿峰。"刺桐里即泉州，孤屿是温州的江心寺岛。"四灵"之一徐玑《移家雁池》诗云："夜来游缶梦，重见日东人。"日东人就是日本人，又有《题江心寺》诗："两寺今为一，僧多外国人。"都可证明。

第三节　社会环境

南宋时期整个国家的民族矛盾和阶级矛盾非常尖锐，温州等地人民处于民族、阶级矛盾的阴影之下。北宋末年东北地区的女真族首领完颜阿骨打，在江边建立起女真奴隶主国家，国号大金。金国建立后，灭了辽国，于宣和七年（1125）开始出兵大举侵宋，靖康元年（1126）八月再度包围开封，翌年二月攻破开封，将徽、钦二帝俘虏，北宋灭亡。第二年即靖康二年（1127）五月，徽宗赵佶之子、钦宗赵桓之弟赵构即帝位于归德（河南商丘），是为南宋高宗，改元建炎。赵构不仅继承徽、钦二帝的投降政策，而且还有个不可告人的可耻打算，他怕抗金胜利，金人送回徽、钦二帝，他的皇帝宝座就成了问题，因此，他宁可向金人投降，也不愿坚决抗金收回失地。南宋建炎三年（1129），金兵渡过黄河，又大举侵宋。赵构闻讯，从扬州仓皇出走，经镇江、平江（今苏州）到临安，在金将兀术追击下，又从临安逃到越州（今绍兴）、明州，乘船避于海上。

第二年正月向温州靠拢，在乐清璃头上岸，住在瓯江中的江心屿（今名江心寺），因"岛岸萧条"，便迁住温州永嘉城内，以后妃嫔、皇族、大臣陆续到达，改州官衙门为行宫，州官住宅为宫禁，以鼓楼为朝门。

相传，宋高宗赵构的行宫，即今日温州市公安局所在地。从今天市公安局门前到鼓楼，再往前，这四五百米街巷成一直线，公安局局址在直线的终端，气象颇为宏伟。赵构在行宫保护严密，其中有些随从人员以后就留居温州。如近年瓯海县双潮乡下冯村发现一本《冯氏族谱》，记其始祖冯成"于建炎年间护驾至温，

原居城，因遭回禄之灾，迁居于此"。赵构在温州，得到温州地主阶级的代表者如吴表臣、林拱辰、薛弼、薛徽言(薛季宣之父)等人的拥护。金兵攻入浙江后，东南地区军民奋起反抗，迫使金兵退去。三月中旬，赵构离开温州，驻跸越州。绍兴二年(1132)再回临安。绍兴十年(1140)五月，金兵再次南侵，在顺昌被宋将刘锜打败。同年七月，岳飞在河南郾城又大败金兵，先锋进入郑州、洛阳，整个黄河南北抗金斗争出现大好形势。可是赵构为了贯彻投降政策，重用被金放回的奸贼秦桧，杀了坚决主张抗战的岳飞，向金求和，而金统治者也因无力再对南宋进攻，于是双方议和。绍兴十一年(1141)十一月，宋、金签订和约，南宋向金称臣，每年向金贡银25万两，绢25万匹。宋、金边界东以淮水中流，西以大散关为界，于是形成宋、金南北对峙的局面。绍兴三十一年(1161)秋，金统治者完颜亮率军渡过淮河，又大举攻宋，在长江采石矶被宋方虞允文击败，金统治阶级内讧，完颜亮被部下杀死，金兵北撤。赵构于第二年退位，由继子赵昚即帝位，是为孝宗。

宋孝宗是南宋较有作为的皇帝。隆兴元年(1163)正月，命张浚督师北伐，因张浚徒有虚名，实则无能，前线将领不和，符离大败，动摇了孝宗恢复中原的信心。第二年(1164)宋金双方又订立隆兴和约，南宋对金不再称臣，改称为侄，每年银绢减为20万两、匹。从此，宋、金之间保持了三十年的和平局面。

宋王朝为消除统治阶级内部矛盾，并取得他们的支持，一向是采取"不立田制"、"不抑兼并"的政策，鼓励功臣夙将广置田园。因此，北宋时就出现"势官富姓,占田无限,兼并冒伪,习以成俗"。到了南宋,"豪强兼并之患,至今日而极",以致造成"吞噬千家之膏腴,连亘数路之阡陌,岁人号百斛,则自开辟以来未之有也"的一个贫富悬殊的局面。

南宋政府因为每年要送给金统治者大批财物,皇族大官又大量挥霍,过着纸醉金迷的生活,所以对人民剥削十分严重,苛捐杂税多如牛毛。据估计,南宋孝宗时,杂税已达正税的9倍,这还只是中央政府的收入。州县也需要财政支出,"于是州县之所以诛求者,江、湖为月桩,两浙、福建为印板帐,其名尤繁,其籍尤杂"。在这残酷的苛捐杂税剥削下,中小地主和自耕农纷纷破产,挣扎在死亡线上。叶适说:"若夫齐民中产,衣食不足,昔可以耕织自营者,今皆转徙为盗贼冻饿矣。"

南宋人民既受金兵铁蹄蹂躏,又受官僚大地主阶级压迫和剥削,只得四处逃亡或起而反抗。建炎四年(1130),湖南常德一带人民在钟相、杨么领导下起义,提出"等贵贱、均贫富"的口号。据不完全统计,在南宋统治的152年间,人民起义(包括兵变)前后共有200多次。温州也常有"海盗"、饥民和盐民起来反抗。如乾道二年(1166)秋天,温州发生大水灾,溺死万余人,政府救济无方,就时有人民下海为"盗"。有一次一股"海盗"不幸被擒,就有许大等96人。温州是产盐重要地区,由于食盐专卖,盐民经常反抗。嘉定四年(1211),一次就有500名私盐贩成群过永嘉,吓得知州杨简不敢发兵捕捉,怕酿成大乱。这些说明温州人民处于民族、阶级矛盾阴影之下,社会经济虽有长足发展,但人民生活并非安康,因此出现了以叶适为代表的主张"欲外御胡虏,内除秕政"的永嘉学派。

第四节　文化环境

一、宋代温州人精神概述

北宋以来,我国出现新的儒家学派,这就是宋学。宋学是和汉学相对而言的。宋学和汉学两相比较,具有明显的不同特点,汉儒偏重名物制度,着重章句训诂;宋儒偏重性命义理,讲求修己治人。汉代以来儒家学者,递禀师承,莫敢同异,篇章字句是恪守所闻。正义解释传注,不能与传注有出入,叫做"疏不破注",学者不能违背正义。这样一种死板的学风,束缚了士人的才智,限制了儒学的发展。到了唐代后期，就有韩愈等人起而反对，他们"舍传求经"，由章句训诂而转向义理探索。近人陈寅恪先生《论韩愈》说韩氏"奠定后来宋代新儒学的基础"，"开启后代新儒学家治经的途径"。

宋代儒家学者因偏重义理，不仅"舍传求经"，而且全凭已意论经，以至疑经改经，视名物训诂为破碎琐屑。所以，宋学是作为汉学的对立面而出现的，是汉学引起的一种反动。陆游说："唐及国初，学者不敢议孔安国、郑康成，况圣人乎？自庆历后，诸儒发明经旨，非前人所及。然排《系辞》，毁《周礼》，疑《孟子》，讥《书》之《胤征》、《顾命》，黜《诗》之序。不难于议经，况传注乎？"王应麟也说："自汉儒至于庆历间，说经者守训故而不凿。《七经小传》出而稍稍新奇矣，至《三经义》行，视汉儒之学若土梗。"这两位学者所说，都说明宋学有别于汉学。

宋学，北宋庆历以来主要有胡瑗的湖学、王安石的新学、周敦颐的道学。稍后，有程颢、程颐的洛学，张载的关学，苏轼兄弟的蜀学。到了南宋，有朱熹的道学和陆九渊的心学，以及叶适为代表的永嘉学，吕祖谦的金华之学，陈亮的永康之学，后三家之学总称为浙东学派或浙学。

南宋时期包括温州在内的东南地区社会经济的发展，使温州的文化学术大放异彩，成为温州文化史上的黄金时代。单以历代科举情况来看，亦可略见一斑。温州从唐宣宗大中十三年（859）算起，到清代末年废除科举时（1905）止，在这1046年时间内，文科进士共有1416名。其中唐代2名，北宋81名，南宋1147名，元代12名，明代139名，清代35名。南宋时期温州进士数量之多，与当时首都在临安，距离温州较近，赴考便利有一定的关系外，主要的则是当时温州文化教育事业发达的结果，因此人才大盛，"泪之士几万人"，而当时温州四县人口不到一百万人，所以南宋淳熙初年温州知州韩彦直也说："温之学者，由晋唐间未有杰然出而与天下敌者，至国朝始盛，至于今日，尤号为文物极盛处。"

永嘉学派虽昌盛于南宋前期，而实际上可溯源于北宋中期。清代全祖望说："永嘉之学统远矣"，"庆历之际，学统四起。永嘉之儒志、经行二子，筚路蓝缕"。在北宋中期，温州就有王开祖、丁昌期两人在永嘉从事学术活动。同时，瑞安还有林石在讲学授徒。因他们学术活动大约都在宋仁宗皇祐年间（1049—1054），所以被总称为温州皇祐三先生。

王开祖，字景山，温州永嘉县人，学者称其为儒志先生。他曾在州城设立书院教授生徒，从学者常数百人。并和王安石、陈襄交游。清四库馆臣说："王开祖以上诸儒，皆在濂、洛未出之前。其学在于修己治人，无所谓理气心性之微妙也。其说不过诵法圣人，未尝别尊一先生号召天下也。"

丁昌期，字逢辰，生卒年不详，温州永嘉县人，大约是比王开祖稍迟的温州学者。母周氏，是周行己王姑。北宋哲宗元祐三年（1088），举明经行修科而不获用，归隐于郡城东郊，建醉经堂，聚徒讲学，学者称其为经行先生。门人中著名者有刘安节等人。全祖望在《宋元学案·士刘诸儒学案》中评价丁氏对永嘉学术的贡献说："永嘉师道之立，始于儒志先生王氏，继之者为塘岙先生林氏，而先生参之。"这里的"塘岙先生林氏"就是林石。

林石，字介夫，温州瑞安县人，学者称其为塘岙先生。生于北宋真宗景德元年（1004），卒于徽宗建中靖国元年（1101），年98岁。他的学术活动时间，晚于王开祖，稍早于丁昌期。林石是处州龙泉管师常的学生，是陈襄、胡瑗的再传弟子。

陈襄（1017—1080），字述古，侯官（今福建省福州市）古灵人，学者称其为古灵先生。他是北宋著名学者、政治家，著有《古灵集》。一生积极反对王安石变法，是个旧党人士。陈襄任地方官时，喜欢聚徒讲学。早年曾任仙居县令，因龙泉县与仙居县较近，管师常与其兄师复尝从陈氏受学，以后陈襄北上到京师任职，管师常兄弟便到湖州（今浙江湖州市）从胡瑗受学。

胡瑗（993—1059），字翼之，泰州如皋人。他是《宋元学案》列为首位的宋代学者，是当时最有声望、影响极大的教育家。管师常在胡瑗处读书时，和同门孙觉（孙觉也是陈襄学生）等人组织"经社"。孙觉是旧党人士，因此，管师常的政治态度在陈襄、孙觉等人影响下，是可想而知的。以后，管师常在仙居讲学，林石向他学习《春秋》之学。这时，王安石的《三经新义》行天下，学者非王氏不道，《春秋》且废不讲。因此，林石"绝意仕进，筑室躬耕，作萱堂以养母。或劝以仕，不答。讲论古今，必先实行而后文艺。曰：'本之不立，末于何有。'"仍用旧党人士的《春秋》之学来教授生徒。陈傅良明确地指出："吾乡去京师（开封）远，自为吴、越，而士未有闻者。熙宁、元丰之间，宋兴且百年，介夫以明经行著称当世。先生少从管师常学，师常与孙觉莘老为'自社'者也。先生故不为新学，以其说窃教授乡诸生。于是嘉之说不专趋王氏（安石）。其后《春秋》既为世禁，先生竟不复仕。而周公恭叔（行己）、刘公元承（安节）、元礼（安上）兄弟，女公少伊（景衡）相继起，益务古学，名声益盛，而先生居然为丈人行。恭叔之铭沈子正也，曰：'河南程正叔（颐）、关中吕与叔（大临）与介夫同为世宗师。少伊亦云尔。永嘉之师友渊源，不日先生之力哉。'"

北宋中期党争激烈，新旧两党不但在政治上互相排斥，在学术上也彼此对立。王安石"黜《春秋》之书，不使列于学官，至戏目为断烂朝报"。而旧党学者则非常注重《春秋》。南宋学者张端义在《贵耳集》中说："荆公黜词赋尊经，独《春秋》润"非圣不试，所以元祐诸人多作《春秋》传解。自胡安定（瑗）先生始，如孙莘老(觉)辈皆有《春秋集解》,则知熙宁、元祐诸人议论素不同矣。"王开祖是永嘉学术的开山祖,《重修浙江通志》中的《宋代浙自先河传》说:"陈襄、王安石皆欲致诚尽礼,求以为友焉。"说明王氏是新旧党人士都要争取的人物。而林石则传胡瑗湖学和日襄之学,在政治上属于旧党。因此,元丰期间新党执政时,周行己等人在太学学习王安石的新学;以后元祐旧党人士登台,他们又全部接受程颐的洛学。这说明王开祖、林石对他们都有影响。

二、文化学术放光彩

南宋时期温州人才济济,真是"温州多士为东南最"。《宋史》中温州籍人士有传的有 30 多人,这是温州历史上绝无仅有的。这 30 多人,几乎都是南渡以后的,即如许景衡、陈桷等虽出仕于北宋,但主要活动仍在南宋。《宋史·儒林传》中温州籍有六人,他们是南宋的薛季宣、陈傅良、戴溪、叶适、蔡幼学和叶味道。孙诒让《温州经籍志》著录的两宋时期温州学者共有 241 人,著作 616 部,其中十之八九是在南宋时期。许多学者闻名当时,《宋史》未予立传的有:郑伯熊、郑伯英、张淳、周去非、陈岘、徐元德、陈武、徐自明、朱黼、郑伯谦、戴栩、戴侗、钱文子、陈防、王与之、卢祖皋、周勉等人。按其学术思想来说,虽大多小于王开祖、林石和以后兼传洛学关学的周行己、许景衡等人,但又各具特色。初期似可分为三派,以后则又同归于永嘉事功学派。一派以郑伯熊为首,传其家学的为其胞弟郑伯英及从弟郑伯谦。全祖望称赞郑伯熊说:"乾(道)、淳(熙)之间,永嘉学者联袂成帷,然无不以先生兄弟(指伯熊、伯英)为渠率。"全祖望《宋元学案·周许诸儒学案》记载:"永嘉诸先生从伊川者,其学多无传,独先生(指周行己)尚有绪言,南渡以后,郑景望私淑之,遂以重光。"可见他是于南宋绍兴十五年(1145)进士及第,历任著作佐郎、吏部员外郎、福建提举、国子司业、宗正少卿,后于淳熙七年(1180)以直龙图阁学士知建宁府,第二年夏天死于任上。乾道六年(1170)他任福建提举茶盐公事时,正是洛学濒于灭绝之际,他首先在福建印行二程之书,设立书院,亲自讲授,因而得到全国学界的尊敬。全祖望指出:"秦桧擅国,禁人为赵鼎、胡寅之学(按指洛学)。而永嘉乃其寓里,后进为所愚者尤多。"从周行己到郑伯熊,他们的学术还是以传播洛学为主。所以,叶适《温州新修学记》中指出:"周、郑的永嘉之学与薛季宣、陈傅良的永嘉之学有所不同。"他说:"昔周恭叔首闻程、吕氏微言,始放新经,黜旧疏,挈其俦伦,退而自求,视千载之已绝,俨然如醉忽醒,梦方觉也。颇益衰歇,而郑景望出,明见天理,神畅气怡,笃信固守,言与行应,而后知今人之心可即于古人之心矣。""故永嘉之学,必兢省以御物欲者,周作于前而郑承于后也。薛士隆(季宣)愤发昭旷,独究体统,兴王远大之制,叔末寡陋之术，不随毁誉，必摭故实，如有用我，疗复之方安在！至陈君举（傅良）尤号精密，民病某政，国厌某法，铢称镒数，各到根穴，而后知古人之治可措于今人之治矣。故永以通世变者，薛经其始而陈纬其终也。"周、郑的永嘉之学，"必兢省以御物欲"，还未跳出唯心主义的洛学圈子，而薛、陈的永嘉之学，"必弥纶以通世变"，则是唯物主义的事功之学了。郑伯熊死后，传其家学的是其胞弟郑伯英（景元）和从弟郑伯谦。郑伯英发展其兄的关学思想，叶适说："大郑公（郑伯熊）恂恂，少而德成，经为人师，深厚恺幅，无一指不本于仁义。无一言不关于廊庙。而景元俊健果决，论事愤发，思得其志。则必欲尽洗绍圣以来弊政，非随时默默苟为禄仕者也。"郑伯英（1130—1192），字景元，又字去华，自号归愚翁，人称小郑公。隆兴元年（1163）中进士第四名，曾任秀州判官，杭州、泉州推官等职。因看不惯当时官场腐败现象，借口母老，不愿为官，长期闲居乡里。他的年龄比薛季宣、陈傅良等人稍大几岁，所以当时永嘉学者"皆兄事景元"。他的气质、作风和陈亮有点相似，"俊健果决，论事愤发"，因此和陈亮极其友好。

郑伯谦欲以《周礼》之学来衡量汉、唐以及宋代的政治经济制度，说明他也是一个主张事功的学者。唐、宋学者中，如他这样专以解决财政经济问题而著书立说，则是罕见的。而书中一些建议，今天来看，也还有借鉴价值。他在第三卷《养民》中说："先工以民为生，后世则民自为生，今生于世，民无以为生矣。不听其自为生，而至于无以为生，民病则极矣。"他认为在古代井田制下，土地公有，保证了人民的日常生活，后世井田制破坏，土地私有制出现，人民拥有自己的土地，尚能自为生计；至于南宋，苛捐杂税，剥削过甚，迫使人民无以为生。这里，他反对封建政权对人民生产的剥削和干扰，可以看出他的进步思想。值得注意的是，他在书中强调"会计"的作用，提出两个原则：第一"出纳移用"之权，要分由不同的官员掌管，若由同一官员兼管，将"不免于奸欺"。第二要提高审计官员的职权，以便充分执行"纠察钩考"任务。他认为《周礼》所载太府的长官是下大夫，司会的长官是中大夫，司会之官的权位大于太府之官，是完全必要的，这样就容易稽查。他说："以会计之官稽掌财、用财之吏，苟其权不足以相检括，而为太府者反得以势临之，则将听命之不暇，而何敢以究卤莽而察奸欺。卤莽扪奸欺无所忌，则沉匿掩蔽之弊生，而匮乏枵虚之患至，暴征横敛之原，必白是而启矣。"他所提出的两个原则，从现代会计监督制度来看，是很正确的，郑伯谦能在八百年前提出这种建议，的确很值得称述。

永嘉学派中主要一派是薛季宣（艮斋）的事功学派。陈傅良、徐元德、薛叔似、王楠、戴溪、陈谦、陈武、蔡幼学，朱浦、叶适、曹叔远等人都属于这一派。全祖望说："永嘉诸子，皆在艮斋师友之间，其学从之出，而又各不同。"我们通常所说的永嘉学派，就是指这派而言。温州大学法政学院硕士生导师蔡克娇称之为"宋代温州人精神"。

叶适与永嘉学派

永嘉学派是我国南宋时期学派之一。它渊源于北宋"皇祐三先生"。元丰、元祐间，周行己、许景衡等"永嘉九先生"将新学、洛学、关学带回浙东，在温州传播。南宋前期，郑伯熊、薛季宣开创事功之学，继之者陈傅良，集大成者叶适，启后者蔡幼学、曹叔远。永嘉学派在温州社会经济发展、市场繁荣的历史条件下产生和发展起来。永嘉学派以强烈的爱国主义思想，重视实用，重视事功为特色。叶适总结和发展了永嘉学派，使之与朱熹理学、陆九渊心学鼎足而立，在中国思想史上具有举足轻重的地位。

第三章

温州人创业意识演绎 ＞＞＞＞　＞

第一节　先驱者王开祖

一、王开祖生平

王开祖，字景山。北宋中期温州永嘉县人。其先世避南唐兵乱，自福建迁徙温州瑞安县，父王鲁娶温州军刘起之女，因此迁居温州州城。新昌石牧之为天台县令，兴建学校，亲自讲学，王氏负笈从游于黄下。他的生卒年月不详，仅知于仁宗皇祐五年（1053）考中进士，第二年试秘书省校书郎，出任处州丽水县（今浙江丽水市莲都区）主簿，后曾参加制科考试，因是年制科应试者十八人均未录取，遂辞官回家，在温州州城东山讲学授徒。以后，他以贤良方正召，未赴而卒，终年三十二岁。王开祖和北宋著名政治家、文学家王安石交游。王安石在《答王景山书》中说："闻足下之名，亦欲得足下之文章以观，不图不遗而惠赐之，又语以见存之意，幸甚幸甚！"这信中还说到王开祖以欧阳修、伊洙、蔡湘等人来经拟王安石，而安石则介绍王开祖与自己友人李觏、曾巩等相来往。陈襄亦欲求他为友，《古灵集》卷十六《答王景山启》中说："如足下者，固某日夜所欲臻诚尽礼，惟恐求而勿得者，又敢辱足下书辞为先。"

永嘉陈谦在《儒志先生学业传》中极为推许王开祖是个有抱负的学者，"其自负岂浅浅哉"！惋惜其寿命太短，只有三十二岁，未能在政治上、学术上有大的成就。王开祖大约是从丽水县主簿任满后回家讲学，不久即病死家中。因此在王安石熙宁变法时，看不到他的活动情况。陈谦是南宋永嘉著名学者。他尊王开祖为"永嘉理学开山祖",可知王氏的学术思想对以后永嘉学派的学术思想有重大影响。

全祖望说:"是时,伊洛(二程)未出,安定(胡瑗)、泰山(孙复)、祖徕(石介)、古灵(陈襄)诸公起。而先生(指王开祖)之言,遥与相应,永嘉后来问学之盛,盖始基之,惜其得年仅三十有二,未见其止,为何惜也。"孙复、石介是在山东讲学,陈襄是福州人,虽曾在仙居县任县令时讲学署中,但为时甚短。惟胡瑗在湖州讲学时间很长,规模亦大,世称"湖学",王开祖在温州讲学之时,正是宋学初期。全祖望称这时"有宋真、仁宗之际,儒林之草昧也"。王氏比胡瑗、孙夏、石介、欧阳修等稍迟,而与陈襄、王安石、李靓、司马光等人同时,所以陈襄、王安石"皆欲求以为友"。全祖望认为王氏讲学,遥与胡瑗等相应。近人余绍宋在《宋代浙学先河传》中亦认为他"与湖学相应于浙东西"。比之胡瑗,他是不及的。而王氏早死,惜不见其成。

二、王开祖思想基本观点

王开祖大概受到王安石的影响,他推崇《周礼》而对《春秋》有所批评。他说:"吾读《周礼》始终,其间名有经礼有方者,周公之志为不少矣。《春秋》书曰:'齐侯葬纪伯姬。'欺也。一室之中不可欺,孰谓天下可期乎?"这里,他认为《春秋》饰诈逃恶,有欺骗作为。这种议论与元祐旧党学者的观点就大不相同。孙觉说:"仗大义而为小恶者,《春秋》之所诛也。齐大恶矣,欲为小善以掩之,又《春秋》这所深诛也。齐侯灭人之国,不可能诛矣。乃于伯姬之卒恩葬之,将以掩其恶而求善名也。然不能逃孔子之诛也矣,故《春秋》之作,所以公万世之与夺,正一时之是非。齐侯之于伯姬,众人之所谓善,一时之所谓仁,然而孔子罪之。"孙觉评述齐侯灭纪一事,认为齐侯有罪,这是与王开祖说法一致的,而且对整个事件的叙述也较为详细,但是,仔细观察一下,他们两人对《春秋》和孔子的态度则明显不同。

第一,孙觉的说法,是承认《春秋》为孔子所著,所以说"故《春秋》之作";王开祖则说"《春秋》之义有饰诈逃恶者,圣人从而覆之",认为《春秋》是孔子所修,《春秋》原有其书。

第二,孙觉既承认《春秋》是孔子所做,便恭维《春秋》是"公万世之与夺,正一时之是非",这种说法是祖述孟子所说"孔子成《春秋》而臣贼子惧",因而寻求所谓《春秋》的微言大义,尊为经书。王开祖却将《春秋》作为史书看待,并认为对史事的记载也有"饰诈逃恶",真实性也有问题。

第三,他们两个对孔子的态度也有不同。孙觉认为"齐侯之于伯姬,众人之所谓善，一时之所谓仁，然而孔子罪之"，吹捧孔子见识非凡。王开祖则说"圣人从而覆之"，认为孔子对齐侯葬纪伯姬事，也有隐恶扬善的缺点，这里隐然有所批评，不过孔子是儒家圣人，王氏不敢明言而已。

孙觉吹捧《春秋》的议论，可以代表当时旧党学者的观点，而王开祖对《春秋》的评述，或许也可看出王安石"新学"这批学者的态度。与孙觉同组"经社"的管师常关于《春秋》的观点，也就是旧党学者的观点。这样一来，我们可以知道林石关于《春秋》的议论是与王开祖不同的。也就是说，北宋中期温州学术界对《春秋》是有两种不同的观点的，而且这两种观点对以后永嘉学者都有巨大影响。

《春秋》原是鲁国史书，王开祖也将它视作史书，不像孙觉等旧党学者那样尊为经书，寻求所谓微言大义。这对叶适将《五经》视作史籍产生影响外，同时，也是王开祖本人重视史学思想的结果。

王开祖非常重视史学研究，他在《儒志编》110多条的问答中，谈到史事的就有20多条，几乎占全书的五分之一，这是很值得注意的。如《左传》所记鲁公六年的"秦伯任好卒，以子车氏之三子奄息，仲行、鍼虎为殉"，过去一般史学家都认为这是秦穆公的过失，而他既指出这是秦国新君的错误，"逢先君之乱志者，后君之罪也"，也指出这是子车氏三子自己的错误，"彼三子者，忘大义而殉小节，其器陋矣"。他赞美西汉初年商山四皓能够放弃隐逸生活，出而辅弼汉太子，是深明大义的行为。他说："君子之隐，知可止耳，心岂忘于世哉！嗣子天下之大本。一摇则天下乱矣。天下之民方出诸水火而又驱之于涂潦，忍坐视而不救乎？四老可谓达于义，非子孙者也。"他对西蜀诸葛亮非常敬佩，说："诸葛亮不知道，孰谓知道乎？征不服，日无畏，宁尔也。即其长而帅之，勿我有也。不动小利，不苟小得，目无棘人，缓中国也，其志大矣。当其未出也，三访而后应，得伊之心焉，任天下之重，小丈夫者焉能为之乎！"在北宋仁宗时期，辽国、西夏相继侵扰我国东西边陲的情况下，北宋政府无力抗御，所以他很希望当时能出现诸葛亮式的人物。他这种重视史学的思想，对南宋永嘉许多学者都有很大的影响。

正是在仁宗时期，宋代积贫积弱的局面出现了。所谓积贫，一方面是冗官、冗兵所造成的国家财政困难；另一方面是为解决财政困难而扩大赋役所造成的人民贫困。所谓积弱，就是宋封建统治者对内既不能控制农民的暴动，对外又无力抗拒辽、夏的侵略。在这种情况下，许多有识之士认为当时的政治、军事、经济等制度必须进行改革。正如南宋著名政论家陈亮所说："方庆历、嘉祐、世之名士常患法之不变也。"也就是在这种情况下，王安石在宋神宗即位后的第三年开始执政，实行变法，王开祖也极为主张变革。他说："胶柱不能求六音之和，方轮不能致千里之远，拘庸之论者，无通变之略；持规规之见者，无过人之功。"认为必须对现行政策、制度有"通变之路",才能取得"过人之功"。

他对当时民穷赋重表示不满,说:"古之王者赋于民不过什一,后世取于民无则,由是上下交不足而国乱。"他所谓的"所世",当是指北宋而言。因而他认为:"天下有三疾,死丧不预焉。吏暴而政恶,一疾也;赋重而役数,二疾也;诏令数易民无信焉,三疾也。"他慷慨而言:"有民而无爱,非吾君也!"这种观点对南宋郑伯熊、陈傅良、郑伯谦等永嘉学者的"宽民力说"、"养民"等议论是有巨大影响的。遗憾的是,由于他的著作失传,我们无法进一步了解他的民本思想,更由于他英年早逝,不能见他在熙宁变法中大显身手。而从他这些言论中,可知他和王安石的思想是接近的。

宋代学者李心传在《道命录自序》中说:"夫道学云者,谓以道为学也,其曰:'周公殁,圣人之道不行;孟轲死,圣人之学不传者,谓道衰学废也'。"这就和朱熹及其门徒的"道学"不同。朱熹及其门人称自己学派为道学,其意正如叶适说:"道学之名,起于近世儒者。"其意曰:"举天下之学皆不足以致其道,'独我能致之'故云尔。"由于朱熹将道学这一美名掠为己有,而且以孔孟道统的继承者自居,屡次攻击当时其他儒家学说,因此引起其他学派的反感。如淳熙十年郑丙上书给孝宗皇帝说:"近世士大夫有所谓道学者,欺世盗名,不宜信用。"以后韩侂胄查禁朱熹的道学时,因"道学"毕竟是儒学的别称,于是改称"伪学",指其言行不一。陈谦称王开祖为"永嘉理学开山祖",这里的理学也即是儒学,也指永嘉学术而言,和程、朱的"理学"含义不同。程、朱引佛入儒,被人称为"周、程、张熹,皆出于禅"。而王开祖则大力辟佛,攻他说:"世有佛、老者,乃夷貊之道。其为法,拂吾村臣宁父子之亲,渎吾治天下之法。其祀遍天下。而其徒伍乎民,而上之人乃率天下之人祀之,益严以恭,义何反也。""无治之国必须死者,是佛之道也,内则耗竭民力以丰己,外则张皇祸福以惑天下、愚众庶,古之大奸巨贼未有甚于此者也。"又攻击庄周,"不仁者,庄生也"。他的反对佛、老思想,也对叶适等人有所影响。

三、王开祖思想效应

王开祖重视《周礼》的思想,对以后永嘉学者产生巨大影响。南宋时期,随着一般士大夫将北宋灭亡作为王安石罪名后,《周礼》一书也跟着倒霉。杨时的学生、胡安国季子胡宏在《五峰集》卷四《极论周礼》中竟说:"王安石乃确信乱臣贼子伪妄之书,而废大圣垂死笔削之经。弃恭俭而崇奢侈,舍仁义而营货财,不数十年,金人内侵,首足易位,涂炭天下,未知始终,原祸之本,乃至于是。"可是,永嘉学者在王氏的影响下仍有很多人研究《周礼》。据孙诒让《温州经籍志》著录,南宋永嘉学者研究《周礼》而有正式著作的,计有王十朋、薛季宣、王与之等 21 人,专著 23 部,可见永嘉学者对《周礼》的注重。

永嘉学者对王安石及其变法的评价,亦不同于流俗。南宋时期一般封建士大夫都以王安石为地主阶级的叛逆者而加以恶毒攻击,今日仍留传的白话小说《拗相公》,把王安石描绘成一个猪犬不如的人,即出于南宋某个文人的手笔。而永嘉学者对王安石仍持尊敬态度。如薛季宣《浪语集》卷八有《读舒王日录》七绝一首,其诗曰:"立志嘤曙必致君,四方观听一时新。周家道备骊戎变,流俗元来不误人。"虽然"流俗元来不误人"一句,对王安石的"人言不足恤"或许隐有批评之意,但称之为舒王,不能不说是表示尊敬。因王安石虽于北宋崇宁三年被追封舒王,然而在南宋高宗时已停其宗庙配享并削去王封。薛季宣的高足陈傅良则对王安石的免役法表示赞许,他说:"所谓免役钱,本以恤民,使出钱雇役而逸其力也。大使民出钱募役而逸其力,未为非良法也。"

王开祖重视史学研究,这对南宋学者亦有很深影响。据《温州经籍志》著录,南宋永嘉学者研究史学的,就有薛季宣、陈傅良、叶适、蔡幼学、朱黼、徐自明等 25 人,专著 43 部,除其中 25 部未知卷数外,仍有 291 卷和《本朝事实》10 册。至于有些学者虽无史学著作,如陈谦《永宁编》是地理书籍,但亦兼述史事。《温州经籍志》卷十《地理类》上转引宋人留元刚为该书所做序言说:"是编非夫搜撷新故,夸诩形胜而已。观'叙州',自晋以来,凡几人,孰贤孰否。观'叙人',自国朝以来,作者几人,孰先孰后。熙宁而后所易兵制,善于古否? 建炎而后所以赋税,安于民否? 水利为何而设,役法何为而病,是非得失之迹,兴废沿革之由,安危理乱,于是乎在一言去取,万世取信。"这就可以看出陈谦也是极重史事的。

王开祖重视史学研究,不仅重视理论,而更重视实践。他说:"举天下知;孔子之言而不行孔子之道,是不知孔子之道也。"其影响所致,南宋永嘉学者重史学,更重实践。重视实践,其发展必然重视事功。所以,清代学者全祖望、黄百家等人在《宋元学案》评论薛季宣的学术思想说:"其学主礼乐制度,以求见之事功。""凡夫礼乐兵农,莫不该通委曲,真可施之实用。"

王开祖的《儒志编》不谈义理。以后南宋永嘉学者本此学风,进而反对空谈义理。薛季宣《知性辨示君举》一文说:"孔子盖罕言命,性与天道不可得而闻矣。所谓不可得而闻者,既难言之,殆未可言言之也。又可以言知乎?"薛季宣著有《中庸解》,即认为性是人身受天地之气而产生的,反对程、朱的"性即理也"的说法。陈傅良《薛公行状》说薛季宣不赞成学生读道学家语录。所谓语录,清儒钱大昕说得很好,"儒家之语录,始于宋,儒其行而释其言,非所以垂教也。语录行而儒家有鄙倍之言矣",认为语录背离儒家之道。陈傅良的学生曹叔远也当面与朱熹谈道："陈先生说，只就事上理会，较着实。若只管去理会道理，少间恐流于空虚。"陈傅良的看法是正确而且有远见的，以后程、朱道学末流走向虚伪，遂为后世所指责，高者谈性天，撰语录，卑者疲精死神于举业，不惟圣道之礼乐兵农不务，即当世之刑名钱谷亦懵然罔识。叶适也反对程、朱的引佛入儒空谈义理。他说："虽《书》自尧、舜时亦已言道，及孔子言道尤著明，然终不的言道是何物。岂古人所谓道者，上下皆通知之，但患所行不至邪？后世之于道始有异说，而又益以庄、列、西方之学，愈乖离矣。"所以，明末清初的著名思想家黄宗羲在《宋元学案》中，肯定永嘉学派不空谈义理是正确的。他说："永嘉之学，教人就事上理会，步步着实，言之必使可行，足以开物成务，盖亦鉴一种闭眉合眼朦胧精神自附道学者，于古今事物之变，不知为何等也。"

第二节　传播者周行己

一、周行己生平

周行己字恭叔，学者称其浮址先生，北宋后期温州永嘉县人。祖籍瑞安县，后迁居温州州城。《宋史》无传。《永嘉县志》和《瑞安县志》虽都有传，但过于简略，尚不及《宋元学案》卷三十二《周许诸儒学案》中的周氏传略较为详细。周行己出身官僚家庭，父亲周泳及其家族原居瑞安湖岭乡周湾（今周家湾）。周泳中进士后，官至正议大夫，后迁居瑞安县城内，今瑞安市城关镇正议巷即以其官衔为巷名，是周泳的住宅所在地。周行己自己以后又迁住温州州城松台山下。周行己著作颇多，有《易讲义》、《礼记讲义》等书。现存文集一本，此书原为十九卷，即文集十六卷，后集三卷。《宋史》卷二○八《艺文志》七亦作《周行己鬃》十九卷。以后散失，明代《永乐大典》中仅存文七卷，诗二卷，共九卷。民国时，温州平阳黄群从地方文献中辑录遗文，成补遗一卷，共十卷，编入《敬乡楼丛书》第三辑。《从书集成》本是九卷。近年《温州文献丛书》有拙编《周行己集》，计诗文九卷，补遗一卷，附录四卷，集中有《易讲义序》、《仆礼记讲义序》与《二程集》中之《易序》、《礼序》雷同，《敬乡楼丛书》编者未加说明

周行己生于北宋英宗治平四年（1067）。"年未十四五，出走京洛尘。"随父赴京师（开封）。十七岁补大学诸生，这时正是宋神宗元丰六年（1083），但并未即到洛阳从程颐学习。他在《浮址集》卷五《上祭酒书》中曾说明自己求学经过："是时

（按为元丰六年）一心学科举文，编缀事类，剽窃语言，凡所见则问而学焉。又二年，又学为古文，上希屈、宋，下法韩、柳。又二年，读书益见道理，于是始知圣人作书遗后世，在学而行之，非以为文也。"这里，他明确说明自己学习洛学，是在入太学后的第四年，即元祐二年（1087）。元丰六年是新法盛行之时，朝廷用王安石《二经新义》取士。可是自元祐元年（1086）旧党司马光执政后，该年"五月戊辰，诏给事中兼侍讲孙觉、秘书少监顾临、通直郎充崇政殿说书程颐，同国子监长贰，修立国子监太学生条例。"第二年正月，宰相吕公著请准朝廷，规定"举子不得以申、韩、佛书为学，经义参用古今诸儒说，毋得专取王（安石）氏"。实际上，元祐二年时，王安石的新学已成禁学。周行己这时学习洛学，并不是上述《宋元学案》和永嘉、瑞安县志所说"时新经之说方盛"，而是如北宋学者张舜民《哀王荆公（安石）》诗所说"今日江湖从学者，人人讳道是门生"之时。可见三书所述，与史实不符。

周行己赴洛阳从程颐受学，最早当在元祐二年八月以后，最迟亦在元祐五年六月五日以前。因为元祐二年六七月间，他仍在太学读书，写有《段公度哀词》与《书吕博士事》，文末分别注明"元祐二年六月十八日"和"元祐二年秋七月"。同时，这年的八月，"程颐罢经筵，权同管勾西京国子监"，才从京师同归洛阳。《程氏遗书》十七《伊川语三》一说为周行己所记，文中有元祐三年病死的刘质夫名字，可见周行己从程颐受学约在此时。而元祐五年，周行己确已在洛阳从程颐受学。《程氏外书》卷七云："程子葬父，使周恭叔主客。"周行己自己写的《邓子同墓铭志》也云："吾之友邓氏子讳洵异，字子同，元祐五年五月二十四日卒于京师。越六月五日，某至自洛，即其殡哭之。"都可以证明。他从程颐受业时，学习非常用力，"块坐一室，未尝窥牖"。

他又曾向吕大临问学，这是元祐二年在太学读书之时。上述《书吕博士事》所赞美的吕博士，就是吕大临。按吕大临于元祐二年三月由文彦博推荐担任太学博士，时间正相符合。以后，元祐七年吕大临病故（年四十七岁），周行己有《哭吕与叔》七绝四首，其一与其四之诗云：

平生已作老蓝川，晚意贤关道可传。
一篑未容当百涨，独将斯事著馀篇。

朝廷依制起三王，叹惜真儒半已亡。
犹有伊川旧夫子，飘然鹤发照沧浪。

这里，他将程颐（伊川）、吕大临都尊为"真儒"。所谓"真儒"，按程颐及其弟子的说法，是得到了孟真传的学者，可见他对吕大临的敬仰。全祖望《宋元学案

·周许诸儒学案》的周行己传略说:"吕与叔时在同门,先生亦师事之。"按吕大临于张载死(1077)后向程颢兄弟受学,程颢死于元丰八年(1085),这时周行己未去洛阳向程颐受学,全氏之说,疑有谬误。元祐六年,周行己考中进士,仍"求监洛中水南籴场",继续从程颐学习。元祐八年,他回到温州,曾去瑞安湖岭乡祭扫祖墓,并写有瑞安《闲心普安禅寺修造记沪》。元祐九年即绍圣元年(1094),哲宗亲政,起用新党人士,贬斥旧党官员。绍圣四年(1097),程颐被编管涪州(今四川涪陵),直到元符三年(1100)徽宗即位,向太后权同听政时,逐渐召回旧党人员,程颐才回归河南。在程颐被贬官这段时间内,周行己遇见张绎,指引他去向程颐受学。《宋史满四二八张绎传》有:"见僧道楷,将祝发从之。时周行己官河南,警之曰:'何为舍圣人之学而学佛?异日程先生归,可师也。'会程颐还自涪,乃往受业。"张绎是程颐晚年的得意门徒,道学著名人物,他是河南寿安(今宜阳)人,程颐从涪州赦归,亦居寿安,故此张即向程颐受学,交往密切。"时周行己官河南",周行己的《浮沤集》中有《原武丧女有感》诗和《原武神庙祈雨文》等,文中有"令之忧亦神之忧"句,可见他这时是任河南原武(今原阳县)县令。此事《宋元学案》和永嘉、瑞安县志的周氏传中均未记载,特为指出。"崇宁中(1104左右),官董太学博士,愿分教乡里,以便奉养","诏受本州教授,发明《中庸》之旨,邦人始知有伊洛之学"。这是他第一次在故乡传授自己的学术思想。

以后,他"教授齐外。大观三年(1109),侍御史毛注劾先生师事程氏,卑汗苟贱,无所不为,遂罢。归筑浮址书院(在州城谢池坊)讲学"。关于他在齐州任教授之事,现存的《浮址集》未见记述。大观三年罢官后,他回到家乡讲学,这是他第二次在温州传授他的学术思想,也是最后一次。这次时间较长,约自政和元年(1111)起,至宣和元年(1119)止。其中政和七年曾一度代摄乐清县事,写有《极乐清上韩守书》及《攻和丁酉罢摄乐清寓柳市庄居和林惠叔见寄》等诗可证。

宣和二年(1120),他到京师任秘书省正字,有《上宰相书》自述平生经历:"遂籍仕版,辛未、庚子盖三十年矣。"辛未是元祐六年,是他中进士之年;庚子是宣和二年,可见这年他出任正字,又说:"今也行年五十有四,忧患病苦,齿发衰矣。而阁下过听,猥蒙进之吾君,不以其不肖无堪,置之学士大夫之列。"可见他这时是五十四岁。朱胜非《秀水闲居录》说:"温人周行己,尝与(程)颐游。政和间结交道士林灵素,得正字。林败,行己贬死。"李氏并加按语,认为属实。林灵素是温州永嘉人,周行己因同乡关系与之结交,得任秘书省正字,这是可信的。南宋宰相周必大是他外孙,靖康元年七月十五日诞生于他任平江知府的府邸中。之招,到郓州担任司录。他在《谢郓帅王待制辟司录启》中说:"当其失职,众所弃捐,乃于穷时,独被收采。将求范蠡之舟,属东南之寇攘,蹇去留之道阻。方滞念之纷如,竭嘉招之俯及。捧檄而喜,载怀三釜之悲;承命即行,敢负百金之诺。"这里的"属东南之寇攘",正是指宣和二年冬至三年八月的方腊起义。占领杭州、婺州(金华)、处州(丽水)等六州五十二县,使他不能返回温州,只好赴山东任司录。《宋元学案》和永嘉、瑞安县志都据此认为他以后死于郓州。可是《浮沚集》卷九却有他的《帽病京师蒙少伊察院惠米因叙归怀奉呈》、《次少伊韵反招隐》等五首诗。其诗有句:"卧病逾三伏,辞乡已四年。故人分禄米,邻舍贷医钱。恂许御史,清誉自初年。'我已逾衰齿,公犹小五年。'朝纲方有赖,未可话归田。"这位许少伊御史就是他的同乡学生许景衡。查许景衡《横塘集》卷三亦有《次韵周共(恭)叔五首》诗,第一百末句是:"扁舟如有约,吾亦赋归田。"彼此对照,可见确有其事。考《宋史》卷三六三《许景衡传》:"宣和六年召为监察御史,迁殿中侍御史。"据此,周行己于宣和六年是在开封,贫病交迫,曾蒙许景衡救济。同时,从其诗"辞乡已四年"看,与他于宣和二年来京师任秘书省正字,时间亦相符合。因此,可能是宣和六年病稍痊后,即赴郓州任职,次年死于郓州。

二、周行己思想基本观点

北宋中期,我国思想界主要有四个学派,即王安石新学,程颢、程颐洛学,张载关学,苏轼、苏辙蜀学。从上述周行己求学经过来看,他开始是"一心学科举文,凡所见则问而学焉"。当时的科举文,就是王安石的新学。稍后,从张载的弟子吕大临问学。最后,赴洛阳向程颐受业,接受洛学。这种转变,与北宋中期温州的学术思想有一定的关系。因周行己少时居住瑞安,并曾在瑞安乡校读书,当和许景衡等人一样会受到林石的思想影响。同时,也和上面曾经说到的当时政局变动有关。

全祖望说过周行己传洛学兼传关学,元祐二年周行己在太学时,曾从太学博士吕大临问学。吕大临(1040—1092)字与叔,陕西蓝田人,兄弟四人皆闻名于当时,《宋史》卷三四有传。他早年受业于张载,张载死后,在元丰二年转向程颢、程颐问学,但自守张载的关学颇坚。程颐曾对人说:"吕与叔守横渠学甚固,每横渠无说处皆相从,才有说了,便不肯回。"正因周氏学习新学,又学习关学,再转向程颐接受洛学,所以,他的思想与正统的洛学思想在政治、经济、哲学等等以及学风方面,都有一定的差异。

第一,从政治思想看,程颢、程颐是猛烈反对王安石的新学的。他们说:"然在今日,释氏却未消理会,大患却是介甫之学。"而张载对王安石的学术有赞扬也有批评。他说:"世学不明千五百年,大丞相言之于书,吾辈治之于己,圣人之言庶可期乎?顾所忧谋之太迫则心劳而不虚,质之太烦则泥文而滋弊,此仆所以未置怀于学者也。"这里，大丞相是指王安石，所谓"大丞相言之于书"，是指王安石的《周官新义》。王安石推崇《周礼》，张载也推崇《周礼》，两人有契合之处。所以，张载对当时新旧党争基本上是采取中立态度。

周行己虽曾于大观三年以"师事程氏"被侍御史毛某参劾，免去齐州教授，政治上似属洛党，但他的政治态度又与程门弟子不同。现存的《浮沚集》中尚未见到有攻击诋毁王安石及新党的文章。反之，文集中有《上宰相书》，这个宰相就是蔡京。他在信中希望蔡京"益广贤路，以收实才；再定法度，以救时弊"。以合作的态度提出意见，并不是如程门弟子杨时那样，专力攻击王安石和新党。更有趣的是，蜀党首领苏轼是洛党领袖程颐的死对头，程颐在元祐二年被免去崇政殿说书职务，正是蜀党攻击的结果。所以，洛党人士对苏轼是非常痛恨的。可是，周行己却很欣赏苏轼的诗文。《师友杂志》说："李先之、周恭叔皆从伊川问学，而学东坡文辞以文之，世多讥之。"这在现存的《浮沚集》卷十中亦可得到证明。周行己在诗文中一再赞美苏轼："当今文伯眉阳苏，新词的砾垂明珠。""四海文章皆苏氏。"并寄诗给苏门四学士之一的黄鲁直："我公江南称独步，名誉籍甚传清都。悠悠举目谁与娱，幸有达者黄与苏。"所以，清四库馆臣评论《浮沚集》说："行己之学，虽出程氏，而绝不立洛、蜀门户之见。"近人侯外庐先生认为这种说法"显然掩盖了周行己的政治态度"。他并依据叶适《温州新修学记》的"昔周恭叔首闻程、吕氏微言，始放新经，黜旧疏"，断定"可见他是王安石的反对派"。叶适说周行己"放新经，黜旧疏"，是笼统叙述周行己放弃新学，既没有具体说明其求学经过，更没有涉及其政治态度。

《浮沚集》中有两封《上皇帝书》，写于任秘书省正字期间。书中极论"朋党"的害处，要求解除党禁，恢复一切被逐人士的官职，这或许有为旧党讲话的用意，意见却很正确。因为北宋党争的结果，政局混乱，是非不分，这是北宋灭亡的重要原因之一。明末清初进步思想家王夫之论及北宋党争说："朋党之兴，始于君子，而终不胜于小人，害及宗祀生民，不亡而不息。"可见周行己这个建议在当时是有进步意义的，是个较识大体的学者。

第二，从哲学思想看，他的世界观继承洛学"理"或"道"是万物本原的说法，但又糅杂关学的"气"说。"道本无名，所以名之曰道者，谓其万物莫不由之也。万物皆有太极，太极者，道之大本。万物皆有两仪，两仪者，道之大用。无一则不立，无两则不成。太极即两以成体，两仪即一以成用。故在太极不谓之先，为两仪不谓之后。然则谓之一阴一阳者，不离乎一也；谓之道者，不离乎两也。所以大虚之中，姻缊相荡，升降沉浮，动静屈伸，不离乎两端。"他认为"道"是"万物莫不由之"的本体，但又认为"气"起着"纲缊相荡"的运动作用。"气"有阴阳两体，两体相反,叫做"二端"。"气"的"二端"经过"纲缊相荡,升降沉浮,动静屈伸"的运动变化,相反相成,终归于一。他将先验性的"道"置之于物质性的"气"上,这是洛学的唯心主义观点,不是关学的"气"在"道"上的唯物主义观点。可是他主张"气"的运动说,说明他受关学的影响较深。周行己这个"气"的运动说,对叶适影响颇大。以后叶适接受他所传的关学"气"的运动说,认为"气"是世界统一性的基础。叶适说:"夫天地以大用付与阴阳,阴阳之气运而成四时。"又说:"道原于一而成于两,古之言道者必以两。凡物之形,阴阳、刚柔、逆顺、向背、奇耦、离合、经纬、纪纲,皆两也。夫岂惟此,凡天下之可言者,皆两也,非一也。一物无不然,而况万物,万物皆然,而况其相禅之无穷者乎。"在认识论方面,虽然周行己强调为学要"去其养心之害",但同时又认识到人的成材是学习的结果。他说:"此孔门之学其见于答问之间,虽循循有序而不相躐,要皆所以去其养心之害,而导夫至正之路。而孔孟之徒所尊畏者,不过四科,亦各因其仁智之见而成就其才。"

关于"道统"说方面,周行己的说法。所谓"道统",最早是由唐代韩愈提出,认为尧、舜、禹、汤、文王、武王、周公、孔子、孟子是一脉相承的"道统",并以自己承接孟子自命。北宋二程接过这个"道统"说,加以修改,在孔、孟之间增入曾参和子思,撇开韩愈,而以自己兄弟遥接孟子。程颐赞扬程颢说:"孟轲死,圣人之学不传。学不传,千载无真儒。先生生于千四百年之后,得不传之学于遗经,使圣人之道焕然复明于世,盖自孟子之后一人而已。"程门弟子都尊奉此说。周行己虽然也说:"曾子之后有子思,子思之后有孟子,仲尼后能传圣人之道者,曾子一人而已耳。"可是,他却大胆地认为在孟子之后,两汉时代也是有人传圣人之学,从孟子到二程之间,是一片空白。他说:"若两汉数百载间,岂无豪杰特出之士,能传圣人之学于千百载不传之后,而愚亦谓黄宪、徐孺子、真颜子之流。至于沉其光耀而不得闻者,夫岂少哉!"他这种怀疑否定程门师说的实事求是精神,是值得我们肯定的。以后,薛季宣、陈傅良怀疑"道统"说,叶适批评"道统"说,可以说都是受了周行己的影响和启发。

第三,周行己的学风是学以致用。他的学风与洛学不同,而与关学相似。关学重视学以致用,注意研究天文、兵法、医学以及礼制等等。张载本人就对天文学很有研究,发展了西汉以来的地动说。而洛学则专重修心养性,"涵泳义理"。张载曾对二程说:"学贵于有用。"而程门大弟子谢良佐却批评张门弟子:"溺于刑名度数之间。"周行己对实际问题颇为注意,他曾说过:"学病乎无实,不病乎无名","士之学道,亦欲兼济于时"。他曾对当时发行不足值的十大钱引起物价上升,使国家财政发生困难提出解决办法。并指出朝廷任意规定的金属货币的名义价值,如高于其金属内容的实际价值,必然不能维持,会在流通中自动地趋于与其真实价值相等。他在第二次《上皇帝书》中说："然而当十必至于当三，然后可平。"他还指出发行不足值的当十大钱，势必产生许多恶果。第一是引起物价上涨，而且物价上涨的幅度比通货膨胀的幅度更大，"钱之利一倍，物之贵两倍"。第二是引起私铸，进一步推动物价上涨。"自行法以来，官铸几何？私铸几何矣？官铸虽罢，私铸不已也。私铸不已，则物价益贵。"第三是使人民蒙受损失，"自十而为五，民之所有十去其半矣。自五而为三，民之所有十去其七矣"。人民蒙受损失，而朝廷最后也会自食其果。因为朝廷所需要的"供奉之物，器用之具，凡所欲得者，必以钱贸易而后可"。如果"出于民者常重，出于官者常轻，则国用其能不屈乎"？道理说得非常明白，并提出解决办法。他说："官出进纳，诰敕与度牒、紫衣、师号、见钱公据六等，以收京师当十，改为当三，通于天下。国家无所费，而坐收数百万缗之用，其利一也。公私无所损，而物价可平，其利二也。盗铸不作，而刑禁可息，其利三也。"将进纳、度牒这些当时公认的有价凭证出卖，来收回当十大钱。这些解决办法，从当时看，是可以收到相当效果的。

三、周行己思想效应

周行己在学术上受人重视，是在南宋前期，"绍兴末，州始祠周公及二刘公于学，号三先生"。这是由于郑伯熊私淑于他，因而引起温州人士对周氏的重视。郑伯熊继承周行己的洛学思想，认为人性本善，人人必须"省己修德"，"存天理，克人欲"。如《敷文书说》的"汝惟不矜"条说："万善本吾性之固有，学至于圣贤，于性无所加益，而缺一焉则不足以为尽性。知此，则任重道远，惟日不是矣，尚何敢矜之。"又在"伊尹放太甲"条说："夫动欲于富贵，惟置之不见可欲之地，则本心既蚀而复明，天理欲晦不复昭矣。"他同时又继承周行己所传新学、关学的"学以致用"思想。如淳熙四年任国子司业时，李焘奏请改变科举文体，取牢学，以便罗致人才。

郑伯熊提倡周行己的学术，所以，周行己学术思想及其诗文，到南宋时期才受人瞩目。清代学者黄百家在《宋元学案》中说："行己以躬行之学，得郑伯熊为之弟子。其后叶适继兴，经术文章，质有其文，其徒甚盛。"行文至此，我们可以探讨周行己在学术上是否有所贡献，对南宋的永嘉事功学派是否有所影响，现分述如下：

第一，周行己的学术虽被洛学正统学者所批评，但叶适说他已放弃了新学，因而他所传的学术基本上还是洛学。在当时传播洛学，其本身就有积极意义。因为洛学虽是唯心主义的学派，但无疑是我国古代哲学发展过程中的一个重要环节。在我国封建社会处于转折时期的宋代，二程把儒学思想推到一个新的阶段,在当时来说,既有其麻痹人民思想达到奴役人民目的的反动一面;也有调整地主阶级内部关系,重整伦理纲常,发扬士大夫节操的积极一面。周行己及其弟子郑伯熊,在北宋末年蔡京擅权和南宋初期秦桧当国实行愚民政策之时,传播洛学,更有其积极作用。叶适说:"余尝叹章(惇)、蔡(京)擅事,秦桧终成之。更五六十年,闭塞经史,灭绝礼仪,天下以佞谀鄙浅成俗,于斯时也,士能以古人源流,慨然力行,为后生率,非瑰杰特起者乎!"叶适这话是赞美郑伯熊兄弟的,但可推及其师周行己。因为蔡京等假新党掌权之时,政治腐败,学术不振,洛学近于消亡。周行己将洛学传入温州,影响浙江,是有进步作用的。全祖望说:"吾浙学之盛,实始于此。"同时当时的温州是个"僻远下州",周行己使"邦人始知有伊洛之学",这就更有积极意义。以后,郑伯熊在南宋前期,"首雕程氏书于闽中",使周行己更得到学术界的崇敬,所以,楼钥说:"中兴以来,言理性之学者宗永嘉。"

第二,陈振孙评价周行己说"永嘉学问所从出也",侯外庐先生认为估计过高,这是对的。因为永嘉事功学派创始者薛季宣的师承渊源,受自湖襄学者袁溉,这是从宋代陈亮至清代全祖望等学者都公认的。同时,更由于南宋中期东南地区社会经济的发展,使薛季宣之学突破洛学圈子,这与周氏关系不大。而周行己在学术上是否毫无创见,则亦值得商榷。周行己因为生活极不安定,为谋衣食,终生漂泊异乡,不能安心著述,以致在学术上没有较大成就,这是事实。但如果说,他只是墨守洛学,毫无创见,这也是不妥的。他在温州讲学多年,在传洛学兼传关学过程中,使他自己的学术思想,在政论、哲理、学风等方面,与正统的洛学有了或多或少的差异。特别是在注重实用之学这方面,更有明显的区别。周行己在上述《上皇帝书》中,除了对通货膨胀问题提出解决办法外,还对当时的盐、茶、济贫、吏役、转输、科举等问题表示过意见,并提出一些解决方法。所以近人胡寄窗《中国经济思想史》说"永嘉诸子重视实用之学的风气,实由周行己开其先河",这是符合实际情况的。

第三,正因为周行己重视实用之学,所以他的弟子郑伯熊继承并发扬了这个优点。上述郑伯熊对《周礼》的释义,实际上就是针对南宋的苛捐杂税与政治腐败所提出的批评。这就可以看出郑伯熊对现实问题颇为注意。郑伯熊年长薛季宣十岁,出仕也较早,但两人交情很好。他在《祭薛季宣文》中说:"一事一辞,据引精刻。语妥理从,出我意表。箴过质疑,每见辄有。"这说明他与薛季宣时常交换意见。他们两人的友谊,不仅是乡里之好,而且有共同的语言。所以,叶适《哭郑(伯熊)丈》诗云"河汾谈圣制,邹鲁振儒风。有学堪经世,无官可效忠",推许郑伯熊像隋代王通设帐河汾之间一样,讲述经世之学。南宋著名思想家陈亮对郑氏也非常崇拜,既曾为他的《学说》、《杂著》作序,并在《祭郑景望龙图文》说:"穷乏得我有未竟之情,一世之宏议不得自尽于其君",又说:"(公)论事如贾谊、陆贽,而倦倦斯世,若有隐忧"。叶适、陈亮都是主张事功学说的进步学者,他们对郑伯熊如此佩服,这就可以看出郑伯熊的思想。此外,永嘉事功学派著名学者陈傅良,也曾师事郑伯熊。叶适是郑伯熊的后辈,也曾向他问学。所以,从周行己到郑伯熊,对南宋永嘉学者和叶适都有一定的影响。

综上所述,我们认为周行己在学术上有其贡献,对以后的永嘉事功学派也有积极的作用。后者虽然表现在郑伯熊对薛季宣、陈傅良、叶适的影响,但归根结蒂是周氏在温州传播洛学、关学的结果。郑伯熊以后与薛季宣结交,深感自己素所讲习之学无补于国事,已经转向事功之学了。

第三节　事功学薛季宣

一、薛季宣生平

薛季宣是南宋著名学者。薛季宣字士龙,亦作士隆,号艮斋,南宋两浙东路温州永嘉县人(温州市鹿城区)。他的生卒年月,《宋史》未载,根据他的学生陈傅良《薛公行状》和他自己《浪语集》所述推算,他生于宋高宗绍兴四年(1134)六月,卒于宋孝宗乾道九年(1173)七月,终年四十岁。他出身官僚家庭,祖父薛强立,曾任江宁府观察推官。他的大伯父嘉言,官至司封郎中;二伯父昌言,婺州通判;三伯父弼,历官福州、广州知州,敷文阁待制,《宋史》卷三八有传;父亲徽言,曾任起居舍人。他是薛徽言的次子。薛徽言在《宋史》卷三七六有传,以坚决反对秦桧的和议而著名。"时秦桧与金人议和,徽言与吏部侍郎晏敦复等七人同拜疏争之。一日,桧于上前论和,徽言直前引义固争,反复数刻,中寒疾而卒。"母亲胡氏也不久去世。这时薛季宣才六岁,为三伯父薛弼收养。薛弼是个颇有军事才能的官员,曾代领过王彦的八字军,担任岳飞的参谋官。季宣随弼宦游各地,因而得识岳飞、韩世忠等人的旧部,在老校退卒的爱国主义熏陶下,以后成为主张抗金的人士。十七岁时,薛弼亡故,季宣往依其岳父荆湖北路安抚使孙汝翼,抄写机密文字。结婚后,在江陵住了三年多,中间曾向程门学者袁溉受学。二十岁左右入蜀,在同乡四川制置使萧振幕下工作。萧振(1086—1157),温州平阳人,政和八年进士,曾两次担任四川制置使,第一次是绍兴二十三年,即公元1153年;第二次是绍兴二十六年即1156年,翌年死于任上。薛季宣是在萧振第一次任内入其幕下。他在四川仅半年,因议事不合,即离去。绍兴三十年(1160),薛季宣以二伯父恩荫,出任鄂州武昌县(今湖北省鄂城县)令。第二年秋天,金主完颜亮分兵四路大举伐宋。当金兵中路深入蕲、黄(州)以南时,湖北、淮西官员纷纷将家属遣送回家,自己则"系马于庭以待",准备随时逃跑。可是薛季宣却将家眷留在武昌城中,公开表示愿与人民共存亡。因此,武昌人民被他动员起来,守住武昌。也因此,他得到当时任湖北、京西宣谕使的汪澈等抗战派人士的赏识,欲招他赴其幕下工作,但都被他婉言谢绝了。武昌县任期满后,于隆兴元年(1163)携眷南归。该年秋冬之间,曾赴临安(今杭州市)选调,得婺州司理参军。隆兴二年在永嘉老家候缺。他的好友郑伯英在祭文中说:"岁在甲申,公归里居。"这时他设稚新学塾,陈傅良、王楠、薛叔似、徐元德等人先后向他问学受业。陈傅良在《薛公行状》中曾自述受业经过说:"傅良丙戌、丁亥岁,受(授)徒城南,公间来过,教督之。明年,谢徒束书,山间屏居。公又过之,问治何业,竭己所得对,公曰:'吾惧吾子之累于得也。'即诏曰:'宜若是。'岁己丑冬,遂往依公具区(太湖)涌上(涌湖、常州)卒学。"陈傅良这里所说乾道四年向他受业事,大概是在该年上半年。因为这一年夏天薛季宣已出任婺州司理参军,同年秋天,即被签书枢密院事王炎(字公明)推荐,召赴临安接受审察。以后他自己在《奉使淮西回上殿札子二》中说:"臣戊子岁,因大臣荐,获对咫尺之光。"当时他不想去接受审察,在《被召辞免札子》中说:"间者调补掾曹,虽为合人差遣,良以治狱事省,可以专志一官。"宋代司理参军是管司法的官员,所以有此说法。同时,他在《与汪枢使明远书》中说得更明白:"即日仲秋乡凉,恭维黄阁燕清。蒙恩召对,祗增愧惕,实王枢公明之举。然自待次六年,典质以济。之官就道,承命于行,欲进趑趄,退固不可,不免走介情告政府,求终金华(婺州)之任。遂自富春舍舟,问道余杭,寄家延陵(常州),以就亲戚。蒙恩补县,诸公虽以缺许之,然无缺可填,又须数年之久。"根据上述他自己写的札子、书信,可知乾道四年薛季宣三十五岁时,刚出任婺州司理参军,便在这年秋天召赴临安审察。他先"寄家延陵",然后自己晋京。召对后,"改宣义郎差知平江府常熟县。退,待次具区涌上"。因为召对后虽"蒙恩补县(常熟),然无缺可填",第二年只好在常州亲戚家候缺。这和上述陈傅良《薛公行状》所说"岁己丑冬,遂往依公具区涌上卒学"是相符合的。同时,陈傅良《祭薛常州先生文》还说:"从兄毗陵。毗陵何有?聚书千卷。涌湖之上,其乐未央。"毗陵亦即常州。可见乾道五年薛季宣是在常州候缺,不在婺州。《中国思想通史》第四卷第十六章谈到叶适和薛季宣的关系时说:"乾道五年(1169),薛三十六岁,任婺州司理参军,叶适二十岁,往访薛季宣于婺州。"乾道七年秋,薛季宣又奉召赴临安接受审察,任大理寺簿。他在上述的《奉使淮西回上殿札子二》中说:"去岁再赴审察之命,既叨刑簿之除,苴职数月,邈无报效。"薛季宣赴淮西视察的时间,陈傅良《薛公行状》和吕祖谦《薛常州墓志》均作"乾道七年冬",可见乾道七年秋天他是任大理寺主簿。在任大理寺主簿前,似曾担任过常熟县令,但为时甚短。他在《再辞召命申省状》说:"准尚书省札子,奉圣旨令赴都堂审察。某寻具札子,申仆射相公参政,未蒙施行。再准尚书省札子,催某疾速起发前来。"可见是一度任过常熟县令。

乾道七年冬,因江南、荆湖一带大旱,许多饥民流入淮南西路,同时中原汉族人民劝,有逃回淮西(称为"归正人"),孝宗皇帝对此颇为关注,于是朝廷便派薛季宣视察淮西。他在这年十二月中旬动身,到第二年夏天视察完毕。在淮西半年多,修复了合肥三十六处圩田,在黄州故治东北设了二十二个庄,招集流民,给予房屋、耕牛、种子等。光州知州宋端友谎报功绩,将所属固治县新逃回的"归正人"五户和过去逃来的"归正人"一百十二户并在一起上报,并杀害新逃回的"归正人",夺其马匹。薛季宣查明后,据实上奏,宋端友畏罪忧死。薛季宣回京后,向孝宗陈述淮西城防失修,官吏贪鄙,土著大户冒占荒地,阻止流民垦耕,以致田地荒废,税收减少。因为过去所派使臣,大都走马看花虚应故事,所以情况不明。薛季宣深入考察,据实奏报,大为孝宗皇帝赏识,于是"遂进两官,除大理正"。任大理正仅七天,又于乾道八年八月出任湖州知州。湖州是个近畿大郡,"湖多权贵",田宅买卖诉讼之事很多,"公平心问理如何,不为变。益害公,合力撼摇"。在权贵与官吏的攻击下,他仅任职七个多月,改任常州知州。未上任,先回永嘉老家休养,乾道九年七月因病而死。关于他死的原因,《薛常州墓志》与《薛公行状》都未明言,《宋史》本传亦无记载。《中国思想通史》说他"以四十岁短命贫病郁愤而死",并注明"参看《浪语集·九奋》等文"。

薛季宣的《九奋》,分为《启愤》、《怨春风》、《去郢》、《东首》、《溯江》、《赋巴丘》、《记梦》、《行吟》、《沉湘》等九章,是模仿《楚辞》的作品,写于武昌解任在家待缺之时,并非去世前夕的作品。他在《九奋·后记》中说:"《九奋》,走之所作也。走世官于楚,身尝主簿荆州,假令东鄂。"文中并未提到以后视察淮西及出知湖州等事。其中所谓"主簿荆州",是指早年在江陵孙汝翼处工作,不是以后的大理寺主簿。"假令东鄂"则指任武昌县令,可知是早期的作品。《九奋·后记》又说:"感灵均之志,作《九奋》,言将质诸天地万物,而自奋于渊泉也。"据此,《九奋》也并不是什么郁愤之作。他出身官僚家庭,田地颇多,家住永嘉,邻县乐清雁荡山亦有祭田,并非贫寒之士。特别是他去世前夕,很受孝宗皇帝赏识,"一岁三迁,骤至五马",正是得意之时,实无"贫病郁愤"之可言。关于他病死的原因,洪迈《夷坚志·丁志》卷十二说:"乾道癸巳岁,(薛季宣)自吴兴守解印归永嘉,得痔疾，为庸医以毒药攻之，遂熏蒸而毙。"对照他侄儿薛溶的祭文："胡为微恙，辄成酷祸？庸医妄投，竟尔勿悟。屈指三日，噬脐莫措"，是相符合的。可见薛季宣之死是因患痔疾为庸医所误而死，不是什么"贫病忧愤而死"。

二、薛季宣著述

著作颇丰，《宋史》本传记载简略，仅言："季宣于《诗》、《书》、《春秋》、《中庸》、《大学》、《论语》皆有训义，藏于家。其杂著曰《浪语集》。"《宋史·艺文志》只收录《论语》和《薛常州地理丛考》二书。现据《浪语集》和陈傅良《薛公行状》以及孙诒让《温州经籍志》所记，薛季宣的著作有：《古文周易》十二卷，佚。《书古文训》十六卷，现存有通志堂经解本。《诗性情说》（原名《反古诗说》），卷数不详，佚。《周礼释疑》，卷数不详，佚。此书未见于陈傅良《薛公行状》，《浪语集》中亦无序文，唯见于南宋理宗时期王与之《周礼订义》。该书引宋人《周礼》注说四十五家，薛季宣是其中一家。王与之和薛季宣同郡，所记当能属实。此书疑是薛氏的学生在他死后所编。《春秋经解》十二卷，佚。《（春秋）旨要》二卷，佚。《论语》二卷，佚。按：此书《薛公行状》、《水心文集》、《宋史·艺文志》均作《论语》，《浪语集》中则作《论语》。《论语直解》，无卷数，佚。《中庸解》一卷，存于《浪语集》。《大学解》一卷，存于《浪语集》。《资治通鉴约说》，卷数不详，佚。《十国记年通谱》，卷数不详，佚。《汉兵制》，卷数不详，佚。按：明万历《温州府志》卷十七著录。有《八阵图赞》存于陈傅良《历代兵制》卷三。《九州图志》，卷数不详。《朱子语类》称作《九域图》。按：温州市图书馆古籍部藏有《薛常州地理丛考》抄本一卷，不知是否即系《宋史·艺文志》所录之书。书后有清代学者瑞安黄绍箕所做跋文，谓此书是文廷式从《永乐大典》卷一四三八五冀字下录出，曾刊于《纯常子枝语》卷三十八，是《九州图志》中的幽州图志，现图已失，仅存其文云云。《武昌土俗编》二卷，佚。《浪语集》三十五卷，永嘉丛书版，清孙衣言辑。按：卷首有孙诒让代其父衣言所做序言，谓此书采用南宋宝庆二年薛季宣侄孙薛师旦刻本为底本，校以丁丙所藏明抄残本和朱学勤所藏旧抄本。文集末尾附有宋朝请大夫知抚州军州薛师旦书跋。师旦之跋提到此集是由其弟师石从薛季宣之孙家，"发箧中书，诠次得三十有五卷而锓诸梓"。文中又谓"顷华文曹太博持节东川，尝取奏札及简牍等刊于蜀"。曹太博即曹叔远，曾于嘉定十二年任四川潼川提刑。可见在此文集前已有曹叔远所编之薛季宣文集，在四川出版，但未见各家著录。近年有《温州文献丛书》校点此书，改名《薛季宣集》出版，并附录《地理丛考》、《周礼释疑》、《周礼订义》。

此外，陈傅良说薛氏曾校订黄帝《阴符经》，《风后握奇经》，老子《古文道德经》，焦延寿《易林》，刘恕《十国纪年》，庄绰《揲蓍谱》，林勋《本政书》，姚宽《汉书正异》等。所校订《风后握奇经》现存《浪语集》，其他则仅有序言存于《浪语集》。薛季宣学问渊博。陈傅良称赞他："公自六经之外，历代史、天官、地理、兵、刑、农下至于隐书小说，靡不搜研采获，不以百氏故废。尤邃于古封建、井田、乡遂、司马之制，务通于今。"吕祖谦很钦佩他："博览精思几二十年，百氏群籍，山经地志，断章简，研索不遗。"

三、经书训义

　　薛季宣的《书古文训》，对古文字学有一定贡献。《孔传古文尚书》出现于东晋，这部书到明清才有人考出其中二十五篇是伪作，但唐代以来，由于汉代伏生所传的今文《尚书》和孔安国所献古文《尚书》，均已失传，唯一留下来的是这部《尚书》。这部《尚书》过去是用隶书写的，因隶书到了唐代已不流行，为便于诵读，天宝三年唐玄宗命集贤学士卫包改用楷书抄写，于是用隶书写的便成为"古文《尚书》"。这部书保留了魏晋以前古文字体的结构，薛季宣加以训释，在古文字学上是有贡献的。孙诒让就肯定他的功绩说："案艮斋《书古文训》所载经文，出于东晋伪古文既行以后。然此本虽晚本，尚在天宝以前，未经卫包刊改，故书正字转藉此存。倘得振奇好古之士，博稽精核，存其雅正，芟其诡异，勒成一书，不犹愈于诵卫包、陈鄂诸手展转改窜之本乎！"又说："朱子（熹）虽讥其多于地名上著功夫，而所做《学校贡举私议》……其《尚书》十家，薛氏居其一，则未尝不心折是书矣。"薛季宣的《大学解》、《中庸解》的训义，和朱熹《大学章句》、《中庸章句》有所不同。他的《大学解》经文，仍用《礼记》原文，不采用程颐的改定本。而朱熹则打乱原文次序，分为"经"一章，"传"十章，并自谓采用程颐意见，补充了第五章的"传"。例如《大学》首章："大学之道，在明明德，在亲民。"朱熹采用程颐意见："程子曰：'亲当作新。'新者，革其旧之谓也。言既自明其明德之义，又当推以及人，使之亦有以去其旧染之污也。"后世学者对朱熹这种做法提出批评。《朱熹·四书学》说："朱熹其绝不可为训者，在于改窜《大学》本经。"薛季宣则将"亲民"解释为"近人"。这和孔颖达疏"在亲民者，言大学之道在于亲爱于民"之义相近。又如《中庸》"子曰'素隐行怪'，后世有述焉，吾弗为之矣"的"素隐行怪"一语，朱熹训为："素，按《汉书》当作索，盖字之误也。'索隐行怪'，言深求隐僻之理，而过为诡异之行也。"薛季宣则释为："'素隐行怪'，掩其素行，行其僻左，以欺世盗名者"，"素"即作本义解。从这里可以看出朱注纡曲，不及薛说直截明白。所以孙诒让说："（薛）说简当不繁，无宋人讲义重复猥浅之病。"从薛季宣和朱熹对《大学》、《中庸》的训义不同来看，可以看出他们两人的哲学思想有所不同。

四、精通史学

东汉南宫云台二十八将的排列次序,范晔《后汉书》用两排写法,予以排列,以后书坊刊刻的《后汉书》改用一排平写,遂造成错误。司马光《资治通鉴》对此照抄,以讹传讹。南宋学者袁燮自己没弄清楚,反据此责怪汉代统治者论功行赏轻重失当。薛季宣就指出:"旧本《汉书》作两重排列,上一重,禹居首,次吴汉,下一重,首马成,次王梁,后人重刊,遂错误。"以后胡三省作《通注》,纠正了司马光的错误,证明他的意见是正确的。他的《春秋经解》和《(春秋)旨要》两书,现虽都失传,但从《浪语集》中的《经解春秋旨要序》来看,可知他侧重于《春秋》的史事方面。如说:"《春秋》者何? 鲁史记之名也。史记何以名《春秋》?《春秋》,鲁历之所为更也。何更尔,变周也。周正建子,以建寅为正岁,夏时得天,犹用夏也。春秋之序,鲁变之也。加春于建子而为王正月,建卯之月而为夏四月。鲁史之作也,故凡《春秋》之序,皆舍周之旧也。"以后陈傅良《春秋后传》就是继承他的说法而加以发挥的。明代著名学者赵汸《春秋左氏传补注》说:"薛氏谓鲁历改冬为春,而陈氏用其说于《后传》,曰:'以夏时冠周月,鲁史也。'"陈傅良在薛季宣研究《春秋》的基础上,成为宋代对《春秋》研究有成就的学者。清四库馆臣说:"赵汸于宋人说《春秋》者,最推傅良。"

五、军事地理思想

陈傅良《薛公行状》说:"他所论著,若《九州图志》,稿方立而未究也。"薛季宣在常州候缺时,也曾写信给陈傅良说:"八州地图,别后都不暇料理。""州图纳去,荆州、南交二纸抄毕,早希寄示。扬、冀草具未补,梁州和夷未曾释地,幽、雍都未下手,幽经却备,幸而不为事夺,一两月间莫可成矣。"《九州图志》中的幽州图志可能只有经而无图,全书未完成。

六、怀疑"道统说"

从上述薛季宣的著作内容来看,可以看出他确是"依'经制'而持异议"。主要有下面三点:

(一)程、朱等道学家为了提高道学的学术地位,标榜自己是正统,将韩愈的"道统说"加以梳妆打扮来适合自己的需要

他们宣传孔子之道传于曾参,曾参传于子思,子思再传于孟轲,而北宋程颢、程颐兄弟上接孟轲,朱熹则是二程的私塾弟子,得道统的真传。对此,薛季宣在《策问》中提出疑问。他说:"问道统之序,自孔子、曾子、子思、孟轲,端若贯珠,盖

无可疑者。然《世家》、《家语》:'曾子少孔子四十六岁,则曾子于仲尼之卒也,未壮。'《孟轲传》:'(孟轲)学于子思之弟子。'《资治通鉴外纪》:'缪公访子思之岁,距孔子卒七十有三年。'而《周纪》:'鲁缪公毙,子思见卫谨侯。'后此又三十有一岁,下距孟轲见梁惠王之岁,凡四十有一年。上下一百四十五年之间,而道学三传,未足多过子思之年,无乃过于寿考乎?记事差错,虽道原(刘恕)亦不能无疑。"又说:"圣人之学,得其所传,子弓、子夏、子舆三人而已。荀卿《非十二子》,而子思、孟轲皆未免为有罪。"将《策问》中这两则合起来看,其意是:孔子卒时,曾子未壮,不可能传其学。传其学者是子弓、子夏、子舆。孟轲受学于子思的弟子,子思寿长一百四十五岁,是不可能的。而荀卿的《非十二子》则认为子思、孟轲背离了孔子的学说。

薛季宣怀疑"道统说"的思想,对叶适影响很大。以后叶适也从曾子这一环节入手,认为曾子传孔子之道"无明据",孔子传曾子、曾子传子思的说法,也是错误的。

(二)以唯物主义观点解释经制

薛季宣的《大学解》、《中庸解》写于隆兴二年至乾道三年在家候缺期间。朱熹的《大学章句》、《中庸章句》虽成书稍迟,但他的唯心主义的道学思想是一贯的。从这些训义中,可以看出薛、朱两人哲学思想的分歧。例如《大学》的"格物致知",朱熹《章句》第五章的"传"是:"所谓致知在格物者,言欲致吾之知,在即物而穷其理也。"这里朱熹的"格物致知",并不是真正教人去认识客观事物以及事物的规律,而是教人如何修身养性,做圣贤。他曾对人说:"《大学》物格知至处便是凡圣之关;物未格,知未至,如何煞也是凡人。须是物格知至,方能循循不已,而入于圣贤之域。"薛季宣的《大学解》则是:"'天生烝民,有物有则'。物物则之,在人者不明明德,则物无以尽,不能尽物,则知之至者无自而发。格,至也。物至则良知见也。"这里他所说的"物",是指客观事物。"物至则良知见也",认为只有观察事物才能有"良知"。后来他在给陈亮的信中谈到"道"和"器"的关系时,就说得更明确了。他说:"上形下形,曰道曰器,道无形埒,舍器将安适哉?且道非器可名,然不远物,则常存于形器之内,昧者离器于道,以为非道,非但不能知器,亦不能知道矣。"即认为"道"在"器"内,事物及其规律是客观存在的,是可以认识的。以后叶适就说:"则知之至者,皆物格之验也,有一不知,是吾不与物皆至也。"这就是说正确的认识来源于对物之观察和检验。又如《中庸》首章"天命之谓性",朱熹在《章句》中解释是:"命,犹令也;性,即理也。天以阴阳五行化生万物,气以成形,而理亦赋焉,犹命令也。"这里朱熹所说的"性,即理也"的"理",是精神性的,它赋予人身之中即为人心中的"性"。虽然他也说"气以成形",但他认为"理在气先","理"是先于物质而存在的实体,是产生万物的根源。薛季宣的《中庸解》则是:"天命,上天之载也。性,人受天地之中以生者也。道,日用也。教,成物也。"他认为"性"是人身受天地之气而产生出来的。这里,物质是第一性,精神是第二性。接着他又说:"人之于道也,无人而不自得,观感之教也。"这就是说,人能够认识事物的规律,是受教育的结果。从这些解释中,我们可以知道薛季宣是以唯物主义观点来解释"经制"的。

(三)主张义和利的一致性

薛季宣《大学解》旷生财有大道一段话的解释是:"《易》称:'何以聚人,曰财。'财者,国用所出,其可缓乎?虽然为国务民之义而已。务民之义,则天下一家,而财不可胜用,藏之于下,犹在君也。以财发身,用之者也不知所以用之,身为财之役矣,故君子先正其本。为上有节,为下敦本,财用之出,庸有穷乎?聚敛之臣,不知义之所在,害加于盗,以争利之民也。民争利而至于乱,则不可救药矣。言利而析秋毫,必非养其大者之人也。所见之小,恶知利义之和哉!惟知利者为义之和,而后司与共论生财之道。"薛季宣在这里提出义和利的一致性,告诫统治者必须"为上有节",剥削要有一定限度,不可与民争利;"为下敦本",人民务农经商,生产致富。如果能做到这一点,则"财不可胜用"。这就是"义利之和"。这与以后叶适所主张的"以利和义,不以义抑利",是相一致的。而和朱熹所强调的"正其义不谋其利,明其道不计其功",则完全相反。薛季宣在义与利统一的基础上,更进一步反对道学家空谈义理,而且目其为"异端"。他说:"今之异端,言道而不及物","语道乃不及事,而清谈脱俗之论,诚未能无恶焉",并要求子侄与学生必须讲求有关国计民生的有用之学,"讲明事务本末利害,必周知之,无为空言,无戾于行"。薛季宣的义与利一致的思想,在当时是有其进步意义的。因为,义与利是密不可分的,义总是利的直接或曲折的反映,功利主义也是唯物主义的一种粗浅的表现形式。马克思、恩格斯说:"功利论至少有一个优点,即表现了社会的一切现存关系和经济基础之间的联系。"马克思、恩格斯这里指的虽是西欧资本主义制度下发展起来的进步的功利论,但是对于我们评价薛季宣及永嘉事功学派的功利思想仍然有其参考价值。世界上是没有什么超功利主义的。

七、薛季宣事功思想

薛季宣从义与利一致的思想出发,要求"见之事功"。他针对南宋政府的弊政,一生写了不少的"书"、"札子"、"策",积极地向政府提出自己的意见,从中可以看出他的事功思想。归纳起来,约有下列几点:

（一）反对隆兴和议

隆兴元年（1163）五月，张浚北伐失败，投降派积极求和。第二年，宋、金双方进行谈判，由于秦桧余党汤思退自坏边备，金人重占海、泗、唐、邓等州，以后双方达成和议，仍岁贡银绢各二十万两、匹。在这次和议商谈时，薛季宣极力反对，明确指出妥协求和之害。他上书给中书舍人胡铨说："示弱求和，无厌之求，必将纵于我矣。一辞其请，则和不可就，举从其命，必将有所不给。然则今日之和，是为坐困之策。"他认为目前保国之计，"和不若守"，"上策莫如自治"。他的"自治"，是要南宋政府加强守备，改革内政，发展生产，达到国家富强，"则恢复之计在其中矣"。当时南宋国力衰弱，更由于张浚的误国、汤思退的卖国，南宋是一时无力恢复中原的。所以他提出"自治"，也就是固守边境，充实自己力量，徐图恢复之意。薛季宣的"自治"论，不同于投降派的"自治"论。投降派的"自治"名为"自治"，实则是苟且偷安。薛季宣的"自治"，是从当时实际情况来考虑的，是正确的。当时反对隆兴和议的大臣只有张阐和胡铨两人，处于少数派地位，主和的大臣倒是多数，因此和议达成。而许多有识之士如辛弃疾、陈亮、朱熹等都反对和议。这时的朱熹尚未沉迷于道学之中，他也曾写信给吏部侍郎陈俊卿表示反对，后又著文批评说："且若必以人之众寡为胜负，则夫所谓士大夫是和之多者，又孰若六军、万姓之为多耶？"朱熹这段话说得很好，占我国人口绝大多数的人民大众是坚决反对向金求和的。

（二）依靠民兵防边

绍兴三十一年（1161）秋天，金主完颜亮大举伐宋，薛季宣守住了武昌。薛季宣能够守住武昌，这和他平时注意训练民兵是分不开的。武昌在当时是个小县，"户三千五百，弓级财五十人，士军十有九人"。薛季宣用保甲法组织人民，"五家为保，二保为甲，六甲为队，因地形便合为总，不以乡为十五甲，总首、副总首领焉。"各总设有练武射箭的场地，农闲时，教习人民击刺、驰射，每五日轮流校阅。总有旗帜，人有枪刀，民兵不幸因公伤亡，免其家赋役三年。总首有事可以直接和县令联系，不经过吏胥，因此他可以直接指挥民兵，加强了防御工作。经过这次完颜亮南侵，他深刻认识到南宋军队腐败，军纪荡然。在这次战争中，东路战场，因都统王权畏懦，未战先遁，以致淮南全部沦陷。他说："合肥（庐州）之役，未尝交锋，而王权回屯柘皋，李显忠渡江而归"，"虏遂深入"。当时金人侵宋战争中，女真贵族以掠夺财富、人口为目的，将掠夺来的大量人口，除用作自己奴婢外，还远卖到北方蒙古诸部为奴。因此边境人民对侵略者恨之入骨。在完颜亮大军南下时，除东路战场因王权溃退而失利外，中路和西路战场的宋军却都因依靠边境民兵作战而取得胜利，海路也取得胜利。特别是中路襄、鄂战场，均州知州武巨原是民兵首领,战争未开始前,就招纳了杜海等二万余人,战争开始后,淮宁大豪陈祖亨执金人陈州同知据其城归宋,邓州弓士昝朝润聚众来归,邓州人孙俦携其家乡民兵千余人至襄阳。这些事实与薛季宣自己守武昌的经验,使他知道民心可用,要防守边境,必须依靠当地民兵。因此,当完颜亮毙命,金兵暂时北撤以后,宋金双方又争夺边界上的海、泗、唐、邓、商诸州时,薛季宣两次上书给汤思退建议组织边境民兵来加强防守。他说:"夫民岂不念其室家,盖无法以自保矣。某观江、汉、淮南之俗,其民敦实雄健,涉猎世故,颇知用武。若朝廷……略以陕西弓箭手法维之,使之人自为战,制其勋赏,一同正军,亦严边之一术也。"汤思退是秦桧余党,对这些建议不予理睬。

(三)裁减冗官冗兵

冗官、冗兵问题,是个老问题,在孝宗皇帝时代已显得突出。虽然孝宗在南宋时期是个比较有所作为的皇帝,他所任用的大臣如虞允文、王炎等也比较有些才能,敢于主张抗战,但是南宋国势仍然不振。乾道四年薛季宣被召对时,向孝宗提出这个问题,他说:"臣窃怪近世治不及古,自朝廷至于郡县,皇财用弊焉,常患其不给,百姓腹饥及髓,而日以益甚。虽有卓荦之士,遇有为之主,得时得位,其所设施,终无以救其万分,详求其故,则冗官、冗兵二事,实有以困之也。"如何解决冗官问题,他举出工部为例,认为这个部虽然自上到下设置了许多官员,而实际无事可做。"工部所掌营缮百工之事,今营缮之大者,归转运司、临安府;小者,归修内司。百工有文思院、军器所,有将作、军器二监。"于是工部无事可为。而在工部中工作的官员,"才者既无职以白见,而不才者得滥吹竽于其间,文具迎承,尤害政之大者"。这里指出这些无事可做的官僚机构里,有才能的人浪费青春,无才能的人拍马逢迎,对政事的害处很大。他建议加以裁并,"凡职之相似者,即为冗,并其疏阔者"。他又指出冗兵之为害,认为当时在厢军、诸州禁军、将兵、三衙御前大军四者之外,复有弓手、士军、役兵,实际上只有"大军可作战伐之用,将兵而下废为皂隶之役"。而且官吏吃空额,"卖工私役者众,适足以为污吏之资"。他举例说:"只成都一府,厢军至一万人,不知养之安用?且以中人之家,一年之赋供一厢军,且不能赡,今天下几数十万人,是宜民力之匮,战士之寡也。"他建议对这些不能作战的冗兵加以淘汰裁撤。他最后总结冗官冗兵的害处说:"与其张无职之官而紊政,养无用之兵而虚骄蠹国,人情不恤,固当图之。"希望孝宗皇帝加以整顿改革。薛季宣的意见是切中时弊的,可是积重难返,一直到南宋灭亡,这个问题也没有得到解决。

(四)革除吏胥舞弊

他一向主张"民为邦本,本固邦宁",希望能为人民减轻一些负担,特别是革除吏胥的舞弊。他任湖州知州时,湖州是个大郡,又是吏胥为害甚烈的地方。因此,他在《知湖州朝辞札子一文》中就指出当时税收最大的弊害是,"一曰科折不均,二曰丁绢催扰"。他指出科折不均的弊害说,"比年州县科折,一切付之乡胥令长,利在速办而有盈余。给散人户凭由,不言科折之数。由是'出等上户'多缘计弊而免,其数并于贫下,实出强倍之征。其尤甚者,正赋既入于官,官司不为销落,抑或重纳科折,而以箠楚临之,逼以威刑。虚数之人,吏窃有之,民困不均"。他提出改革办法,"凡承受抛降科折租赋,并须先期以正数细计分数科折,明出榜示,今年某科管催若干,数内科折若干,除下户若干,所管若干不该科折外,今将第几等户已上如何分数科折,明于逐户由子开说,某乡合纳某税,仰于数内科纳几分几厘。简而易知,奸弊必少"。这就是说州县要将每户科折数目公开告诉人民,要有透明度,这样就可减少"出等上户"与吏胥作弊的机会。

关于"丁绢催扰"。丁绢是一种身丁税,五代时期已有。北宋皇祐年间许民以绸绢依时折纳,叫做"丁绢"。湖州是宋代丝织业发达的地区,一户所纳,"为绢不过数尺",如果"催科有法,民亦何患"。但是南宋政府只顾自己手续方便,规定要好几户人家将所缴零星绢帛合成整匹上交,方给完税收据。这时南宋吏治败坏,各地都出现一种"揽户",名义上帮助人民纳税,实际上与吏胥勾结作弊,多取少报,买贱卖贵。薛季宣指出:"或为揽者盗用,无钞呈验。小民惮于出官,绢既不多,不免计会重纳。一岁如此,或至再三。或到官者,令长多不之恤,禁系瘐死有矣。而其诛求科罚之费,甚于倍蓰之征,岁岁相仍,无有宁日。"薛季宣建议,"丁绢入纳,须令每匹为钞,开具人户单名,各纳若干丈尺。钞外添置飞子一纸,据户数界作几行,明开某年月日,某县乡村某人,投纳某年丁绢若干丈尺,系钞头某人名下。令钞头于三日内剪开飞子,给还人户",这样使那些各纳几丈几尺的小户以"飞子"作为完税的收据,免除"追征重叠之患"。薛季宣因有在武昌、常熟从政多年的经验,他的改革办法是有利于人民的,是可行的。

(五)合理使用人才

当时南宋统治阶级中一些当权者往往认为国家衰弱的原因,是由于当时人才缺乏。薛季宣则认为"天下之才,未尝乏也","伯王之主,不异代而求贤"。问题是在于如何重视人才,如何合理使用人才。他以工师建造房屋来比喻,认为一个优良的工匠选用木材时,"弃材虽巨,非良不取;良材虽细,以良而用。至于栋梁楹桷门柱庚廖,无短无长,无小无大,一皆因其材用,而后加绳墨焉"。而现在人才缺乏的原因,"求之非其道,而用之非其术"。特别是讲究门第出身、年资,"士无器业,惟其流品之问;官无宜称,视其资级而取"。同时又不能合理使用人才,"明治道者,或亲米盐之役;工辞藻者,乃当军旅之间;彼知财计,方且任之以刑狱;习于疆场,又将劳之以民事。大小异器,随用而失,贤否异能,随材而废"。用今天的话来说,选拔人才,使用人才,不能论资排辈,不能偏重门第、出身,而是应该用其所长,学用对口。这些意见在当时是中肯的,即使在今天来说,也有借鉴之处。

第四节 承继者陈傅良

陈傅良是南宋颇负盛誉的学者,是薛季宣的大弟子,而叶适则受其影响很深。叶适《陈公(傅良)墓志铭》说:"余亦陪公游四十年,教余勤矣。"又在陈傅良夫人《张令人墓志铭》中说:"其夫有学行文词经世之业,远近宗从,登门请义,通日夜,历寒暑,室内常无坐处。"可知陈傅良在永嘉事功学派中占有承先启后的重要地位。

一、陈傅良生平

陈傅良(1137—1203),字君举,学者称其止斋先生。南宋前期温州瑞安县人。关于他的家世和生平官职,《宋史》本传有疏误。陈傅良生于瑞安县帆游乡澍村里(今瑞安市塘下区),其先世系自福建长溪县(今霞浦县一带)迁米·六世均务农为业,到了他父亲陈彬才开始读书,是个乡村教师。家中非常穷困,陈傅良有诗自述身世说:"我亦婆人子,风雨蔽蓬户。"九岁时,父母双亡。他曾有文说:"吾友之同第进士者,独余不幸早孤,不逮事父母。"又说:"伏念臣九岁而孤,长于贫贱,养生送死,皆有永恨。"他有长兄陈国举一人,姐或妹二人,"一母分身四白头"。哥哥和姐妹夫均未出仕。因父母早殁,兄姐俱幼,赖祖母吴氏抚养成人,家道贫穷,所以他很早就在瑞安、永嘉教书,谋求衣食之资。也因生活困难,曾卖去老屋的西厅,到他出仕后方才赎回。由于他勤学苦读,教学有方,在浙江东南一带慢慢著名起来,岁从游者常数百人。叶适曾记述他早年执教温州南门外茶院书院时的情况说:"初讲城南茶院时,诸老先生传科举旧学,摩荡鼓舞,受教者无异辞。公未三十,心思挺出,陈编宿说,披剥溃败,奇意芽甲,新语懋长,士苏醒起立,骇未曾有,皆相号召,雷动从之,虽麾他师,亦借名陈氏。由是其文擅于当世。"而陈傅良并不以此自满,除向同郡郑伯熊问学外,孝宗隆兴二年(1164),永嘉薛季宣自湖北归里待缺,陈以师礼事薛。乾道五年(1169)冬,又追随薛季宣寄寓常州涌湖上读书,"茅茨一间,聚书千余卷,日考古咨今其中"。叶适的学生吴子良说:"从薛常州讲经制之学,其后文学日进。"从此继承和发扬了薛季宣的事功学说,并致力于有关国计民生实用之学的探讨。

他于乾道六年(1170)三十四岁时才入太学读书,与当时东南著名学者吕祖谦、张栻相友善,问学质疑,互有影响。国子监祭酒芮晔久闻他的文名,打算任命他为学谕。他认为这是过分的优待,辞不敢受,避居于天台国清寺和乐清雁荡山西庵。乾道七年,与北宋"永嘉九先生"之一张焯的曾孙女幼昭结婚。这时他已有三十五岁了,他的晚婚,与家道贫寒有关。第二年(1172)进士甲科及第,同榜者有他的学生蔡幼学和友人平阳徐谊,永嘉薛叔似、陈谦等。授迪功郎、泰州州学教授,他未赴任,仍在温州一带教书讲学。

淳熙三年(1176),他被参知政事龚茂良赏识,推荐为太学录。第二年进秩改承奉郎。淳熙五年因龚茂良罢政,他力求外调,遂于同年十一月出任福州通判。当时福州知州兼福建安抚使是曾任宰相的梁克家。梁氏对他很信任,他在公余之暇,曾协助梁氏编辑《淳熙三山志》。这时他四十三岁,年富力强,勇于任事,当地富户有女犯法,他执法坚欲审问,遂被这富户指使福州籍右正言黄洽加以参劾,诬为专擅,于是罢官奉祠,主管台州崇道观,又回到家乡教书。

淳熙十一年(1184),他被任命为湖南桂阳军(今湖南南部桂阳、临武一带地方)知军,因未有缺,便和友人在瑞安县的风景区仙岩创办书院,一度还将仙岩书院迁到自己住宅旁边。这时跟他读书的人更多,除温州本地人外,还有"台、越间从余游者几百余人"。他的学生中著名的有曹叔远(器远)《宋史》卷四一六有传)、袁申儒(建安人)、朱黼(文昭)、周勉(明叔)、王绰(诚叟)、林颐叔(懿仲)等人。

淳熙十四年六月,他五十一岁时,才得缺赴桂阳军任职。他在桂阳两年,很注意提高当地的农业生产技术。当时桂阳地僻民贫,农业生产落后。他在许多文章中谈道:"此间不待施粪,锄耙亦希。其土膏腴,胜如闽浙,然闽浙上田收米三石,次等二石,此间所收却无此数","农耕器绝苦窳,犁刃入土才三四寸,终岁置田勿问。及春,耨去陈草,曾不待破块辄下种。水在田上,节级溉注之,是为良田;水在田下,虽咫尺不能辘轳使之逆上,往往夹江之田与并山同为瘠薄。易苦旱,率十年八九耕不获。每旱,即立视苗槁而乞哀于神"。淳熙十五年桂阳旱灾,他除了购粮救灾外,还特地将温州一带所使用的龙骨水车和牛耕、施肥等先进的生产技术介绍过去,并派人教当地农民如何使用,因而使桂阳一带农业生产技术有所提高。

陈傅良写有《桂阳劝农》诗:"雨耨风耕病汝多,谁将一一手摩挲?幸因奉令来循垄,恨不分劳在荷蓑。凉德未知年熟否?微官其奈月桩何?殷勤父老曾无补,待放腰镰与醉歌!"这首诗反映了他对农民的疾苦深表同情,恨自己官卑职小,无力减免他们的苛捐杂税,感到自己对他们没有什么帮助。其实,陈傅良在桂阳军任内替当地人民做了不少好事。除上述注重农事救灾以外,尚有如下善政:《行状》载:"治桂阳,蠲民宿负及县月输之未入者。凡廪藏受输以例取赢者,悉裁之。"孝宗内禅,桂阳军照例应该进贡白银三千两,因当地去年旱灾,陈傅良宁愿自己放弃朝廷的赏典,而申请减免贡金三分之二。并写信给友人请求帮助,结果得到减免。

还有值得一提的,他对桂阳军境内的少数民族——瑶族,做到一视同仁,并给予他们子弟入学读书的机会。他说:"至为瑶人,实同省地,久来往还,何分彼此。"又说:"郴、桂之间,宜兴学校,义社豪民或边峒子弟孙侄,入学听读。"在当时夷夏有别的观念流行情况下,能有这种认识是值得珍视的。因此,陈傅良于淳熙十六年(1189)二月升任提举湖南常平茶盐事,离开桂阳时,"老稚遮送不绝"。可见当地老百姓对他的爱戴。

光宗绍熙元年(1190)陈傅良改任湖南转运判官,也做了一些减轻人民负担的事情。刘宰在《故兵部吴郎中(汉英)墓志铭》中也记述了陈傅良与僚属吴汉英共同商议奏请衡、永、道三州月桩钱的事。奏章被批准后,减去三州月桩钱计14500缗。同时,公余之暇,他常到长沙岳麓书院讲学。时张栻已死,张的弟子多转入其门下。

同年十月,他改任浙西提点刑狱公事,第二年赴临安奏事,因年老须发如雪,被宰相留在京师,任吏部员外郎,人称"老陈郎中"。这时距他离开京师已有十四年了。

绍熙三年他呈进《周礼说》,六月兼实录院检讨官,不久又改任秘书省少监,兼嘉王(赵扩)府赞读,十二月升为起居舍人。

绍熙四年正月,陈傅良任权中书舍人。他敢于坚持正义,不畏权贵,继续做了些一般官僚所不敢做或不愿做的事。宦官陈源"僭侈专横",炙手可热,光宗下御笔升陈为内侍省押班,给事中谢深甫迫于威命,勉为书行;而陈傅良两度封还御笔,不肯行词,"朝论甚以为危",他却不为所动,终使陈源得不到正式任命。他的风骨,于此可见。更值得一提的是,江西吉州一个老百姓鄢大为因持杖偷窃朱三的谷物,被刑部、大理寺定为死罪,经《宋史》本传认为已"行于世",两说有分歧。考叶绍翁《四朝闻见录》甲集,在叙述朱熹向陈傅良索取《诗说》,而陈推辞"未尝落笔"之后说,"今止斋《诗传》方行于世,建安袁氏申儒为公门人,序其传末",与《宋史》本传之说合。

陈傅良还注意地方志的编修。宋代的《长乐志》(即《淳熙三山志》)是我国著名的方志,至今仍为学术界所珍视。世人仅知此书为梁克家所编修,实际上曾得到陈傅良的大力帮助。据南宋陈振孙《直斋书录解题》卷八《地理类》载:"《长乐志》四十卷,府帅(知福州事兼福建路安抚使)清源(泉州的郡名)梁克家叔子撰,淳熙九年序。时永嘉陈傅良君举通判州事,大略皆出其手。"按:今本四十二卷,乃后人所增补。陈振孙还认为《长乐财赋志》十六卷,也是陈傅良撰写的。《解题》卷五《典故类》载:"往在鄞学,访同官薛师雍子然(薛叔似的儿子、陈傅良的女婿),几案间有书一编,大略述三山(指福州)一郡财计,而累朝诏令申明沿革甚详。其书虽为一郡设,于天下宝相通。问所从得?薛曰:'外舅陈止斋修图经(指《长乐志》),欲以为财赋一门,后缘卷帙多,不果入',因借录之,书无林目,以意命之曰《三山财计本末》。及来莆田,为郑寅于敬道之,郑曰:'家有何一之《长乐财赋志》,岂此耶?'复借观之,良是。其间亦微有增损。"这说明《长乐财赋志》实为陈傅良的旧稿。蔡幼学所撰《行状》曾载:"公在三山,阅故府所藏累朝诏条,凡财赋源流,国史所不尽载者,考之悉得其要领。"因此,《淳熙三山志》中有关财赋一门的记载,史料价值最高。《解题》卷八《地理类》又载:绍熙二年(1191),陈傅良任湖南转运判官时,也曾参加过潭州知州赵营俊主编的《长沙志》五十二卷的"考订商略"工作。陈傅良著作现存的有:《止斋文集》五十二卷。第五十二卷是附录《神道碑》、《行状》及《墓志》三篇文字,末尾又收入杂文九篇,其中四篇辑自《舆论》。文集版本较多,以清末孙衣言及其子诒让校刻的本子最方精审,后编入《永嘉丛书》中,改名为《陈傅良先生文集》,或称《陈傅良文集》。《春秋后传》十二卷,有通志堂经解本及四库全书本。该书为陈傅良晚年之作。他在《答张端士书》中说:"某病躯日衰弱,惭渐了得《春秋》一书,及未启手足之前,更加删润,则自有《春秋》来未有此书,可借手见古人无怍。"明代对《春秋》最有研究的学者赵访,认为此书是宋代佳作。《论祖》四卷(有的本子作五卷),《北奥论》六卷,《永嘉先生八面锋》十三卷,此三书都是科举程文一类的作品。

二、陈傅良哲史思想

淳熙十一年到十三年(1184—1186),陈傅良授任湖南桂阳军知军,正在家候缺之时,陈亮与朱熹进行了一次我国思想史上著名的"王霸义利"之辩。淳熙十一年六月间,陈亮出狱,朱熹致书慰问,希望陈亮"绌去义利双行,王霸并用之说,粹然以醇儒自律",能够归入自己道学阵营。陈亮回信认为应该"学为成人",不愿以"醇儒自律"。陈亮的"成人",就是要做个"有救时之志,除乱之功,则其所为虽不尽合义,亦自不妨为一世之英雄"的人。并认为"近世诸儒遂谓三代专以天理行,汉唐专以人欲行",汉唐有些成就,亦是"其间有与天理暗合者"之说不妥。朱熹则认为陈亮"学成人而不必儒。则亦可见其立心之本在于功利，有非辩说所能文者矣"。两人辩论了两年多，双方都坚持自己的意见。因为朱熹道学门徒众多，纷纷指责陈亮是异端邪说。陈亮便将自己与朱熹的信抄给陈傅良，请陈氏公断。这时郑伯熊、薛季宣、吕祖谦都已亡故，浙东唯有陈傅良年辈较高，所以陈亮希望陈傅良予以支持。陈傅良的第一封回信，认为陈亮辩论态度急躁，不如朱熹静定，并归纳双方的意见说："功到成处，便是有德；事到济处，便是有理。此老兄之说也。如此，则三代圣贤枉作工夫。功有适成，何必有德；事有偶济，何必有理。如此，则汉祖、唐宗贤于盗贼不远。"陈傅良这些话，表面上看去似乎公允，但实际上正如黄宗羲所说："止斋之意，毕竟主张龙川一边过多。"宋末的道学门徒方回也说："君举所评如此，其亦阴右浙学者非欤？"可是，陈亮还认为陈傅良的态度不够明朗，于是再将双方以后辩论的信札全部抄给陈氏，要求"更为详复一看，莫更伸理前说"。于是陈傅良再回一信，明确地说明自己意见，"汉唐事业，若说并无分毫扶助正道，教谁肯伏。孔、孟劳忉与管仲、百里奚分疏，亦太浅矣。'暗合'两字，如何断人。识得三两分，便有三两分功用；识得六七分，便有六七分功用。决无全然不识，横作竖作，偶然撞着之理。此易分晓，不须多论。"陈傅良以历史进化观点，认为朱熹说汉唐是"人欲横流"，是"霸道"社会，不能令人信服。并认为朱熹贬低汉高祖、唐太宗"并无些子本领"，只是"偶然撞着"，只是"暗合"，更是武断。陈傅良批评朱熹的意见，是从他的朴素唯物主义观点出发。他继承薛季宣的"道在器内"的论点，教导学生说："形而上者谓之道，形而下者谓之器。器便有道，不是两样，须是识礼乐法度皆是道理。"他和薛季宣一样，主张为学必须务实，不喜欢空谈义理。他的高弟曹叔远就曾当面对朱熹说："自年二十，从陈先生，其教人读书，但令事事理会。如读《周礼》，便理会三百六十官如何安顿；读《书》，便理会二帝三王所以区处天下之事；读《春秋》，便理会所以待伯者子夺之义。"并说："若只管去理会道理，少间恐流于空虚。"曾与陈傅良结交很久而且同事过的楼钥在其所撰的《陈公神道碑》中也说："中兴以来，言理性之学者宗永嘉。惟薛（季宣）氏后出，加以考订千载，自井田、王制、司马法、八阵图之属，该通委曲，真可施之实用。公游从最久，造诣最深，以之研精经史，贯穿百氏，以斯文为己任，综理当世之务，考核闻，于治道可以兴滞补敝，复古至道，……"陈傅良对史学造诣极深，上面讲过他有历史著作《建隆编》、《春秋后传》、《左氏章指》等书。《建隆编》又名《进渎艺祖通鉴节略》，是他将李焘《资治通鉴长编》中的宋太祖一朝史实加以考订节写而成的。书写得很好，宋代著名史学家李心传就称赞说"近岁陈君举亲作《建隆编》，世号精密"，并推许陈傅良为"最为知今"的学者。

陈傅良深究史籍，目的是为了"古为今用"。正如叶适赞美他："能新美旧学而和齐用之",并推许他:"古人经制,三代治法,一事一物,必稽于极而后止。凡成周之所以为盛,皆可以行于今世。"而陈傅良学问的渊博、对史学的精到连朱熹也佩服地说:"惟君举为有所长。"陈傅良诗文也写得很好,和当时诗词名家陆游、辛弃疾、刘过都有交情,他在绍熙五年被参劾的罪名就是"庇护辛弃疾",文集卷七有《送辛卿幼安帅闽》诗,陆游、刘过则有诗相赠。

三、陈傅良军事思想

陈傅良的《历代兵制》,是通史性质的我国历代的军制史。共分八卷:卷一《先秦及秦兵制》,卷二《两汉兵制》,卷三《魏晋兵制》,卷四《南朝兵制》,卷五《朝隋兵制》,卷六《唐代兵制》,卷七《五代兵制》,卷八《北宋兵制》。此书甚为现代学者、军事专家所推许,认为在中国古代数以千计门类赅备的军事著述中,属于通史性论述历代军制存世之作,则仅有南宋时学者陈傅良著的《历代兵制》一书。此书近已由王晓卫、刘昭祥同志按照原书体例,予以逐章解说,写成《历代兵制浅说》。这书所保存的史料、所介绍的历代军制,甚为时人所珍贵。近人高敏《三国兵志杂考》说:"研究三国时期兵制者,由于西蜀有关兵制史料奇缺,对西蜀的兵制多付之阙如。唯南宋人陈傅良在其《历代兵制》中,谓蜀汉士民界号,往往充兵之家,已非民伍。"说明西蜀也和曹魏、孙吴一样,兵和民是各有户籍的。今本《历代兵制》由于经过清人窜改,又加校刻粗疏,故失误不少。但亦有可据以订补《挥尘录·余话》所引《备检》文字的缺讹,如《备检》说北宋太祖时"精兵不过三十余万",而《历代兵制》作"精兵不过二十余万"。《备检》载:"(太祖)怒蜀大将之贪暴也,曹彬独无所污"云云,而《历代兵制》在"蜀"字之前有"征"字。考之史实及本篇文意,显以陈傅良所书为是。又《历代兵制》改《备检》的禁军"出戍法"为"更戍法";在"置转运使于逐路,不务科敛,不抑兼并。富室连我阡陌,为国守财尔"的"富室"之前添一"曰"字。这些增改都是正确的。又《历代兵制》卷三《三国兵制》所附的《八阵图赞》,乃其师薛季宣作品,今原文仍见之于《浪语集》卷三十二,与《备检》无关。我们认为《历代兵制》中的《北宋兵制》,可能与《建隆编》类似,系陈傅良节录前人著作,随事考订,加以删补而成的。

四、陈傅良事功思想

陈傅良重视事功。他曾指出:"所贵于儒者,谓其能通世务,以其所学见之事功。"正因为陈傅良注重事功,所以引起朱熹的不满。朱熹写信给胡大时说:"君举先未相识,近复得书,其徒亦有来此者,析其议论,多所未安。最是不务切己,恶行直道,尤为大害,不知讲论之间颇及此否?王氏《中说》,最是渠辈所尊信,依仿以为眼目者,不知所论者云何?"胡大时字季随,福建崇安人,是胡安国之孙,胡宏之子,又是张栻的门人、女婿,张栻死后成为陈傅良的学生。《宋元学案·岳麓诸儒学案》说:"湖湘学者以先生与吴畏斋(猎)为第一,南轩卒,其弟子尽归止斋,先生亦受业焉。"胡大时大概是陈傅良在长沙任转运判官时的学生。刘宰曾说陈傅良在长沙,"率诸生与同僚之好学者,讲道岳麓"。朱熹也说:"君举到湘中一收,收尽南轩门人。"胡大时出身道学世家,又是张栻得意高足,接受陈傅良事功之学后,便对道学有所怀疑。朱熹责怪胡大时说:"季随学有家传,又从南轩之久,何故于此等处尚更有疑,必为浮说所动。"也正因为湖湘学者接受了陈傅良的事功学说,以后,元兵南侵,"长沙之陷,岳麓诸生荷戈登陴,死者十九",不像道学家方回、许衡那样"高谈理学昧华戎"(柳亚子诗)。"宽民力"是陈傅良的一贯主张。这固然是他受到薛季宣事功思想的影响,但也与他本人出身贫寒有关。因此,他非常关心农民的疾苦,对农民起义的看法也有别于一般士大夫。桂阳、郴州一带人民在南宋时曾多次起义,向来被统治者视为"盗贼渊薮"。如淳熙七年湖南提刑蔡戡在上给孝宗的奏章里说:"审究郴州宜章县太平、宜章二乡,有莽山诸峒,桂阳军临武县有乌峒等处,又接于莽山之傍,其间山岭峻险,民多凶悍,素为盗贼渊薮,岁有小歉,则百十为群,出没劫掠,大则千数。"而陈傅良却认为这个地区农民常常"骚动"的原因,不是什么山险民悍,而是捐税过重,征派不均所致。他在给学生的信中就正确指出:"桂阳本一县,置吏、养兵与赋输视他大郡,民力重困,至于甚不能平,则或骚动,非其俗喜乱也。"

五、陈傅良爱国思想

陈傅良是个具有强烈爱国主义的学者、政治家,他生在民族矛盾十分尖锐的时代,深痛南宋国势衰微,失土未复,曾说:"今敌国之为患大矣,播迁我祖宗,丘墟我陵庙,膻腥我中原,左衽我生灵,自开辟以来,夷狄乱华未有甚于此者。"他又认为偏安东南,亦非久远之计。"千乘万骑,介在东南,礼乐庶事,比拟全盛,地势不能胜,民力不能支,亦岂子孙万世帝王之业乎?"如何才能恢复中原呢?陈傅良认为只有"结民心",取得人民的拥护,才有可能。因此,他指责南宋统治者横征暴敛,坐失人心。淳熙十四年(1187),陈傅良曾在拟上孝宗的奏事札子中说:"夷狄安能一旦入中国哉?民心离则天心不享,则其祸必及于此。而渡江诸臣不惟尽循宣和之旧,又益以总制,月令项起发,今天下之民皆不便其长徒。以陛下时出德音,有所罢省、蠲阁振业之,而民心不夫恩泽有限,不能胜无穷之敛,可为寒心。"接着,他驳斥了主和派认为恢复失地是邀边功的滥言,并着重指出必须争取民心,才能立国。绍熙二年(1191),他初见光宗,即奏上三札,专论民力之困,认为要使南宋国祚久长,必须"宽民力",即减轻老百姓的负担。

六、陈傅良赋税思想

由于当时冗兵和冗官,财政支出浩繁,使人民负担沉重。这些问题究竟怎样解决呢?他反对南宋政府采取重敛于民的办法,而是主张从处置冗兵、慎择官员、整顿财税入手。首先,关于处置冗兵问题。陈傅良要求减少兵额,改善兵质,因兵费为宋代财政之最大支出。陈傅良在《赴桂阳军拟奏事札子第三》中说:"方今经费,兵居十八,官居十二。"他详论宋代兵制的弊病后认为:地方上的厢兵充作杂役,致使"兵不知战",多而无用。十户供养一厢兵,人民负担奇重。各地设置禁军后,中央禁军坐食于京师。因此他主张必须精兵简政,以减轻人民负担。其次,关于慎择官员问题。他在《守令策》中说:"古之天下无冗官,亦无穷人;无幸法,亦无怨吏。夫官不滥则人无滞叹,法不屈则吏无满心,势亦然也。用者必公,则未获者不敢议也;显者必贤,则继者不敢觊也;内之者非所昵,则所外者不敢浮也;远之者非所怨,则所迩者不敢偷也。"这就是说,任用官员必须一秉公心,杜绝私门,使一些不称职的人不能滥竽其间。最后,关于整顿财税问题。陈傅良对于宋代税制,多能探其本末,指陈利弊。列举其说如下:

(一)指出宋代的苛捐杂税一朝重于一朝

他在上光宗札子中说:"臣案故牍,自建隆至景德四十五年,当是时诸道上供,随所输送,初无定额。盖至大中祥符元年,三司始奏立诸道上供岁额。熙宁新法,增额一倍。崇宁重修上供格,颁之天下,率一路之增至十数倍,迄今为额。是特上供耳,而其他杂敛皆起。熙宁则以常平宽剩、禁止军阀颛之类,令项封桩,迄今为额。至于元丰,则以坊场、盐酒、香矾、铜锡、斗秤、披剃之类,几十数色,合而为无额上供,迄今为额。至于宣和,则以赡军籴本与凡应奉司无名之敛,合而为经制,迄今为额。至于绍兴,则又以税契、七分、得产勘合、添酒五文、茶盐袋息之类,凡二十余色,合而为总制,迄今为额。最后,又以系省不系省、有颛无额上供、赡军等钱,均拨为月桩大军,迄今为额。而折帛、和买之类不与焉。而茶引尽归于都茶场,不在州县;盐钞尽归于榷货务,不在州县;秋苗斛斗十八九归于纲运,不在州县。州县无以供,则豪夺于民,于是取之斛面,取之折变,取之科敷,取之抑配,取之赃罚,无所不至,而民困极矣。"接着,他向光宗提出严重的警告:"方今之患,何但夷狄,盖天命之永不永,在民力之宽不宽耳,岂不甚可畏哉!岂不甚可畏哉!"要求光宗应该设法减轻捐税,"陛下以救民穷为己任,则大臣不敢苟目前之安。大臣不敢苟目前之安,则群臣陈力何乡不济"。宁宗即位后,陈傅良担任中书舍人,又请求"稍出内帑钱,以助版曹经费,少宽催理,以纾民力"。他虽言之谆谆,但结果也没有被采纳。

(二)指责皇帝设内库,加重了人民的负担

从宋太祖以来,就在宫内设封桩库,作为皇帝的私产。初期还打算把这些内库所藏财物充当收复幽云诸州的经费,以后内库规模逐步增大,积累越来越多,有时虽然也曾为战争、救荒支出一些财物,但大部被宫廷所靡费。陈傅良认为内库的设立,势必促使地方官为了迎合皇帝,更加重剥民户。他曾在乾道八年(1172)殿试的对策中批评这种现象,希望孝宗"顿悟立改,曾无留难",把皇帝的内库撤销。这个建议也毫无结果。

(三)认为南宋各级地方政府的财政官员,权轻恩薄,卑于士议,故多不乐为之,但其职掌关系民生极为密切

因此,陈傅良上札子给宁宗说:"民力之困,于此为极,而莫于陛下救斯民者何也,势不行也。何谓势不行? 欲救民穷,必为帅、为漕、为总领而后可,而三数官者,虽贤士大夫不乐为之故也。窃以为今日之势,莫若稍稍重外。重外之术,必使帅、漕、总领皆可驯致于从官。可以驯致于从官而后可久任,可久任而后可责事功。如此则帅、漕、总领始晓然知朝廷委寄不轻矣。则夫前四患者次第自去,而有为陛下出力救斯民者矣。"希望南宋政府能改变北宋立国以来的"重内轻外"政策,使财税官员能和"京朝官"一样受到重视。这样,地方财政官员才能发挥其积极性,为国效劳。

正因为陈傅良通晓宋代财政史实,所以他对王安石的某些理财措施有比较公允的评价。南宋士大夫多诋毁熙宁变法,如进步思想家陈亮、叶适等人亦难例外,有的甚至认为北宋之亡种因于此。但陈傅良在论及役法时,对王安石的募役法颇为赞许。他说:"夫使民出钱募役而逸其力,未为非良法也。"并对司马光不肯细察新法的利弊而一律加以废除深表惋惜。他说:"温公元祐变法匆匆,亦是十七八年心力尽在《通鉴》,不肯更将熙丰诸事细心点检,到得天人推出,虽以许大规模,终少弥密,未为恰好,前辈多恨焉耳。余每读章氏《论役法札子》,言温公有爱君爱国之心,而不知变通之术。尝叹息于此,使元祐君子不以人废言,特未知后事如何耳!"在这种涉及国计民生的大是非中,陈傅良不为当代士大夫的议论所囿,襟怀坦白地直抒己见,确属难能可贵。

七、陈傅良思想效应

我们认为陈傅良是上承郑伯熊、薛季宣,下启叶适、蔡幼学、曹叔远等人的永嘉学派中的一位重要学者。陈氏生于南宋高宗绍兴七年(1137)十一月廿四日,死于宁宗嘉泰三年(1203)十一月十二日。他与吕祖谦同龄,长陈亮六岁;在永嘉

学者中，少薛季宣三岁，比薛叔似、陈谦、徐谊等年龄都大，长叶适十三岁。这个年龄使他起了承先启后的作用，也因此被陈亮、叶适推作老大哥和前辈。他在致陈亮信中说："某寻常人耳，蒙老兄拈掇最早，而晚又为正则推作前辈行。"当时，永嘉学者中年辈与他相当的，有郑伯英、薛叔似、陈谦等诸人。郑伯英虽传郑伯熊之学，与薛季宣也非常友好，但郑氏有古代侠士之风，学术成就大大不及陈氏。而薛叔似、陈谦、王楠、徐元德等人虽都受业于薛季宣，可是从薛氏问学之久、交情之密，也都不及陈氏。这从《浪语集》中可以看出。薛叔似虽是薛季宣远房侄儿，但其学并不专宗事功之学，而是"雅慕朱熹"，因而被叶适讯为"莫知其所从"。同时，永嘉学者中在乡里讲学时间之长、培育人才之多，除叶适外，就是陈傅良了。他在三十六岁中进士前都在家教书，仕后两次罢官，亦是在家执教，并创办仙岩书院。因此，他为温州培养了许多人才。其著名的学生就有蔡幼学、曹叔远、朱黼、周勉、王绰等人，都是永嘉学派的佼佼者，且多精于史学。

曹叔远(1159—1234)，字器远，瑞安人，与南宋著名学者刘宰同登绍熙元年(1190)进士，交情甚洽。刘氏祭文说："道合情亲，闾间毫厘。"《宋史》卷四一六有传。官至礼部侍郎、徽猷阁待制，为官清正，政绩卓著。四川营卒莫简兵变时，相戒不侵犯他的治所，称他为"江南好官员"。他传陈氏《周礼》之学，著有《周礼地官讲义》。还有《永嘉谱》，分为年谱、地谱、名谱、人谱。《宋史》称："识者谓其有史才。"现存的陈傅良文集《止斋集》就是他整理编订的。叶适《水心文集》卷六有《送曹器远》诗。

朱黼，字文昭，生卒年不详。平阳人，未出仕。著有《纪年备遗》，叶适为作序说："初，陈公君举未壮讲学，文昭年差次，最先进。后有欲知陈公者，于此书求之可也。"此书从尧舜到五代，共有三千余篇，"报仇明耻，贵夏贱夷其次也。凡民人家国之用，制度等威之异，皆为说以处之"。南宋书贾魏仲举录其汜东吴、南朝、南唐等国偏安始末二十八卷，取名为《三国六朝五代纪年总辨》，刊刻出售，现仍传世。

周勉，字明叔，平阳人，生卒年不详。陈傅良创办仙岩书院于瑞安时，他即从陈氏受学。叶适有《送周明叔、王成叟并上昌甫、仲止二兄》诗："二士澍村下，饮醇弃糟醨。羌余抱兹独，安得欲从之。"周勉传陈氏《春秋》之学。陈傅良治《春秋》学，命学生熟记《春秋》三传，"遇有所问，其应为响"。开始是蔡幼学担任这工作，蔡出仕后，由周继任。周勉曾为《春秋后传》作跋，自署"门人周勉"。周氏于庆元二年(1196)与兄励、弟劼同举进士及第，陈傅良有诗祝贺其父，后任奉化县丞、邕州知州等职。

除了上述这些学生外，叶适和他游从四十年，受他的影响很深，从而使叶适能继往开来,成为永嘉学派的代表人物。

综上所述,陈傅良一生忧国忧民,艰苦奋斗,著书立说,培养人才,为地方官多有善政。特别可贵的是,他为了南宋政权长治久安,为了恢复中原失地,主张朝廷施政须以宽民力结人心为本,以省冗兵、择官长、轻赋敛为急,虽壮志莫酬,收功甚薄,但不愧是中国封建社会里颇有远见卓识的学者和政治家。

第五节　集大成者叶适

一、叶适生平

叶适,字正则,因居住于温州永嘉县城郊的水心村(今温州市鹿城区水心街道),学者称其为水心先生。他生于宋高宗绍兴二十年(1150)五月初九,死于宁宗嘉定十六年(1223)正月二十,享年七十四岁。祖籍处州龙泉县。曾祖叶公济,"游太学无成,赀衰,去处州龙泉,居于温";曾祖母鲍氏。祖振端,瑞安县"庠廪生";祖母戴氏。父光祖,以教书为业,叶适出仕后,积封至朝请郎,赠正议大夫;母杜氏,瑞安人,封硕人,出生于"世为县吏"的家庭。外祖父不愿为吏,"去之,居田间,有耕渔之乐,其后业衰"。叶适生于瑞安县城内,十多岁时随父迁居永嘉县,因家境贫穷,"无常居,随就随迁,凡迁二十一所",中年以后才定居水心村。今将叶适生平经历和学术活动,分述如下:

(一)少年贫贱,多方求学

叶适出生于贫穷的知识分子家庭。他在《母杜氏墓志》中曾自述家境困难情况说:

叶氏自处州龙泉徙于瑞安,贫匮三世矣。当此时,夫人归叶氏也。夫人既归而岁大水,飘没数百里,室庐什器皆尽。自是连困厄,无常居,随就辄迁,凡迁二十一所。所至或出门无行路,或栋宇不完,夫人居之,未尝变色。曰:"此吾所以从其夫也。"于是家君聚数童子以自给,多不继。夫人无生事可治,然犹管理其微细者,至乃拾滞麻遗苴绩之,仅成端匹。穷居如是二十余年,皆人耳目所未尝见闻者,至如《国风》所称之妇人,不足道也。

因为叶适家庭非常贫穷,读书有困难,所以许多亲戚劝他母亲使他改行,谋求衣食之需,但杜氏始终不允。而且在病中令叶适出外游学,并谆谆告诫说:"吾五师以教汝也,汝善为之。若义不能立,徒以积困之故受怜于人,此人为之缨耳。"以后,叶适追念母亲教育有方,曾说:"虽其穷如此,而犹得保为士人之家者,由夫人见之明而所守者笃也。"叶适同胞兄弟四人,长兄逮,弟过、还。他是老二,无姐妹。以后母亲死了,父亲续娶,生迈、造两弟和妹三人。他的兄弟似均未出仕。永强英桥《叶氏宗谱》是叶过一脉的族谱,称叶过曾任福建建宁知府,但府县志内尚未查到,《水心文集》亦无消息,且所言官职,服官州县,皆似清人口吻,因此不敢断定。

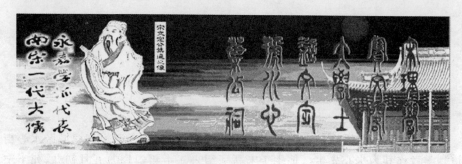

《水心文集》

叶适童年居住瑞安时,因邻居林仲章聘请陈傅良为家学教师,于是他也向陈氏问学。以后,嘉泰三年(1203)陈傅良死时,叶适的祭文说:"自我获见,四十余冬。"从这推算,叶适约是十岁左右就向陈傅良问学。叶适少时聪慧,"资卓茂异,风度澄肃,十岁能属文"。叶适十几岁随父迁居永嘉县城,第二年,永嘉人毛崇在县城南郊茶院寺设立学塾,聘请陈傅良主讲,毛氏自己也加以协助。叶适《毛崇夫挽词》说:"我昔髫年侍此翁,自甘穷僻古人同。"又在《陈傅良墓志铭》中说:"余亦陪公游四十年,教余勤矣。"

绍兴三十年(1160)至隆兴元年(1163)间,福建莆田刘夙、刘朔(字复之)兄弟在温州担任州学教授与户曹,叶适也曾向他们问学请教。他说:"余童孺事二公。著作既教授温州,正字亦次摄学事。于是邦之士,披山通谷,浚泉源而达之川流,其尚克有闻,二公之力也。盖余昔孺子,而今老矣,而又何敢忘。"

叶适少年时,由于家庭贫穷,曾一度迁住永嘉的楠溪,并在那里读书。楠溪虽是偏僻山区,但也有学舍,是曾任温州学正的当地士绅刘愈创办的。叶适在《刘子怡墓志铭》中说:"仙居、清通两乡(仙居乡为今永嘉县枫林、岩头区,清通乡是今永嘉县碧莲、四川区,都是山区)间,有隐者刘君,名愈,字进之。余少学于君,数其前后师儒,盖有名士也。论堂肄室皆整,监书法帖皆备。"

正因为叶适家道贫寒,他在十六岁时就到乐清县白石北山学塾执教,谋求衣食之资。他以后于淳熙八年十一月所写《白石净慧院经藏记》说:"乐清之山,东则雁荡,西则白石。北山有小学舍,余少所讲习之地也。"他一面教几个小学生谋求衣食,一面自己读书,进修学问。

叶适以后还曾向温州学者郑伯熊、王楠等人问学,但不是正式的学生。叶适是个自学成才的学者。他与陈傅良"从游四十年",受陈氏的影响很深,但又不像蔡幼学、曹叔远等人是陈氏的正式弟子,所以,黄宗羲、全祖望等在《宋元学案》中未将叶适列为陈傅良的门人。叶适的自学道路是相当艰难的,因为我国文化教育自古以来就掌握在世家大族手中。宋代亦是如此。宋人张端义在《贵耳集》中说:"本朝大儒皆出于世家:周濂溪(敦颐),以舅官出仕;二程(程颢、程颐),父为别驾;南轩(张拭),张魏公(浚)之长子;文公(朱熹),朱郎中(松)之子,奉使朱弁之侄;东莱(吕祖谦),吕枢密(好问)之孙。"这说明宋代的著名学者多出生于官僚或地主家庭。叶适之取得成功,主要是由于自己刻苦学习的结果。

(二)游学婺州,上书西府

叶适在十八九岁(乾道三—四年,1167—1168)后,有好几年离开家乡,到婺州(金华地区)一带游学。一方面他以自己的知识去教育当地青少年,获取衣食之资;另一方面则结交当地学者和向一些著名学者问学,增长自己学识。他在婺州,曾住在学生张垓(金华县人)家中,并得到张家的帮助。同时,他游历了永康、乌伤(今义乌县)、武义、东阳以及衢州等地,结交了陈亮、郭良臣、良显兄弟等人士。其中他和当时著名学者陈亮一生友好,学术思想上互相影响很深。叶适在游学期间,曾于淳熙二年(1175)秋天到武义县明招山访问吕祖谦。这时,吕氏正因父亲亡故丁忧在家,在明招山读书讲学。吕祖谦的思想对叶适起过一定的影响。叶适于乾道九年(1173)到过临安(今浙江杭州),并于第二年四、五月间向签书枢密院事叶衡上书。叶衡(1122—1183)字梦锡,婺州金华县人,淳熙元年四月以户部尚书签书枢密院事。他是陈亮的朋友,叶适希望借朋友关系得到叶衡重视。《上西府书》说:"某瓯粤之鄙人,行年二十有五。在京逾年,未尝有所诣。伏维执事,诚有意于今世乎? 方明主虚心以待执事者,宜无不听,则当酌古今之变,权利害之实。以先定国是于天下,然后收召废弃有名之士,斥去大言无验之臣,辟和同之论,息朋党之说;据岁入之常以制国用,罢太甚之求以纾民力广。四分上流之地以命羊、陆之帅,厚集荆、楚之郊以求宛、洛之绩;仍旧兵之数以严蒐练,耕因屯之田以代军输。变已成之弱势,去方至之三患,推之以年数也,而少康之复夏,宣王之兴周,有不论矣。"

这封书信是叶适第一次对时局发表政见,他认为要"变已成之弱势",必须"先定国是于天下",制订抗金的政策,减轻捐税,"以纾民力","四分上流之地",在边境设立重镇,然后乘机北伐,恢复失地,可以成中兴之业。这些意见,叶适以后有条理地在《进卷》和《外稿》中加以进一步的发挥,对当时政局是有积极意义的。可是书上去后,毫无反响。

叶衡当时官运亨通,正在向用时期。他任签书枢密院事后,只过了两个月,即在同年六月拜参知政事,十一月拜右丞相兼枢密使,第二年九月免职。叶衡自举进士,十年间即骤升至宰相,据说是由于孝宗的幸臣曾觌推荐的缘故。这比之陈亮在淳熙五年间向孝宗皇帝上书时,曾觌去见陈亮,陈亮拒而不见的情况来看,叶衡与陈亮虽是朋友,但品格高下相去颇大。因此,永嘉学者王自中在叶衡宰相府陪宴时,曾指鹿分韵作诗说:"世间此物多谓马,宝匣还宜出上方。"用秦末赵高、西汉朱云的典故来讥笑他,恼得叶衡气急败坏,"(叶)相惨愠,亟入,复出,出人数四"。叶衡就是这么一个人,所以对叶适上书不理。于是叶适便取道秀州(今嘉兴)回温州。

当时曾任右正言的王希吕正寓居嘉兴府,叶适想顺路去拜见他,可是又未去成,于是写了一封《寄王正言书》:"昨舟行过秀州,瞻望君子,近在咫尺,有病不能自立。既夫,始大悔,故一作此,道其区区。"

王希吕,字仲行,原籍宿州,《宋史》有传,称他因参劾外戚张说而被罢官,"由是直声闻于远近",并赞美他"尤敬礼文学端方之士"。因此,叶适想去拜访他。在这信中,叶适论述自古社稷之臣,虽公正为国,而自身处境极为危险,对他表示敬佩。这时,叶适已有二十五岁,因无钱无势,无法登上仕途。他上书枢密院,想求得出身,但又遭冷遇。临安是"米珠薪桂"之地,他无法久留,只得回家,心情非常抑郁。所以,他在《寄王正言书》的末后说:"某一生多难,学为世噍,誓将去瓯闽之上,凿井筑室,有以自老,于今天下之事无所复置其念矣。"

(三)高中榜眼,走上仕途

淳熙四年(1177)秋天,叶适因偶然机会认识翰林学士周必大,为周氏所赏识,遂以门客名义保荐叶适参加两浙东路转运司(漕司)的"发解"考试。以后周必大写信给友人说:"前年秋,偶见温州叶适者,文笔高妙,印以门客牒漕司,适会有石司户识见颇高,遂置前列。叶行年三十,在乡曲未尝发荐,以此知遗才甚多。"宋代的科举虽"取士不问家世",但首先要"发解",即取得参加礼部试的资格。当时"发解"有三种途径:一是学馆试,考试及格由学校升贡;二是州府试,由本州府解试合格,再参加礼部试;三是漕试,是转运司为照顾本路官员的子弟、亲属及其有关系的人包括门客而举行的,考试合格,即赴礼部试。这些考试都是三年举行一次的。当时温州士人有数万人,参加本州解试的考生,终场还有八千人,而解额只有十七名,是全国最少之处,且多为世家子弟所垄断,因此,贫寒如叶适的这些士人,是很难取得温州的"发解"资格的。当时东南诸州都有如此情况，所以，曾任南宋宰相的朱胜非感叹说："前辈诗云：'惟有糊名公道在，孤寒宜向此中求。'今不然矣。""糊名"是指糊名考校法。宋代贡举考试，必须糊去举人的姓名、乡贯，以表示公正。

叶适总算还幸运，他得到周必大的保荐，漕试合格，成为举人，社会政治地位因此提高。朱胜非《秀水闲居录》说："东南诸州解额少，举子多。求牒试于转运司，每七人取一名，比之本贯，难易百倍。"因此，当时温州举子由太学外台推荐的每次都比本州解试录取的为多。曾任温州学官和知州的楼钥在《温州进士题名序》中说："他由太学外台以进，一举所第，率过乡荐书之数。"这年冬天，寄寓温州的北宋英宗宣仁皇后的房族、曾任台州通判的高于莫，赏识他的才学，将女儿嫁给他。叶适与高氏结婚后生有三子叶宣、叶寀、叶宓，三女均早夭。

第二年，即淳熙五年春天，叶适高中进士第二名。上引的周必大致友人书说："省试在行间，廷试遂居榜眼。"同科进士及第的，有他的同乡好友徐元德（居厚）、王自中（道甫）以及著有《宋宰辅编年录》的永嘉徐自明等。他的房师就是吕祖谦。这次考试，吕祖谦对叶适是有援引作用的。叶适廷试时，因对策中说"以庸君行善政，天下未乱也；以圣君行弊政，天下不可治"，为孝宗皇帝所不喜，因此屈居榜眼。叶适在廷对中，明确指出孝宗皇帝"夙兴夜寐，精实求治"，但是历时"十有七年之久，而迄未有尺寸之效"。因此，必须实行必要的改革。他认为："使宰相得其道，谏官得其职，振起人才于名义之中，减兵费，宽民力，治官之冗滥，去吏之弊害，凡急政要务十数条者，陛下一朝改定以幸天下，使民志定而人心悦，则圣志之所向，始有可得而言者矣。"

最后，叶适认为："复仇，天下之大义也；还故境土，天下之尊名也。"而因循至今未能实现的原因是："上则重违太上皇帝问安侍膳之意，下则牵于儒臣深根固本之说。"这是婉转地说，上则受制于太上皇赵构不愿抗金的意愿，下则为主和派一些似是而非的议论所迷惑，故未完成恢复失地的愿望。他建议孝宗，要做好准备，选求人才，然后可以完成抗战大业。

叶适考中进士后，授文林郎、镇江府观察推官。《宋史·儒林四·叶适传》作"授平江节度推官"疑有疏误。查他的儿子叶寀《叶文定公墓碑记》和叶宣《叶文定公墓志》，均作"授文林郎、镇江府察推"。他儿子记述当较为正确。而且如果《宋史》所记属实，那么叶适以后于淳熙九年任浙西提刑司干办公事时，曾在平江府（苏州）住过多年，写有《灵岩》、《虎丘》等许多诗篇，但其中对早年担任平江节度推官一事，均无反映，因此颇疑《宋史》所记有误。这时，因他母亲杜氏于同年闰六月廿三日亡故，他未及赴任，即在家守丧。他在家服丧期间，写成《贤良进卷》。

淳熙八年服满,叶适改任武昌军节度推官。《宋史》本传则作"改武昌军节度判官"。按:宋代自元丰改定官制后,以阶易官,自迪功郎至开府仪同三司,共有三十七阶,节度判官的官阶是承直郎,比节度推官的文林郎高两阶,叶适服丧刚满,是不可能凭空升官的。查叶寏《叶文定公墓碑记》和叶宣《叶文定公墓志》,均作"武昌军节推"。该年十月,叶适吊祭吕祖谦之丧时,祭文所署官衔亦是:"文林郎,新差武昌军节度推官。"

也是在这一年秋天,宰相史浩致仕,推荐了叶适、薛叔似、陆九渊、袁燮、杨简等较有声望的下级官员十五人,朝廷命他赴京审察。他上书给宰相赵雄,婉辞不就。叶适说:"今者少师史公,荐达海内之贤,而使若某者获与十五人之中。闻命之日,惭汗悚仄,不能出声气。盖前日之忝窃科第,视其等伦,已超越甚矣。使不服勤幕职,尝试吏事,而遂蹈他途以希进取,则不惟丧失名义,而他日之法令事功,疏拙旷废,将有面墙之羞,以辜朝廷器使之意。"这里,他认为做官应该先从基层开始练习政事,熟悉法令,而不能"蹈他途以希进取"。这种意见可以说明叶适注意从政治实践中锻炼自己,而不愿蹈取虚假的荣誉。因而他仍旧赴武昌军(今湖北武昌一带)任职。

淳熙九年(1182),叶适调任两浙西路提刑司干办公事,居平江(今苏州市)葑门。这时,他已有一些名气,一时吴中俊彦及其他地方的士人,多来向他问学受业。

叶适在苏州住了三年,淳熙十二年(1185)秋天,奉召赴临安。为了准备皇帝有所咨询,他将自己的政见写了四十五篇论文(即《外稿》一书)。他后来在《外稿·跋语》中说:"淳熙乙巳,余将自姑苏入都,私念明天子方早夜求治,而今日主治,其条目纤悉至多,非言之尽不能知,非知之尽不能行也。万一由此备下列于朝,恐或有所问质,辄稿属四十余篇。"可是,孝宗皇帝并无询问,这书当时未问世。淳熙十四年升太学博士。叶适轮对时,向孝宗皇帝上札子,坚决主张抗金,收复失地。但因孝宗已经丧失恢复中原的信心,没有支持他的主张。"朕比苦目疾,此志已泯,谁克任此,惟与卿言之。"

淳熙十五年(1188),叶适转奉议郎、太常博士兼实录院检讨官。这年秋天,朱熹与林栗发生政治学术的论争。林栗参劾朱熹:"徒窃程颐之绪余,为浮诞宗主,谓之道学,妄自推尊。"叶适认为"道学"一词意在打击正人君子,便挺身为朱熹辩护,向孝宗皇帝上《辩兵部郎官朱元晦状》。结果,因宰相周必大和谏官薛叔似、许及之支持朱熹,林栗被贬为泉州知州,朱熹回江西提刑原任。

这年,叶适还上书给左宰相周必大,推荐陈傅良、郑伯英、陆九渊、杨简、沈焕等三十四位贤达之士可以重用。

淳熙十六年二月,孝宗皇帝自为太上皇,由儿子赵惇接位,是为光宗皇帝。光宗诏令"中外之臣,各以其言疏列来上"。叶适上《应诏条奏六事》。在奏札中,叶适指出:"古之号为贤君者,必能先明所以治其国之意。病所在,搜剔根柢,不惮改为,则虽已衰复兴,垂败复成……今日之未善者六事,今日之国势未善也,今日之士未善也,今日之民未善也,今日之兵未善也,今日之财未善也,今日之纪纲法度未善也。"同年五月,任秘书郎,要求调任外地工作,被任为湖北安抚司参议。任所在荆州(今湖北江陵),官署无事,读佛书消遣。

绍熙元年(1190)十月,叶适转朝奉郎升任蕲州(宋属淮西路,今湖北蕲春)知州。第二年回家接眷。这年,他的友人陈亮因事入狱,陈氏弟子喻南强向他求援,他写过一些信给有关官员但未起作用。

绍熙三年,任淮西提举兼铁冶司公事。当时淮西铁钱严重,叶适有《淮西论铁钱五事状》,主张加强管理。二月改两浙西路提刑,未赴任。

绍熙四年春,转朝散郎,曾将蕲簟赠送给著名诗人陆游。陆游有诗《新暑书事》云"珍簟含风来远饷",下注"去岁叶正则饷蕲簟,得以御暑"。该诗作于绍熙五年。可知是此年赠送。八月召赴临安行在,十一月任尚书左选郎官,曾奏请光宗皇帝朝重华宫,不报。这年五月,友人陈亮以进士第一人(状元)及第,授签书建康府判官厅公事。叶适回临安后,曾和陈亮在鱼浦地方欢聚。第二年五月,陈亮在家病故。叶适写有祭文和墓志铭。

二、"伪学"党禁 罢官回乡

绍熙五年(1194)六月,孝宗皇帝病亡。先是,光宗皇后李氏既悍又妒,孝宗皇帝对媳妇不喜。孝宗退位为太上皇后,居住重华宫。光宗为李后所制,不去朝见问安,臣民颇有议论。孝宗死后,光宗又为李后压制,拒绝主持丧事。我国封建统治阶级平日标榜以孝治国,于是在全国臣民的压力下,发生宫廷政变。宗室大臣赵汝愚、赵彦逾拟立嘉王赵扩为帝,但需要皇族最高层的同意。赵汝愚先找太皇太后吴氏的侄儿吴琚,请他帮忙,因吴琚索价太高,没有谈成。于是赵汝愚通过徐谊和叶适,联系上他们的同乡、知阁门事蔡必胜,由蔡氏请自己的同事韩侂(tuō)胄帮忙。韩侂胄是北宋宰相韩琦后代,太皇太后吴氏的外甥、侄女婿。韩侂胄进入内宫,取得吴太后的同意,在吴太后主持下,拥立赵扩,是为宁宗。

这次宫廷政变,叶适是积极参与密议的,大章诏书文告由他事先拟成。政变成功后,叶适升任国子司业,转朝请郎。晚清著名学者孙诒让根据吴子良《林下偶谈》所记,在《书宋史叶适传后》中认为叶适升国子司业是在宁宗即位之前。他说:"吴为水心弟子,所记当得其实。史谓宁宗即位后才迁司业,误也。"实际上孙氏并未深考。查楼钥所撰《吏部郎官叶适国子司业》制诰："敕具官某,国家萃天下英才而置之学,选于众而为之师,经术由此而明,人物由此而出,岂细故哉!朕御图之初,思欲作新学者耳目,求当今第一流素为天下士所佩服者,以正师席,宜莫如汝。矧兹郎潜,资望俱深,故用之不疑。惟汝足以当此哉。"这篇外制明确指出叶适升国子司业,是在宁宗的"御图之初",是即位之后,而不是即位之前。吴子良《林下偶谈》所记,显然失实,是有意隐讳的。吴子良可能认为如真实记载叶适因参加政变而升官,会损害老师名誉。殊不知叶适注意事功,对政治活动是积极参与,而不是消极退避。当时光宗不主持丧礼,宰相留正离职,政局发生动荡,拥立宁宗,起了稳定中央政权的作用,是有积极意义的。

这年七月,宁宗即位后,韩侂胄恨赵汝愚对他抑功不赏,自己却进兼参知政事,后又任右丞相。双方于是发生矛盾。赵汝愚引道学集团领袖朱熹自助。

同年十月,叶适除显谟阁学士,差充馆伴使,兼实录院检讨官。馆伴使,是接待金国使臣的临时差遣。叶适这次被任为显谟阁学士,是个临时的假官衔。孙衣言在《叶文定公墓碑记》这段记载下按语说:"绍熙五年十月除显谟阁学士,似非其次。交邻事重,权借峻秩,如今之使外国者之假衔乎?"显谟阁学士是正三品。上述《墓碑记》又记这年八月叶适转朝请郎,正七品,这才是叶适真实的官职。在赵、韩两集团斗争中,叶适站在赵汝愚、朱熹这边。他曾劝赵汝愚将韩侂胄加官外调,使韩不能在朝廷树植势力,还陪同詹体仁到丞相留正家中争论孝宗山陵改葬问题。韩侂胄是宁宗皇后韩氏的叔祖,宁宗比较相信韩侂胄,斗争结果,朱熹于该年闰十月被免职,除宫观。十一月,叶适请求外调,除太府卿、淮东总领,管理镇江一带驻军的钱粮。淮东总领财赋所在润州丹阳县(今江苏丹阳),于十二月到任。

庆元元年(1195)二月,赵汝愚罢相,十二月责授宁远军节度副使,永州安置,行至衡阳,卒于舟中。韩侂胄以拥立宁宗有决策之功而掌握大权。第二年三月,叶适被监察御史胡统参劾,降两官,免职,回永嘉老家居住。接着朝廷指斥道学为"伪学"。同年八月,吏部尚书知贡举叶翥上言:"士狃于伪学,专习语录诡诞之说,《中庸》、《大学》之书,以文其非。有叶适《进卷》、陈傅良《待遇集》,士人传诵其文,每用即效",奏请毁板。庆元三年二月,有诏:"自今权臣、伪学之党,勿除在内差遣。十二月丁酉,以知绵州王沇请,诏省部籍伪学姓名。"列名于"伪学党籍"的,共有周必大、赵汝愚、朱熹等五十九人,叶适亦在其中。同时,温州人士列名其上的还有八人,他们是:临安府知府徐谊(平阳人)、户部侍郎薛叔似(永嘉人)、中书舍人陈傅良(瑞安人)、福建提举蔡幼学(瑞安人)、校书郎陈岘(平阳人)、国子监丞孙元卿(乐清人)、国子正陈武(瑞安人)、太学生周端朝(永嘉人)。

庆元四年,叶适开始定居于永嘉县近郊的水心村,并购置房屋田地。这年五月间,"伪学"党禁本来有些松动,叶适由朝请郎转为朝奉大夫拟差知衢州,薛叔似拟差知赣州。恰巧都大川秦茶马丁逢朝见,极论北宋元祐、建中靖国年间新旧党争调停的害处,执政大臣认为他的意见正确,于是叶适、薛叔似等人都停止差遣,朝廷又重申"伪学"之禁。

庆元五年正月,枢密院直省官蔡琏诬告赵汝愚在定策时有异谋,于是有人打算逮捕彭龟年、曾三聘以及叶适、徐谊等送大理寺审问。幸赖中书舍人范仲艺向韩侂胄陈述党争之害。韩亦识大体,以国事为重,同意不予追究,其事才告平息。该年夏天,叶适患病甚重,可能即因上述事惊恐过度所致。以后,他在岳父《高永州(子奠)墓志铭》中叙述当时病情说:"庆元己末夏,余畏风,更用寒热药,不疗。病聚腹胁,上行,四肢百体皆失度,如土木偶。众医妄议却立,亲党不知所为。"第二年四月,叶适的岳父高于莫亡故,因仍在病中,不能执。也在这年的三月初九日,朱熹在福建建阳病亡。

三、开禧北伐 守卫建康

嘉泰元年(1201),金国派到南宋的使臣傲慢无礼,引起南宋君臣愤慨。韩侂胄因深受孝宗皇帝企图恢复中原思想的影响,准备北伐。南宋周密说:"寿皇雄心远虑,无日不在中原。胄习闻其说,且值金虏浸微,于是患失之心生,立功之念起矣。"韩氏为了能使全国上下团结一致,从这时起,"伪学"之禁渐弛,过去列名党籍的官员有的复官,有的准许自便。

这年,叶适被起用为湖南转运判官。夏天,他大病初痊,就赴长沙任职。十二月转朝散大夫。嘉泰二年除秘阁修撰,十二月除右文殿修撰,出任泉州知州,第二年四月到任。同年九月召赴临安,他向宁宗上了三篇奏札。第一札,叶适提出"治国以和为体",要求消除党争。第二札,陈述湖南财政困难,要求派员整顿财赋。第三札,叙述泉州财税情况,提出改进意见。因叶适一向主张抗金,且有"二陵之仇未报,故疆之半未复"之语,所以很受韩侂胄器重。十一月,升任兵部侍郎,是月十一日,叶适的父亲亡故,回家守孝。第二天陈傅良因年迈卒于瑞安老家。陈氏本起知泉州,因年迈和心脏有病,力辞任命,这时死于家中,终年六十七岁,叶适有祭文,自述四十年来向陈氏问学的情况。嘉泰四年,叶适在家守孝。十月,将淳熙十二年准备召对时所写的论稿四十多篇,加上淳熙十四年的《上殿札子》和《上光宗皇帝札子》两札,编成《外稿》一书,计六卷,并自作跋语说:

"淳熙乙巳,余将自姑苏入都,恐或有所问质,辄稿属四十余篇。既而获对孝宗,至光宗初又应诏条六事,然无复诘难,遂箧藏不出矣。庆元己未,始得异疾,六年不自分死生,笔墨之道废。嘉秦甲子,若稍苏而未愈也。取而读之,恍然不啻如隔世事,惜其粗有益于治道,因稍比次而系以二疏于后,他日以授案,宓焉。"

　　开禧二年(1206),叶适服满,奉召赴临安。三月间,宁宗在建和殿召见,四月任工部侍郎兼国用参计官,转朝请大夫。这时,韩侂胄执政,将叶适待为上宾。一日,叶适正在韩氏官邸,有福建建宁文人陈说假冒水心之名求见,韩侂胄试其文才亦佳,予以录用,于是京城中流传有两水心的佳话。

　　这年,韩侂胄决定北伐,宋军小规模出击,取得一些胜利。叶适认为当时将帅庸懦,军队缺乏训练,不能轻率从事。他连向宁宗皇帝上了三个奏疏,提出"必先审知今日强弱之势而定其论,论定而后修实政,行实德。如此则弱果可变而为强",必须"备成而后动,守定而后战"。但韩侂胄未加采纳。以后,叶适在嘉定八年所撰《故通直郎清流知县何君(瀹)墓志铭》中回忆当时情况说:"自复仇之议出,余固恳恳论奏,谓须家计牢实,彼必不可进,而后我可以不退。执事者不审,轻动妄发,未几,勇怯俱弊。"叶适的意见是正确的,可惜未被当权者采纳。五月间,改任叶适为吏部侍郎兼直学士院,因为他文名素著,朝廷打算由他撰写北伐诏书,借以震动中外。而叶适因对北伐有不同意见,遂托词拒绝兼职。朝廷只得改命李壁为直学士院草诏。

　　南宋政府正式下令北伐后,开始取得胜利,但由于四川宣抚副使吴曦叛国投敌,金兵无西顾之忧,遂全力进攻江淮,宋军战败。"未几,田俊迈为虏得,郭倬、李爽、皇甫斌不任战而溃,中外恐悚。"

　　六月,叶适被任为宝谟阁待制知建康府(今南京市)兼行宫留守;七月,兼沿江制置使。叶适带病到任视事,负责守卫南京及长江下游一带地区。"虏大人,淮民避走江南百万家矣。一日,传有胡人三骑抄水滨,两舟溺岸侧,城中闻之皆震动,吏颤余前,不能持纸。"叶适在群情惊恐当中,冷静地进行防守安置工作。一方面他派人布置船只、庙宇,收容难民,供应柴米;一方面他依靠学生厉详、滕宬、张垓、蔡任治理军事。请求朝廷准予节制江北诸州。为了击退南京江北的敌人,他选募民间健儿两百人,配合官军,夜间渡江偷袭金营。"夜过半,遇金人,蔽茅苇中射之,应弦而倒。矢尽,挥刀以前,金人皆错愕不进。复命石跋、定山之人劫敌营,得其俘馘以归。"在两淮地区,叶适依靠厉详来指挥军事,使田琳代李爽坚守庐州(今安徽合肥),募石斌贤、夏侯成渡宣化,破定山之敌,解和州之围,迫使金兵从六合、滁州一带退去,建康得以安全。

　　叶适认为:"三国孙氏尝以江北守(长)江,自南唐以来始夹之,建炎、绍兴未暇寻绎。"金兵退去后,开禧三年二月,叶适因功升宝文阁待制改兼江淮制置使,遂在长江北岸措置屯田乡宜。当时金兵南下，两淮残破，安丰、濠、盱眙、楚、庐、和、扬等七州，"其民奔进渡江求活者几二十万家，而依山傍水相保聚以自固者亦几二十万家"。经敌人掳掠、杀害、冻饿而死外，尚剩三山万家，"皇皇无所归宿"。叶适决定在江北建立堡坞，安置流民，"令其依山阻水，自相保聚"，"安集两淮，以捍江面"。由于毛兵仍占据濠梁等地，于是叶适先在建康的对岸定山、瓜步、石蜘三地建立堡坞。每堡居住两千家，并在堡坞的东西一二百里、南北三四十里之内，筑山水寨四十七处。"其旧有田舍者，依本似坐；元无本业，随便居止。其间有强壮者，稍加劝募，给以弓弩，教以习射。"敌人来犯时，每堡招募勇士二千人，配合堡内妇军二千五百人，可以相与防守。且指出堡坞建成后，我方在江北有军事据点，其利有，过去江北无堡坞，虽驻兵三五万，然敌来，即退，敌人可以进至江边，与我共长江之险。现在堡坞既成，有据点可以凭守，我军胆气也可增加。同时，我方还可利用战舰、海船之力，"强弩所及，虏人腹背受敌"，也不再愁敌人"夺舟刬渡"。该年七月，定山、瓜步、石跋三处堡坞，四十七处山水寨全部建成。南宋政府认为叶适措置有方，赏赐金带。

这时，叶适病情渐重，"某自去冬，忧悸熏心，旧疾之外，复增新病，背病半年，呻吟宛转。自有改兼江淮之命，不敢辞避，力疾督趣，成此三堡，而某羸证既成，不能扶持忍死，以待毕事"，请求辞职。七月中旬奉召赴临安行在，由他的同乡好友宝谟阁待制徐谊于七月十七日接任遗缺。当金兵压境时，南宋政府中的主和派也开展阴谋活动，听从金人意见，以杀害韩侂胄为条件，再增添岁币银五万两、绢五万匹、犒师银一千万两，向金乞和。

开禧三年十一月，投降派头子、礼部侍郎史弥远勾结宁宗的新皇后杨氏与皇子荣王赵严以及参知政事钱象祖等，假称得宁宗皇帝密旨，指使权主管殿前司公事夏震，在韩侂胄上朝时，暗杀其于玉津园。宁宗皇帝事后才得知，而在杨氏等压力下，只得表示同意。于是主和派得势，便将主战派官员、将领一一参劾、驱逐。该年十二月，叶适转朝请大夫，同月八日，被御史中丞雷孝友以所谓"阿附权臣，盗名罔上"罪名参劾罢官。在这前后，温州籍主战派官员薛叔似、陈谦、孙元卿、王楠、曹叔远等人亦被参劾罢官。

四、息隐家园　讲学著述

嘉定元年(1208)，叶适五十九岁，罢官回到故乡，从此息隐家园，专业著述、讲学，不再重返政治舞台了。他住在永嘉县城生姜门外的水心村，有《水心即事六首兼谢吴民表宣义》诗。吴民表是他邻居，后归宗姓陈，即叶适学生陈埴的父亲。其诗第一、二首云：

其一

生姜门外山如染，山水娱人岁月长。

净社倾城同禊饮，法明闽郭共烧香。

其二

我久无家今谩归，卖田买宅事交违。

填高帮阔为深费，柱小檐低可厚非。

诗中的净社、法明，疑是寺庙之名。从这诗来看，所居的地方风景颇佳，而叶适虽然服官多年，但生活并非富裕。"柱小檐低"、"卖田买宅"，可知一斑。所以，叶适仍在家讲学授徒。因他已是当时的有名学者，各地闻名来向他受业和问学的人很多。

五、叶适著作

据《宋史·艺文志》、明万历《温州府志》等书计有：《叶适文集》二十八卷；《习学记言序目》四十五卷；《周易述释》一卷；《名臣事纂》九卷；《叶学士唐史钞》十卷，《宋史·艺文志》作"不知名"，孙诒让《温州经籍志》据宋魏仲举《五百家注音辨昌黎文集》卷首列所收评论训诂音释诸儒名家说："永嘉叶氏名适，字正则，议论见《唐钞》"。认为是叶适所撰；《苟杨问答》，卷数不详，明万历《温州府志·艺文》著录，《千顷堂书目》将作者名字误作叶通；《春秋通说》三十卷，明万历《温州府志·艺文》著录，疑是宋代永嘉黄仲炎所做。叶适编《播芳集》，《水心文集》卷十二《播芳集序》世名公之文，择其意趣之高远，词藻之佳丽者而集之，刊墨，以广其传。《四灵诗选》，孙诒让在《温州经籍志》说："此为先生（叶适）所选，陈起（芸居）刻，见许棐《融春小缀》跋，《南宋群贤小集》本。今所传宋本《江湖集》非全帙，故无此书也。"《永嘉先生八面锋》十三卷，相传为叶适所著，有丛书集成本。此系科举程文之作，今考其文，实为陈傅良早年作品。

叶适晚年在家时，他的文章特别是墓志铭这类文章写得很多。因为叶适的散文一向写得很好，文名素著。而且他罢官居家时期，温州永嘉学派中的一些学者也都因支持北伐而被罢官回乡。这批人年龄都比叶适大些，他们在政治上遭到打击，愤慨抑郁，几乎都死在叶适之前。而叶适自己的学生、后辈，亦有很多人死在叶适之前。因此叶适写了很多的墓志铭，单单温州人士的墓志、行状，现存于文集中的就有四十五篇。所以，孙诒让认为这是"吾乡文献之渊薮也"。

叶适的墓志写得很好，文章动人而能纪实，为当时学者所公认。真德秀虽然在学术思想上与叶适有抵触，但他仍非常佩服叶适的文章及墓志之作。他说："永嘉叶公之文，于近世为最，铭墓之作，于他文又为最。"黄震也说："非公（指叶适)曲笔,盖纪实而是非白见者也。"黄震说叶适所写的墓志能够纪实,是有根据的。嘉定十三年(1220),叶适替南宋初年的枢密参政汪勃写了一篇墓志,内有"佐佑执政,共持国论"语。这里的执政是指大汉奸秦桧,意思是秦桧当时执政,实行对金投降政策,汪勃身为参知政事,是与秦桧共商国事的。汪勃的孙儿汪纲当时是两浙东路提刑,见之不喜,写信给叶适请求删改,叶适不允。再三请求,始终不允。最后叶适答书说:"凡(秦)桧时执政,某未有言其善者,独以先正厚德,故勉为此,自谓已极称扬,不知盛意犹未足也。""汪(纲)请益力,终不从。"叶适死后,门人编辑《水心文集》时,有人受汪纲的嘱托才删去这句文字。于此,亦可见叶适的人品风格。唐代韩愈替人作墓志,为了多得钱财,极力揄扬死者,被人讥为"谀墓之作"。而叶适写墓志也好,写其他文章也好,都是比较严肃的。

叶适罢官后,奉祠凡十三年,《宋史》未加详述,他儿子所写的《墓志》与《墓碑记》记载比较详细:"嘉定四年转中奉大夫,五月提举江州太平兴国宫。八年提举隆兴府玉隆万寿宫。十年提举西京嵩山崇福宫。十一年转中大夫。十二年华文阁待制。十四年转太中大夫,七月除宝谟阁直学士,提举风翔府上清太平宫。十五年转通议大夫。十六年转敷文阁学士,提举南京鸿庆宫。除宝文阁学士,转正议大夫(《宋史》本传作通议大夫)。嘉定十六年正月二十日卒。年七十有四。遗表上后,赠光禄大夫。"

六、叶适功利主义与伦理思想

叶适作为事功学派的代表,其伦理思想的特点在于功利主义的道德观。但这种功利主义并不反对孔孟的仁义观,而是一种"道义"与"功利"相通的伦理观念。正如王直在《黎刻水心文集序》中所说:"然先生之心,思行道于当时而见之于功业,不但为文而已也。"叶适反复提倡行"实德",建"实功",就是最好的说明。他以功利主义为特点的伦理思想,是与政治思想、经济思想、教育思想结合在一起的,内容丰富,并具有时代特色。

(一)"修实政"、"行实德"、"建实功"

叶适针对当时国势衰弱,积耻未报,祖业末复的局面,十分强调"修实政"、"行实德"、"建实功"的迫切性,这当然包含着振兴道德的重要性。而所谓"行实德"、"建实功",其头等大事就在于激发人们特别是统治者的爱国心和廉耻观。开禧二年,叶适在《上宁宗皇帝札子》中深情地说:"臣宿有志愿,中夜感发,窃谓必先审知今日强弱之势而定其论,定论而后修实政,行实德,如此则弱果可变而为强,非有难。"在同年《上宁宗皇帝札子三》中,叶适对"所谓行实德者"作了具体发挥,主张朝廷应量入为出,减轻赋税,使"小民蒙自活之利,疲俗有宽息之实"。

他深信"陛下修实政于上，而又行实德于下，和气融浃，善颂流闻，此其所以能屡战而不屈，必胜而无败者也。改弱以就强，孰大于此"，把能否"修实政，行实德"提到了国家强弱存亡的高度。

"行实德"的重要性还表现在整顿吏治的问题上。在南宋，吏治腐败是一个突出的问题。叶适尖锐地指出："贪官暴吏，辗转科折，民既穷极，而州县亦不可为矣。"因此，他认为朝廷"正纪纲之所在，绝欺罔于既形，无惟其近，惟其贤。无惟其官，以其是，摧折暴横以扶善类，奋发刚断以慰公言。国家之本，孰大于此"！在他看来，"士患不贤与无德"，"贤有德者"，可以"进而至公卿之位"，但也未"必为公卿哉"！那种"贫贱不如富贵"，"贤而贱不如贤而贵"，"有德而富犹过于有德而贫"之类观念，都是"区区自为轻重，转讹习陋，而天下言贤有德者，必将兼出于富贵而后止，此流俗之为害大矣"，这显然是为贫贱而有德者伸张正义，并为之争取正当的社会地位。他说："夫家非德不兴，德非种不成。虽一人之家，未尝不以天地同其长久；所以不能者，天地种之而人毁之也"。然而"谦者种之，盈者毁之也"；"让者种之，争者毁之也"；"廉者种之，贪者毁之也"；"退者种之，进者毁之也。""为其厚不为其薄，治于己不泊于人；宁散无积，宁俭无汰，皆以种而不敢毁也"，并认为"朝种暮获，市人之德也；时种岁获，农夫之德也；种不求获，不敢毁，不敢成，圣贤之德也；冲漠之际，万理炳然，种者常福，毁者常祸，天地之德也"。叶适也强调了"自成其身"、"自治其家"的重要性。他说："一人之身，众人之身也；一身之家，天下之家也；一士之学，万世共由之学也。不以其身丽众人之身，必自成其身，其身成而能合乎众人之身矣，若夫私其身者非也。不以其家累天下之家，必自治其家，其家治而能合乎天下之家矣，若夫私其家者非也。不以其学诿万世共由之学，必自善其学，其学善而能合乎万世共由之学矣，若夫私其学者非也。"这是提倡把"成身"、"治家"、"善学"的德行，放到"众人之身"、"天下之家"、"万世共由之学"的角度去理解其重要意义。这里提到的两篇文章，可以说是叶适伦理学的专论，他不仅论述了家庭道德建设与整个社会事业的关系，而且阐发了他所提倡的道德内涵，并以"种"、"毁"二字生动地描绘了在两种观念的对立中培养道德品质的规律性，为我国伦理思想史增添了光辉。

叶适之所以重视道德建设，完全是为了救国利民的需要。在他看来，凡贤德之士，就应当表现在为人民"建实功"上。他说："道非人不行，不行而天地之理不彰，古今大患也"，"士在天地间，无他职业，一恂于道，一由于学而已"。而"恂道"、"为学"的目的则在于为民"名一功，著一善"。正是从这样的观点出发，叶适热诚赞颂当年绩溪县知事王木叔为民修水利的业绩。他说："王君木叔宰是县之始，行视民田，验其水利之近远"，为民建造了水塘，"然后绩溪之田无不得水。绍熙五年，县民始不以旱报官而岁全熟美矣"。这种"就其民而可以利之"的行为，斯谓之仁矣。

（二）"以利和义，不以义抑利"

"利义之辨"是中国伦理学说史上长期争论不休的课题。"永嘉学派"的学者，对于利、义关系的论述有独到见解，初步形成了具有时代特征的功利主义的义利观。在"利"与"义"的关系上，薛季宣就提出了"利义之和"的主张。他在《大学解》中解释"生财之大道"时说："《易》称：'何以聚人，曰财。'财者，国用所出，其可缓乎？虽然为国务民之义而已。务民之义，则天下一家，而财不可胜用，藏之于下，犹在君也。"在他看来，懂得"为国务民"的君主，能"先正其本"，身不"为财之役"，而且能做到"为上有节，为下敦本"，"惟知利者为义之和，而后可与共论生财之"，而那些"聚敛之臣，不知义之所在，害加于盗以争利之民也。民争利而至于乱，则不可救药矣。所见之小，恶知利义之和哉？"这种"利义之和"的思想，与"利义"不可调和的传统观念相比较，不难发现它反映了我国东南沿海商品经济较为发展的社会现实，既是对传统义利观的有力冲击，也是永嘉"事功之学"的重要理论基础。

在义利观上，叶适继承并发展了薛季宣的思想，对以董仲舒为代表的传统义利观进行了深刻的批判，较系统地阐述了功利主义的义利观。叶适认定"利"与"义"不是截然对立的，而是可以恰当地统一起来的。他明确指出："古人以利和义，不以义抑利。"又说："仁人正谊不谋利，明道不计功。此语初看极好，细看全疏阔。古人以利与人不自居其功，故道义光明。后世儒者行仲舒之论，既无功利，则道义者乃无用之虚语尔。"他深有感触地说："悲夫！利义人己之辨，常患乎乍存乍亡、若起若灭，方与世俗交斗而末已也。然而理虽常存，而觉之者病矣。"意思是说，长期以来"义利人己之辨"存在着"乍存乍亡"、"若起若灭"的极大的片面性，害得人家不能把"义利"、"人己"关系恰当地统一起来理解。要把"义利"、"人己"关系统一起来，关键在于如何正确地理解。叶适认为："仁者，人之所以为人之实也。不求仁则失其所乙；求仁而不得其所以为仁，不可止也。古之人，舍一世之所谓仁者"，可是，"后之人，求一世之所重以丧其所谓仁者。"所匡与轻不先审，而以其所丧者为所求；人与己不先察，而以其所竟者为所乐。可乎？不可也。

为此，叶适对孔子的"仁道"作了肯定的评价。他说："仁之为道未尝远也，或曰爱人，或曰刚毅，或曰克己复礼，与其他不一之论，广大充满，上下周流，而仁在是矣，以为虽未能救当时之患，而犹可以启，心也。"问题在于这种"仁道"，不等于"虚文"，而在于切实加以。所以叶适建议朝廷"即虚文而求实用"，"执常道以正治经"，"仁以厚民望"，才能"兴礼乐以为出治之本"。总而言之，要"一以性命道德起后世之公心"，"欲明大义，当求公心；欲图大事，当立定论"，"国者，务实而不务虚,择福而不择祸","然后责任群力,课功计事一物,皆归太原。藩墙固,疆圉实,我既乐奋,彼将倒戈,战胜;忧,地得而可长守"。把"修实政、行实德"明确地落实在为国为民"明大义"、"图大事"、"课功计效"之上。

七、事功伦理观念

叶适在《国本》篇中说:"国本者,重民力欤? 厚民生欤? 惜民财欤? 本于民而后为国欤? 昔之言国本者,盖若是矣。臣之所谓本,则有异焉。臣之所谓本者,其本所以为国之意而未及于民。臣非以民为不足恃也,以为古之人君非不知爱民,而不能爱民者,意有所失于内则政有所害于外也。"这段话,粗看似乎叶适不赞成"民为国本"的观点,其实是对于"民本"思想的深化。他不满足于"知爱民",而关键在于"能爱民",这就关系到为政者内心有否爱民之"意",也就是孔子所说的"仁"。所以,叶适紧接着引用孟子的话说:"三代之得天下也以仁,其失天下也以不仁,国之所废兴存亡者亦然。"对此,他还作了形象的说明:"夫植木于地,其华叶充荣者,末也;其根据盘互者,本也。此众人之所知耳。夫根据盘互,不徒本也。自其封殖培养之始,必得其所以生之意,而后天地之气能生之。一日失其意,则夫根据盘互者,拜然颠蹶,焦然枯槁而已矣,地安能受之哉?"表面看来,树木之"根据盘互"是"本",而深一层看,"封殖培养",才能使树木"得其所以生之意",这才是真正的"本"。叶适认为,像"汉之高祖、唐之太宗,起于细微单人,挺剑特起,臂指天下,而四海之雄无不束受事,此虽不足以望周人积累之盛,然而要其所以得之者,必有合天之心,顺民之心,而非偶然而自得也"。相反,后世有的君主所以"失天下",就在于"不能深知祖宗所以得天下之意","动摇侵伐其为国之本,而使之削薄而不悟"。总而言之,只有"顺民心"、"能爱民",才能"得民心"、"得天下",而要做到这样,就在于为政者有为民办实事、办好事的"诚意"、"仁心"。这也就是叶适一再强调的"修实政,行实德"之意义所在,是他的事功思想的一个重要特色。"能爱民",就得施行"宽仁之政"。叶适以平阳县知事汪子驹"守法以便民,不屈所行,慎刑简役,既去而民思之"的业绩为例,说明"一县会计,天下同有也。所以取民,必有正也;取而不得已,必有宽也。有正,义也;有宽,仁也;未有不由仁义而能使民思之者也"。这种"宽仁之政",表现在政治上提倡"恤刑"。叶适指出:"历代用刑,各有轻重,不能尽举。然大要其君贤而所任者仁人也,则用刑常轻;其君不贤而所任者非仁人也,则用刑常重。非惟用刑为然也,而历代议刑者亦莫不然。盖其人君子也,则议刑常轻;其小人也,则议刑常重。故观其所用,可以知其国;观其所议,可以知其人","以为重刑所以致治,非重刑而天下不可治者,是可叹也"! 然"天下之贤君不免有重刑之心,而天下之君子不免有议重刑之心者,其祸最大,其忧最甚,此不可以不极虑而深言也",而所以如此,就在于为政者不懂得天下长治久安的道理,只"求一切之治而不知天下情,怒一人之罪而有并疾天下之意,用一朝之决贻无穷之患而不察也,岂不过哉"!"宽仁之政"表现在经济上就是要"惠民"。叶适说:"盖先王之政,以养人为大。生聚所资,衣食之有无,此上之责也。民有四五十年之病而上无一日之救,则非仁者之用心也。"在讲到"人主之实德"的时候,叶适强调要"深结其臣民之心"。他说:"其于天下之民也,具见其可伕而不可劳,可安而不可动,可予而不可夺也,非轻租、捐赋、宽逋负以为之赐也,而况于急征横敛而无极也。"可见,叶适是主张轻徭薄赋而反对横征暴敛的。

八、斥"厚本抑末" 赞"通商惠工"

　　叶适按照自己的新观念来总结历史经验,指出:"按《书》'懋迁有无化居',周'讥而不征',春秋'通商惠工',皆以国家之力扶持商贾,流通货币,故子产拒韩宣子一环不与,今其词尚存也。汉高祖始行困辱商人之策。至武帝乃有算船告缗之令、盐铁榷酤之人,极于平准,取天下百货自居之。夫四民交致其用,而后治化兴。抑末厚本,非正论也。使其果出于厚本而抑末,虽偏尚有义,若后世但夺之以自利,则何名为抑?恐此意迁亦未知也。"在叶适看来,"抑末厚本","非正论也"。春秋以前不仅不"抑末",而且实行"通商惠工"的政策。汉代开始行"困辱商人之策"等"抑末"措施,为的是统治者"取天下百货自居之"、"夺之以自利"。所以,叶适的结论是:士、农、工、商"四民交致其用,而后治化兴"。叶适还进一步为工商人士争取政治上的平等权利而呼喊,他说:"四民古今未有不以世,至于熏进髦士,则古人盖曰无类,虽工商不敢绝也。"也就是说,荐举优秀人物人仕做官,古人是不敢把工商界拒绝在外的。在封建社会里,盐茶禁榷之害,不仅严重破坏农业生产,造成社会动乱不安,而且直接阻碍商品经济的发展。在南宋,这个问题也非常突出。政府以很低的价格收购盐、茶,以高出数十倍的价格出售,官吏贪污受贿,人民怨声载道。作为关心人民疾苦、主张发展商品经济的叶适,当然是反对政府的盐茶禁榷政策的,把它看成是财政"四患"之一。他从维护盐民、茶民的权益出发,来批评这种禁榷政策,指出:"夫山泽之利,三代虽不以与民,而亦未尝禁民以自利","今世之民自得罪者,其实无几,而坐盐茶、榷酤及它比、巧法、田役、税赋之不齐以陷于罪者,十分之居其六七矣。"又说:"欧阳氏言古者山泽之利,与民共之。此谓盐铁金锡之类可也。若茶则民所自种,官直禁而夺之尔,何共之有!""山泽之利",本来是劳动者创造的财富,连三代"亦未尝禁民以自利",可后世"官直禁而夺之",而民还得"坐盐茶、榷酤"之罪。因此,叶适痛斥这种"茶盐之患"，"榷之太甚，利之太深，刑之太重"，如果不改变这种政策，"则无以立国"。"虽然，榷之不宽，取利不轻，制刑不省，亦终不可以为政于天下。"

叶适反对"抑末"政策，提倡"扶持商贾"，维护劳动者的"山泽之利"，是同他的"宽民"、"富民"主张密切相关的。他反对"抑制兼并"，肯定"富人"的作用就是一个例证。叶适指出："俗吏见近事，儒者好远谋，故小者欲抑夺兼并之家以宽细民，而大者则欲复古井田之制使其民皆得其利"，"夫二说者，其为论虽可通，而皆非有益于当世，为治之道终不在此"。关于"井田之制"，叶适认为已不适于当世的社会历史状况。至于"不抑夺兼并"的道理，就同叶适肯定"富人"的作用相联系。他说："今俗吏欲抑兼并，破富人以扶贫弱者，意则善矣。"但是，"县官不幸而失养民之权，转归于富人，其积非一世也。小民之无田者，假田于富人；得田而无以为耕，借资于富人；岁时有急，求于富人；其甚者，庸作奴婢，归于富人；游手末作，俳优伎艺，传食于富人；而又上当官输，杂出无数，吏常有非时之责无以应上命，常取具于富人。然而富人者，州县之本，上下之所赖也"。叶适承认"欲抑兼并"、"以扶贫弱"的动机并不坏，他自己也主张广豪"暴过甚兼取无已者"，"吏当教戒之"。但"人主既未能自养小民，而吏先以破坏富人为事，徒使其客主相怨，有不安之心，此非善为治者也"。叶适从多方面肯定"富人"的社会作用，实际上是他承认私有制和雇佣关系的合理性。对于这种思想，当然只能给予历史主义的公允评论。叶适所处的时代，虽然还谈不上什么资本主义经济因素，但当时东南地区的小商品经济正在发展。就以他的故乡永嘉县城来说，全年商税已高达25391贯之多，是全国各县平均商税的 7 倍。如叶适所谓"富人之所以善役使贫弱者"，"使之以事而效其食"，以"事"受"食"的雇佣关系已随处可见。不仅农村有各种雇佣形式，而且在城里出现了漆器、造纸、丝织等手工作坊或"机户"。这当然是生产发展、经济活跃的表现，而叶适的思想观念正是这种社会经济状况的反映，它比之"抑末厚本"的封建陈旧观念和"劫富济贫"的小生产观念来说，无疑具有历史的进步性。

九、取士而用，必先养之

重视培养和选拔"材智贤之士"，以适应安邦治国之急需，是叶适教育思想的立足点，也是他事功思想的一个重要内容。他在《上执政荐士书》中指出："国家之用贤才，必如饥渴之于饮食"，应当"急求力取，博选亟用，以为国本民命永远之地"。取用贤才之所以如此迫切，是与南宋内忧外患的局势密切相关的。正如叶适所说："今夫求天下豪杰特起之士，所以恢圣业而共治功。"又说："图此大事，莫先人材。"而能够承担这种安邦治国之责的，必须是叶适所崇敬的春秋周衰之时，

"孔子以匹夫之贱,起而忧之,其规营谋虑,无一身之智而有天下之义,无一时之利而为万世之计"那样有深谋远虑、大智大义的贤才。这充分表明叶适人才观的务实精神和事功色彩。

培养造就这种人才的重要途径,就是办好教育。叶适总结了我国古代培养人才的经验,指出:"天下之物,养之者必取之,古者将欲取士而用之,则必先养之。故族、党、州、乡皆为之学,在诸侯者达于国学,在天子者达于大学。"就教育内容而言,叶适主张把书本知识和实际运用结合起来。他肯定"明道"、"尽理"是为学的根本,认为:"圣人之道赖以复明,学者纪焉","理不尽,徒胶昔以病今;心不明,姑舍己以辨物","舜、文王之道即己之道;颜渊、孟轲之学即己之学也"。抓住了这一点,"其本立矣"。叶适把作为士人天职的"徇道"与"为学"密切联系在一起,提出了"学与道会,人与德合"的教学原则。为此,他提倡"夫师之不忘,以道";"力学莫如求师"。正因为学问的根本在于"明道"、"尽理",所以叶适十分重视书本知识,对"读书无用"的错误观点进行了深刻的批评,指出:"夫书不足以合变,而材之高下无与于书;此不知书者言也。使诚知之,则非书无以合变,而材之高下因书之浅深系焉。古之成材者,其高有至于圣,以是书也;静有以息谤,动有以居功,亦书也;泊无所存,而所存者常在功名之外,亦书也;百家众作,殊方异论,各造其极,如天地之宝并列于前,能兼取而无祸,皆书之余也。书之博大广远不可测量如此。惜乎余老死,不暇读矣;子其尽心哉,无徒以材为无用而姑寄于书也!"这种关于书本知识对于造就人才的重要意义的论述,是何等精辟!当然,作为事功之学的代表,叶适是不会拘泥于书本的,他提倡"自善自学",认为"师虽有传,说虽有本,然而学者必自善。自善则聪明有开也,义理有辨也,德行有新也,推之乎万世所共有不异矣"。可见,所谓"自善自学",就是在"万世所共有"之道的指导下,要有创新的精神。至于"空谈性命"的道学,叶适是坚决反对的。他说:"道学之名,起于近世儒者,其意曰:举天下之学皆不足以致其道,独我能致之。"因此,这种"道学","名实伪真,毋致辨焉"。对于南宋人才的培养和使用方面的弊端,叶适进行了揭露和抒评,并提出一些改良的主张。他认为当时的人才培养和使用制度不完善,存在着"养而不取"和"取而不养"的弊病。叶适指出:"如今之世,既养而不取,虽取而不养,而其养之也常于其所不取,其取之也常于其所不养;事具而其法不举,两异而莫适为用,此亦执事大臣拯循之过也。"所谓"养而不取",就是"无取士之法,无考察之意",教育脱离实际需要,致使"今之学校,尸为弃材之地乎"?也就是存在着一种"学而无用"、"学非所用"的现象。所谓"取而不养",就是当时"诏举进士"的办法,"其桂高等者,天下多以其词艺为不当得;而况其人蠢骏浮躁,乡里之无行者,巍然躐处其上"!而"朝廷既以取之,虽知其不可亦不敢较,贝取而不养,此天下之所共之而莫能革者也"。也就是说,由于"诏举进士"的方法不当,而使一些才德低下的人入仕做官,以至身厄高位。叶适深感当时"科举之患极矣",主张加以改革。他说:"昔之养士,诚难为也。"因为那时"州县无学,无师,无饩廪器用,其创之也劳"。而"今皆具矣,加之以法度,则一日而定矣。法度不立,而学为无用"。他认为"取士而后人于学"和"学而后取士"这两种途径都是可以的,关键在于教育要切合实际需要,要把家庭教育与学校教育,知识教育与道德教育,朝廷诏举与社会荐举很好地结合起来。这就是叶适所提倡的:"忠信孝悌,必修于家,必闻于乡;材智贤能,必见于事,必推于友。举其茂异秀杰者毕至,而务养其心以稍息其多言,然后少变今之意而足以取之,则先王之道庶乎可复矣。夫礼义廉耻,惟上所厉,故士得以自重。"叶适自己就在《上执政荐士书》中向朝廷推荐过陈傅良、陆九渊、沈焕、吕祖谦、徐谊、杨简、舒磷等三十四名人才。

十、评述人性论

叶适对各派人性论都有评述,但他自己所持的人性论观点似乎不太明朗,而其重后天习性这一点倒是清楚的。叶适说:"告于谓性犹杞柳,又犹栖栳,犹自言其可以矫揉而善,尚不为恶性者。而孟子并非之,直言人性无不善,不幸失其所养,使至于此,牧民者之罪,民非有罪也,以此接尧舜禹汤之统。"他认为"孟子道性善,言必称尧舜",是针对"周衰而天下之风俗渐坏",而"当时往往以为人性是应如此"而发的。那时"虽论者乖离,或以为有善有不善,或以为无善无不善,或直以为恶。而人性之至善,未尝不隐见于搏噬珍夺之中。此孟子之功所以能使帝王之道几绝复续,不以毫厘秒忽之未备为限断也"。在叶适看来,"孟子性善,荀子性恶,皆切物理,皆关世教,未易轻重也",因为二者都是为了劝人为善,"夫知其为善,则固损夫恶矣。知其为恶,则固进夫善矣"。可是归根到底,叶适对先验的"性善"、"性恶"之说都持怀疑态度。他在评述了孟子的"性善"论以后说:"余尝疑汤若有恒性,伊尹习与性成,孔子性近习远,乃言性之正非止善字所能弘通,而后世学者,既不亲履孟子之时,莫得其所以言之要,小则无见善之效,大则无作圣之功,则所谓性者,姑以备论习一焉而已。"叶适在评述荀子的"性恶"论时也得出了类似的结论,他说:"然而知其为恶而后进夫善,以至于圣人,故能起伪以化性,使之终于为善而不为恶,则是圣人者,其性亦未尝善欤!伊尹曰:兹乃不义,习与性成。孔子曰:性相近也,习相远也。惟上智与下愚不移。呜呼!古人固不以善恶论性也。而所以至于圣人者,则必有道矣。"由此可见,叶适认定像伊尹、孔子那样的古圣人"不以善恶性",他们所强调的是"习与性成","习相远之"。

因此，"所谓性者以备论习之一焉而已"。叶适对于孔孟的"仁义"是肯定的，但认为"仁义"就是"利民"。正因为他对先验的"性善"持怀疑态度，所以对孟子所谓的"先王有不忍人之心，斯有不忍人之政"也提出了批评，指出："然先王之政，则不止为不忍人而发，盖以圣人之道言之，既之君，则有君职。""孟子虽欲陈善闭邪为可晓之语，然此亦未有能忍人而为政者。就其有之，固不能推也"，"以孟子答景丑语详味之本仁义而同民乐"。叶适的这种思想，显然是与他"通民之愿"、"因民之欲"、"为民之利"的功利主义道德观相适的。

叶适这种注重"民利"的思想，与他的理欲观有着密切的联系。他认定"欲"是人的自然本性，并认为人类本身也是物质的一种，"内有肺脏肝胆，外有耳目手足，此独非物耶?"而"人之所甚患者，以其自为物而远于物"。因此，他认为"君子不以须臾离物"，相反，必须"以物用而不以己用，喜为物喜，怒为物怒，哀为物哀，乐为物乐"。并且，还应通过勤恳的劳动，求得物为人所用。他批评朱学派把"性"与"欲"截然对立起来的"尊性而贱欲"的错误观点，认定他们那种三代以上的圣人只有"天理"而无"人欲"的观点是站不住脚的。因为如此说来，"则尧舜禹招之所以修己者废矣"。可见，"以天理人欲为圣狂之分者，其择义未柠也"。

正因为叶适注重的是人的后天之"习"，所以他很重视道德教育和道德修养的问题。他首先强调人们要有道德自觉，指出："所谓觉者，道德、仁义、天命、人事之理是已。……其于人是也，必颖然独悟，必渺然特见，其耳目之聪明，心志之思虑，必有出于见闻觉知之外者焉。"这里所说的"知"、"觉"，有认识论上"见阵觉知"的意义，但主要是伦理学上"颖然独悟"的道德自觉。其次是强调学习的重要性，认为道德修养重在"自教"、"自养"，"然后推其所以自养者亦养人廉，推其所以自教者亦教人恕，此忠信礼义之俗所由起，而学之道所由明也"。其三是重视礼治。叶适把仁、义、礼、乐提到很高的地位，他说："仁、义、礼、乐，三才之理也，非一人之所能自为。三才未尝绝于天下，则仁、义、礼、乐何尝一日不行于天下。古之圣人由之而知，后之君由之而不知，知之者以其所知与天下共由之，而不知之者以其所不知与天下共由之，是则有差矣，然而仁、义、礼、乐未尝亡也。"天下是不能没有礼乐制度的，只不过礼乐制度的实际内容"则有差"，而叶适所要维护的是"知禾下之志"，"为天下之心"，"与天下共由之"的仁、义、礼、乐。为此，叶适对孔子的"克己复礼为仁"的命题也持肯定态度，他说："复礼者，学之始也。敬者，德之成也。""学必始于复礼，故治其非礼者而后能复，礼复而后能敬。"

陈亮和叶适的"浙学"、朱熹的"闽学"和陆九渊的"江西之学"，是南宋鼎足为三而具有广泛影响的学术思潮。陈、叶虽然在学术观点、为学途径和性格上有所不同，但其共同特点则都主"功利"或"事功"，只不过"永嘉以经制言事功"，而"永康则专言事功"罢了。这两个事功学派从世界观和功利问题上与程朱理学相对立，进而导致了双方伦理观念上的一系列对立。这是儒学内部理学与反理学之争，是中国思想史上的一件大事，对尔后中国哲学、伦理思想的发展都有重大而积极的影响。

十一、一般与个别思想

一般与个别，是表示事物辩证联系特性的一对哲学范畴。在这对哲学范畴的历史演变过程中，我国南宋时期，是一个重要发展阶段。叶适在这个方面的思想是，他所谓的道或理，实际上就是哲学上所说的一般；他所谓的物，就是哲学上所说的个别。他关于道与物的思想，也就是一般与个别的思想，这从他的"问学之道"可以得到说明。一般是指事物共性，又指许多个别事物所属一类事物。共性是事物中共同的、内在的、本质的、必然性的东西。个别是指事物的个性，又指单个的具体事物。个性是特殊的、外在的非本质的、偶然性的东西。一般存在于个别之中，共性寓于个性之中。人们要认识一般，就需在个别中除去特殊、外在的、非本质的、偶然性的东西。叶适说："问学之道，除之又除之，至于不容除，尽之又尽之，至于不容尽。故除钧石必以铢，会亿万必以一。读虽广，不眩也；记虽博，不杂也。日融月释，心形俱化，声色玩好，如委灰焉，然后退于栎而进于道矣。"通过"除之又除之"，"尽之又尽之"，最后进于道。这也就是说，通过这样的方法，将事物中特殊的、外在的、非本质的、偶然性的东西去掉，最后剩下的就是事物中共同的、内在的、本质的、必然性的东西，这就是一般。正如列宁所说的："在这里已经有自然界的必然性、客观联系等概念的因素萌芽了。这里已经有偶然和必然、现象和本质，因为我们在说伊万是人，茹奇卡是狗，这是树叶等等时，就把许多特征作为偶然的东西抛掉，把本质和现象分开，并把二者对立起来。"通过"除之又除之"，"尽之又尽之"，把个别中许多特征作为偶然的东西抛掉，把本质和现象分开，这样就得出了必然的、本质的东西，这就是一般。由此可见，叶适所说的道或理，就是一般；他所说的物，就是个别。叶适关于道不离物的思想，也就是一般不能脱离个别的思想。列宁指出："一般只能在个别中存在，只能通过个别而存在。"毛泽东指出：共性"包含于一切个性之中，无个性即无共性"。在叶适著作中，已经有这种思想的雏形。他强调道存在于事物之中，一般存在于个别之中。他说："按古诗作者，无不以一物立义，物之所在，道则在焉，物有止，道无止也。非知道者不能该物，非知物者不能至道。道虽广大，理备事足，而终归之于物，不使散流。此圣贤经世之业，非习为文词者所能知也。"物在，则道在。有物才有道。物是不依赖于道的客观存在。道或理存在于物之中，道、理"终归之于物"。"其道在于器数,其通变在于事物。""道行于天地万物之中。"这些都是在说道存在于物之中。

叶适批评老子,认为老子在道与物的关系问题上,"尽遗万事而特言道"。他说:"'有物混成,先天地生',老氏之言道如此。按自古圣人,中天地而立,因天地而教,道可言,未有于天地之先而言道者。"他又说:"夫有天地与人而道行焉,未知其孰先后也。老子私其道以自喜,故曰'先天地生'。又曰'天法道'。又曰'天得一以清。'且道果混成而在天地之先乎?道法天乎?天法道乎?一得天乎?天得一乎?山林之学,不稽于古圣贤,以道言天,而其慢侮如此。"道不存在于天地万物之先。道与天地万物之间没有先后之分。道就存在于天地万物之中。老子"以适言天"的思想是错误的。

叶适对"室"与"车"的论述,也表明了一般存在于个别之中的思想。他说:"室人之为室也,栋宇几筵,旁障周设,然后以庙以寝,以库以厩,而游居寝饭于其下,泰然无外事之忧;车人之为车也,乾盖舆轸,辐毂轴辕,然后以载以驾,以式以顾,而南首梁、楚,北历燕、晋,肆焉无重趼之劳。夫其所以为是车与室也,无不备也。有一不备,是不极也,不极则不居矣。"室之所以为室,车之所以为车,作为理或道,是不能离开具体的室或车的。建造房子的材料备齐了,建起来了,人可以居住了,此时房子的理或道也就存在了。如果材料没有备齐,房子没有建起来,那末房子的理或道也就不存在。车子的制造和车子的理的产生,也是同样。所以,室、车的理或道是不能离开具体的室、车的。否则,室就不成其为室,车就不成其为车。古希腊哲学家亚里士多德说过:"同单一并列和离开单一的普遍是不存在的。"我们不能设想"在个别的房屋之外还存在着房屋一般"。叶适的思想是与亚里士多德一致的。房屋(室)作为一般,只存在于作为个别的房屋之中。

叶适关于道存在于物之中的思想,表明他关于一般与个别的思想是唯物主义性质的。人的认识是沿着曲线进行的。一般作为人的认识这条曲线中的一个片断,如果把它片面夸大,把它变成脱离了物质的东西,就会陷入唯心主义。黑格尔的客观唯心主义,就是因为把观念这种人的认识过程中的一个小段,片面夸大成为脱离了物质、脱离了自然界的神化了的绝对的结果。朱熹的客观唯心主义也是这样。他说:"天地之间,有理有气。理也者,形而上之道也,生物之本也;气也者,形而下之器也,生物之具也。""夫有天地之先,毕竟也只是理。有此理,便有此天地;若无此理,便亦无天地,无人无物,都无该载了。""如一所屋,只是一个道理,有厅有堂;如草木,只是一个道理,有桃有李;如这众人,只是一个道理,有张三李四。"他把"理"这种人的认识过程中的一个片断无限夸大,变成了先于天地万物、神化了的东西,颠倒了物质与精神的关系,陷入了唯心主义的泥坑。

叶适针对这种唯心主义的颠倒,提出了道不离物的观点,摆正了道与物即一般与个别的关系,从而将一般与个别的思想建立在唯物主义基础之上。

叶适将一般与个别的关系思想运用于人们的认识活动,提出了关于认识过程从个别上升到一般的观点。他认为,既然道在物中,一般存在于个别之中,那末人们认识事物,就应该通过个别去认识一般。他说:"是故君子不以须臾离物也。夫其若是,则知之至者,皆格物之验也。有一不知,是吾不与物皆至也;物之至我,其缓急不相应者,吾格之不诚也。"他认为,人们丝毫不可以离开具体的客观事物。人们对于事物的认识,都是"格物"的结果。格物,就是人们通过耳目等感觉器官去接触客观事物。离开具体事物,或者缺乏诚实的科学态度,都不能"知至"。"格物而后知至。"通过接触个别而后认识一般,这就是从个别上升到一般。恩格斯指出:"一切真实的、详尽无遗的认识……我们在思想中把个别的东西从个别性提高到特殊性,然后再从特殊性提高到普遍性;我们从有限中找到无限,从暂时中找到永久,并且使之确定起来。"叶适所说的,与恩格斯所说的意思是吻合的。

叶适指出,从个别上升到一般的途径,是把感性认识上升到理性认识,把二者结合起来。这就是他所说的"内外交相成之道"。他说:"按《洪范》,耳目之官不思而为聪明,自外入以成其内也;思曰睿,自内出以成其外。故聪人作哲,明人作谋,睿出作圣,貌言亦自内出而成于外。古人未有不内外交相成而至于圣贤,故尧舜皆备诸德,而以聪明为首。"感性认识是依靠"耳目之官""自外入以成其内"的知识。理性认识是依靠"心之官""自内出以成其外"的知识。"内外交相成",就是把感性认识与理性认识结合起来。他说:"非知道者不能该物,非知物者不能至道。"(《习学记言序目》卷四十七,如下图)

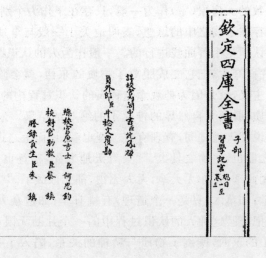

这个思想是非常深刻的。感性认识如果不上升到理性认识,不去掌握"道",那就不能深刻地认识事物。正如黑格尔所说:"知识不能老停滞在知觉的阶段,必将进而在被知觉的个别事物中去寻求有普遍性和永久性的原则。"感性认识是不完全的认识,是没有反映事物本质的认识。要完全地反映整个的事物,反映事物的本质和内部规律性,必须从感性认识跃进到理性认识。反之,理性认识不以感性认识为基础,不去接触具体的事物,也就不可能认识"道"。毛泽东同志指出:"从认识过程的秩序说来,感觉经验是第一的东西,一个闭目塞听,同客观外界根本绝缘的人是无所谓认识的。"理性认识如果不来源于感性认识,那末,这种理性认识就成了无源之水、无本之木,而只是主观自身的东西了。只有把感性认识与理性认识两者结合起来,才能实现从个别上升为一般。叶适认为陆九渊等人的错误,就在于轻"耳目之官"而重"心之官",离开感性认识去求理性认识,"偏堕太甚,谓独自内出,不由外入,往往以为一念之功,圣贤可招揖而致",完全废弃了内外交相成之道。

叶适认为,要从个别上升到一般,认识事物中的理或道,必须依靠"耳目"和"心"的共同作用。他说:"所谓觉者,道德、仁义、天命、人事之理是已。夫是理岂不素具而常存乎?其于人也,岂不均赋而无偏乎?然而无色无形,无对无待,其于是人也,必颖然独悟,必渺然特见,其耳目之聪明,心志之思虑,必有出于见闻觉知之外者焉;不如是者,不足以得之。""理"或"道"作为一般,无色无形,无对无待。人们要认识它,必须通过"耳目"和"心"的作用,首先从大量的个别事物中获得"见闻觉知",然后从中抽象、概括出来。不如此,便不能获得对"理"或"道"的认识,个别就不能上升到一般。

叶适还为从个别上升到一般指明了方法,这就是"除之又除之,至于不容除;尽之又尽之,至于不容尽。然后退于栎而进于道矣"。这与毛泽东所说的"将丰富的感觉材料加以去粗取精、去伪存真、由此及彼、由表及里的改造制作",是异曲同工。要运用这样的方法,才能认识事物的本质、事物的内部规律性,使个别上升到一般。

叶适认为,因为"思有是非邪正,心有人道危微",所以,从个别上升而来的一般,未必正确,尚需用事实来检验。他说:"无验于事者其言不合,无考于器者其道不化。"没有经过事实和器物的检验,理或道是不可靠的。他指出当时的道学家"论高而实违,是又不可也"。他又说:"夫欲折衷天下之义理,必尽考详天下事物而后不谬。"人们想分辨天下义的对错,必须详尽地考察天下的事物,这样才能得出正确的结论而不至于出现谬误。

叶适认为一方面要通过个别去认识一般,另一方面,又要以一般为指导,去认识个别,这就是从一般到个别的认识过程。他说:"道者,自古以为微妙难见;学者,自古以为纤悉难统。今得其所谓一,贯通上下,应变逢源,故不必其人之可化,不必其治之有立,虽极乱大坏绝灭旁朽之余,而道固常存,学固常明,不以身没而遂隐也。""一"指理或道,是一般,是万事万物中本质的东西。人们掌握了"一",认识到了一般,就可以以这种认识为指导,去进一步认识个别的事物,就可以"贯通上下,应变逢源",举一反三,认识更多的具体事物。

在从一般到个别的认识过程中,在以普遍性的认识去指导认识个别的时候,叶适强调必须从实际情况出发,尽量从多方面去观察具体的客观事物。他说:"夫观古人之所以为国,非必遽效之也。故观众器者为良匠,观众方者为良医,尽观而后自为之,故无泥古之失而有合道之功。"对于古人治国的道理,不要急于仿效。要像良匠、良医那样,详尽地观察现实情况而后"自为之",把古人治国的道理与自己的实际情况结合起来,得出自己的看法,这样才能不拘泥于古人而有新的认识。邓小平同志指出:"无论是革命还是建设,都要注意学习和借鉴外国经验。但是,照抄照搬别国经验别国模式,从来不能得到成功。"江泽民同志一再告诫党的各级领导干部,要把党的方针政策和上级领导机关的指示,与本地区、本部门、本单位的实际情况结合起来,创造性地开展工作。学习外国经验,学习本国前人的经验,或者贯彻党的方针政策和上级领导机关的指示,都不能照抄照搬,必须把它们与自己的实际情况结合起来,这样,才能避免教条主义的错误。叶适对于前人的经验,提出"非必遽效之",需"尽观而后自为之"的观点,对于今人仍有教育意义。

一般与个别的辩证关系包含三点内容,即相互对立、相互统一和相互转化。相互统一,是指"个别一定与一般相连而存在",就是说,两者相互联结,一般不能脱离个别而存在,个别也不能脱离一般而存在。个别总是同一般相联结的,个性包含着共性,为共性和一般规律性所制约。由于叶适针对程朱理学的唯心主义观点,强调了一般与个别关系问题上的唯物主义性质,因而强调了一般不能脱离个别,而对个别也不能脱离一般这个方面没有多加论述。

一般与个别辩证关系的原理,具有重要的认识论意义。依据这一原理,人类认识运动的秩序,应是"由认识个别的和特殊的事物,逐步地扩大到认识一般的事物。人们总是首先认识了许多不同事物的特殊本质,然后才有可能更进一步地进行概括,认识诸种事物的共同的本质。当人们已经认识了这种共同的本质以后,就以这种共同的认识为指导,继续地向着尚未研究过的或者尚未深入地研究过的各种具体的事物进行研究,找出其特殊的本质,这样才可以补充、丰富和发展这种共同的本质的认识,而使这种共同的本质的认识不致变成枯槁的和僵死的东西。这是两个认识的过程,一个是由特殊到一般,一个是由一般到特殊。人类的认识总是这样循环往复进行的,而每一次的循环都可能使人类的认识提高一步,使人类的认识不断深化"。叶适在当时的历史条件下,认识到人们认识事物,要从个别上升为一般,又要从一般回到个别,这是难能可贵的。

当然,叶适关于一般与个别的关系以及认识过程的思想,带有素朴的性质,与列宁、毛泽东的论述不可同日而语。但是,在一般与个别这对哲学范畴的历史发展过程中,叶适的思想仍不失为一个重要阶段。他为这对范畴的形成和发展,作出了宝贵的理论贡献。

十二、国家理财思想

两宋三百余年的历史进程中,理财问题始终是朝廷的首要问题,王安石的熙宁新法、蔡京的理财新法以及南宋的征调折帛钱、月桩钱、经总制钱等,都是为朝廷所重视的理财措施,特别是偏安一隅的南宋,频繁的对外防御、战争以及官吏众多、俸禄增加所致的"冗费"的不断浩增,致使朝廷对理财问题尤其重视。对于理财,无论是在理论上,还是在实际操作上,叶适都有其异于常人的、独到的见解和想法。

叶适认为,要想制定正确的理财方针,必须首先在理论上走出"聚敛"即为理财的误区。他认为自秦汉以来,理财之义已失,人们在认识上存在一个误区,即把聚敛称为理财。历朝历代所称的"理财",诸如"取诸民而供上用","其善者,取之巧而民不知,上有余而下不困"等,均非理财,而是聚敛。由于君子重义,"以为理之者,必取之也,是故避而弗为",而"小人无仁义之意而有聚敛之资",因此"君子避理财之名,而小人执理财之权"。那么怎样区别理财与聚敛呢?叶适明确指出:理财是以"天下之财与天下共理之也",聚敛则是"务以多取为悦"。也就是说,理财是与天下为利,聚敛则是政府官吏的自利。同时,他认为贤君明臣必须善于理财,"古之人,未有不善理财而为圣君贤臣者也"。讲究理财是国家第一要事,善于理财才是贤君明臣。而在具体实施理财政策时,叶适主张减轻赋役,免除苛杂,实施宽民之政。在宋朝,由于国内的阶级矛盾和宋金之间的民族矛盾都很尖锐,如果不着意去实施宽民政策,便无法解决这些错综复杂的矛盾,便不能不对金表现软弱无力。对此,他极力抨击朝廷中那些不顾百姓死活的聚敛政策和以剥削为能事的聚敛机关和官吏。他从历史上追述并提出理财的原则。他说:"古之圣人所为大过乎人者,理天下之财而天下不疑其利,擅天下之有而天下不疑其贪,政令之行,天下虽未必能知其意而终不疑其害己。故圣人之于天下无不可为者,以其所以信服天下者明也。后世之君,用民之财未必如三代之多,役民之力未必如三代之烦,常为安静之令,数出宽大之言,而天下终疑之而不置,不亦悲夫!""王政之开始于管仲,而成于商鞅、李斯,若桑弘羊,又管仲所不屑;至唐之衰,取民无所不尽,又弘羊所不屑为","王安石之法,桑弘羊、刘晏之所不道;蔡京之法,又王安石之所不道;而经总制之为钱也,虽吴居厚、蔡京亦羞为之"。在谈到南宋现行的财政税制时,他针对社会现实,痛陈今日财之四患:"一曰经总制钱之患;二曰折帛之患;三曰和买之患;四曰茶盐之患。"针对此"四患",叶适说:"今经总制、月输、青苗、折估等钱,虽稍已减损,犹患太重,趋办甚难;而和买、折帛之类,民间至有用田租一半以上输纳者。贪官暴吏,辗转移折。民既穷极,而州县亦不可为矣。以此自保,惧无善后之计,况欲规恢,宜有大赉之泽。"就是说"四患"之害已甚,加之贪官暴吏之征敛,民已穷极,州县无所人,国家自然要贫弱。那么如何解决这些社会问题呢?叶适认为解决的办法有四:一是国家评议审度赋税之名目,裁减害民之征。在谈"四患"之祸以后,叶适谈道:"伏乞陛下特诏大臣,使国用司评议审度,何名之赋,害民最甚?何等横费,裁节宜先?减所人之额,定所出之费,不须对补,便可蠲除。小民蒙自活之利,疲俗有宽息之实。"二是侣民本,走"开源"增税之路。叶适认为,治理国家,应以民为重。指出:三代时期君民合一,君统民的方法是先养民、教民,然后治民。他说:"古之为民,无不出于君者,岂直授之田而已哉?其室庐、器用、服食、百工之需,虽非必其君交手以付之,然既已为之设官置吏以教之,通其有无,补其不足,凡此皆世之所无者。其要以为养之者备,则其役之不得不多;治之者详,则其用之不得不烦,君民上下皆出于一本而已。"而今"君民二本",加之"世之俗吏,见近忘远,将因今之故,巧立名字,并缘侵取,求民无已,变生养之仁为渔食之政,上下相安,不以为非",才致使君民二心,百姓穷困。因此叶适认为,"为国之要,在于得民"。在谈到"开源"增税时,叶适从商鞅诱三晋民以实秦地,孙权搜取山越之众以为民,诸葛亮拔陇上家属以还汉中为例,说明民多是好事,"民多则田垦而税增,役众而兵强"。而我朝"民虽多而不知所以用之,直听其自生自死而已"。正确的统治政策应是使民多垦地,对此他说:"以臣之计,有民必使之辟地,辟地则税增,故其居则可以为役,出则可以为兵。"这样税、役、兵三大问题都可以得到解决。三是建议减民田赋至什一税之下。他说:"儒者多言古税法必出什一,又有贡、助、彻之异;而其实不过什一。夫以司徒教养其民,起居饮食待官而具,吉凶生死无不与偕。则取之虽不止于什一,固非为过也。后世刍狗百姓,不教不养,贫富忧乐茫然不知,直因其自有而遂取之,则就能止于什一而已不胜其过矣,亦岂得为中正哉?况合天下以奉一君,地大税广,上无前代封建之烦,下无近世养兵之众,则虽二十而一可也,三十而一可也。"四是减轻经总制钱的征收。经总制钱是经制钱与总制钱的合称。经制钱始行于北宋宣和中,时方腊起义被镇压,东南残破,赋人大减。朝廷委陈遘为发运使,经制东南七路财赋。他立法令卖酒糟增价,增收头子钱等共十余项,且命州军单另立账收存,听朝廷调用。后虽罢,南宋初又恢复。总制钱始征于绍兴五年(1135),当时参知政事孟庾设总制司,奏请再增收头子钱,此后又先后征收耆户长佣钱等二十余项,其中多属附加税性质。经总制钱多用于户部经费和供军,故遇灾朝廷下蠲免令时,也往往得不到蠲免。这笔赋税是南宋朝廷经常费用的一项重要收入,在南宋财政中居于十分突出的地位。绍兴年中大臣徐中讲:"方今经费所赖之大者,经总制钱物。"朱熹亦讲:"经总制钱,大农之经赋,有司不复敢有蠲除之议。"就连叶适自己也曾说:"凡今截取以畀总领所之外,户部经常之用,十八出于经总制。"为了确保收入,宋廷于绍兴末年确立定额,下达各路、州、县,且作为考核官吏的重要论据。由于经总制钱尤其是总制钱所系各窠名"无常人而有常额","岁月逾深,逋负日积,大郡所欠十数万缗,小郡亦不下一二万数",官吏借故横征暴敛,给百姓造成很大痛苦。在深刻分析经总制钱的征收现状后,叶适指责财政官员"不计前后,动添窠名"。对吕颐浩、叶梦得、黄子游、柳约、赵鼎、张浚、孟庾之徒的征敛无度亦多有责难。他认为这项征收过于浩大,于国于民极为有害。指出:"经总制钱,强立窠名,从而分隶;和买、白著、折帛、折变,再倍而取;累其所人,开辟以来未之有也。今天下幸欲暂安于无事,而徒以是钱为患也;设更有事,其一切不顾而取之者,又将覆出欤。"他认为,这种竭泽而渔、杀鸡取卵的征收政策,后果相当严重,如果继续"一切不顾而取之",必将导致民穷财尽,财政崩溃。因此他建议孝宗,将经总制钱"先削今额之半","其次罢和买,其次折帛,最后议茶盐而宽减之"。对于这一建议,以后学者多持肯定态度。如罗大经认为:"叶正则作《外稿》,谓必尽去'经总钱',而后天下乃可为,治平乃可望。然中兴百年,非无圣君贤相,未闻有议及此者。"明末顾炎武亦讲:"其后叶正则作抄稿,谓必尽去经制钱,而后治平乃可望。然则,宋之所亡,由经制钱。伯之为此也,其初特一时权宜之计,而其祸及于无穷。"

十三、反对"重本抑末"思想

两宋时期,随着农业、手工业的发展,工商业生产蓬勃发展,商业空前繁荣,尤其是南宋的都城临安及其周边区域,其繁荣的景象不仅在这个地区的历史上没有过,即使就全国而言也称得上是前所未有的。工商业收入,特别是禁榷的收入,在南宋财政收入中居于与两税收入并驾齐驱的地位。下面以榷盐收入为例,列如下诸表:

表 1　南宋时期榷盐收入情况表

根据文献	时间	收入额（万贯）	说　明
《系年要录》卷 8	绍兴九年（1139 年）	1300	
《宋会要·食货》55 之 27《系年要录》卷 167	绍兴二十四年（1154 年）	1560	
《朝野杂记》甲卷 14《景祐庆历绍兴盐酒税绢数》	绍兴末年（1162 年左右）	2100	
《宋会要·食货》27 之 33《宋史》卷 183《食货志·盐》	乾道五年（1169 年）	2697.5	
《宋史》卷 182《食货志·盐》	庆元初年（1195 年左右）	990.8	疑为行在一务所岁人数
《杂记》甲集卷 14《总论国朝盐荚》	嘉泰初年（1201 年左右）	1920	
《宋史》卷 182《食货志·盐》	宝庆元年（1225 年）	749.9	疑为行在一务所岁人数
	淳祐十二年（1252 年）	11815	概为行在榷货务总岁人
	宝祐四年（1256 年）	13173	因当时财政岁人仅为一亿二千万贯，故疑此数为三年之合数

表 2　南宋时期淮浙盐岁入课利情况表

时间	岁入课利	根据文献
绍兴末年（1162 年左右）	淮盐息钱岁人 35 万贯	《朝野杂记》甲卷 14《总论国朝盐荚》
绍兴末年（1162 年左右）	淮盐岁课 770 万贯	《系年要录》卷 128
绍兴末年（1162 年左右）	淮浙盐利合计岁入 3200 万贯	《玉海》卷 185《绍兴会议录》
绍兴末年（1162 年左右）	两榷货务（建康、镇江）卖淮盐得钱 2196.3 万贯，卖浙盐得钱 501.2 万贯	《朝野杂记》甲卷 14
绍兴末年（1162 年左右）	淮盐息钱岁人 35 万贯	《宋会要·食货》27 之 33《宋史》卷 183《食货志·盐》
绍兴末年（1162 年左右）	东南六路二十二州共收盐息钱 1920 万贯	《朝野杂记》甲卷 14《总论国朝盐荚》

表3　淳熙年中(1181年左右)财赋民支概况表

收支项目		岁收支缗钱(万贯)	总收支额(万贯)
收入章	茶盐榷货	2400	8200
	经总制钱	1500	
	上供和买折帛	1000	
	四川钱引	3300	
支出章	户部经费	1500	7500

资料来源:叶适《水心别集》卷10《实谋》

据以上三表我们可以看出:南宋王朝榷盐收入约占年财政收入的三分之一,比经总制钱还多出很多,地位举足轻重;同时,东南淮、浙两路盐的生产能力强,盐课收入约占全国榷盐收入的一半以上,且成为维持南宋中后期财政最重要的支柱。虽然如此,南宋政府仍采取"抑末"的政策。一方面政府实行禁榷,过重地征收岁课限制工商业的发展;另一方面对商业生产者予以残酷的剥削和压榨。叶适生于温州,这里既是南宋经济最发达的地区,也是矛盾最集中的地区。多年的游学和宦海生涯使其感悟到,对国家而言工商业的发展与农业同等重要,他反对国家对工商业领域的限制,反对"重本抑末"的思想。他说:"今之茶盐净利,酒税征榷,何其浩大欤?虽汉唐极盛之时,尽一天下之输,曾未能当今三务场(行在、建康、镇江——撰者)之数。""茶盐之患,榷之太甚,利之太深,刑之太重。"

叶适主张政府应该"通商惠工,扶持商贾,流通货币",重视工商业的发展,减少政府对工商业的干预,使"四民交致其用",自由发展,然后才能使"治化兴"。基于此,他对王安石变法中的"市易法"也颇有微词。他说:"当熙宁之大臣,慕周公之理财,为市易之司以夺商贾之赢,其法行而天下终以大弊。"王安石的这一做法,当是出于他的"重本抑末"的思想,王氏自己就曾说:"工商逐末者,重租税以困辱之,民见末业之无用,而又为纠罚困辱,不得不趋田亩。"对此说,不但叶适予以批评,浙东学派的另一代表人物陈亮亦讥为"均输之法,惟恐商贾之不折也"。

十四、反对复井田和放弃抑兼并

土地兼并问题是封建王朝不可回避的一个问题,宋代亦是如此,而且"势官富姓,占田无限;兼并冒伪,习以成俗"。"豪强兼并之患,至今日而极。"如北宋末年的蔡京、童贯的同党就是有名的广占田产的贪官,生前每年收租10万石,死后籍没的田产达30万亩,这个数字在当时也是骇人听闻的。南宋时土地兼并更具特色,拥有权势的贵族、官僚、武将倚仗权势,大肆兼并土地,形成土地占有的"权贵之家"。如初年号称"家道式微"的权臣秦桧,死后其子孙仍能年收租十万斛;

大将张俊田产分散各州县,不知其数,年收租米数超过绍兴初年秋税数;在南宋高级官员中岳飞占田是最少的,但他所占有的近一千亩的田地也已超过北宋初年一般大地主的占田额了。据此看,土地兼并已成为当时社会的一大问题,兼并之风的加剧造成土地所有权的频繁转移,辛弃疾的"千年田换八百主"形象地说明了这一问题。这对农村的社会经济和国家的赋税收入都是一个不小的影响,作为封建国家一般情况下是不能允许这种情况长期地持续下去的。南宋高宗建炎三年(1129),政和进士林勋提出实行井田的建议。

据罗大经载,其内容为:使一夫占田五十亩以上者为良农,不足五十亩者为次农,其无田者为闲民,皆驱之使之隶农。良农一夫以五十亩为正田,以其余为羡田。凡次农、隶农未能买田者,皆使之分耕良农之羡田,各如其夫之数,而岁人其租于良农。这一建议实质上是糅合了以前各种田制而实行的一种限田制。林勋的这一主张得到了当时许多官僚士大夫的赞同,诸如朱熹、吕祖谦等,就连陈亮也认为,这种田制可以"使民得尽力于其间而收其贡献,以佐国用,以苏疲民,则经数常矣"。但这种办法是否可行呢?对此,叶适认为,这种做法是行不通的,他认为井田制是一种适应西周及以前社会的过时的土地制度。西周时期"天子所自治者皆是一国之地,是以尺寸步亩可历见于乡遂之中。而诸侯亦各自治其国,百世不移,故井田之法可颁于天下"。而今,时代变了,土地私有久已成习,而实行井田制的一个必备前提就是土地国有,"不得天下之田尽在官,则不可以为井"。况且"今天下为一国,虽有郡县吏,皆总于上,率二三岁一代,其间大吏有不能一岁半岁而代去者,是将使谁为之乎?就使为之,非少假十数岁不能定也;此十数岁之内,天下将不暇耕乎"。另外从农业生产角度看,叶适认为,只要能够生产粮食,"使民自养于中","不在乎田之必为井不为井也"。况井田需"环田而为之,间田而疏之,要以为人力备尽,而得粟之多寡则无异于后世耳"。可见,对这种费时、费力,多有变更而又不多生产粮食的田制,他是持否定态度的。而事实证明,这种田制在当时条件下,也的确是不可能贯彻下去,在宁宗、理宗时,土地私有制下的兼并之风就更加严重了,以至达到"权贵之夺民田,有至数千万亩,或绵亘数百里者"。这是南宋代前所未有的。否定井田制是对当时儒者之说的一个直接的否定,很有其深邃的见解和主张。那么,在不实行井田制的前提下,对兼并之家还要不要加以抑制?采取什么措施来抑制?对此,叶适认为,抑兼并破富人的主张也应放弃。理由有二:其一,百姓赖于富人而过活。"无田者,假田于富人;得田而无以为耕,借资于富人;岁时有急,求于富人;其甚者,庸作奴婢,归于富人;游手末作,俳优伎艺,传食于富人。"也就是说,富人可以为国家养活一些穷困的、无业游手的平民。其二,富人是国家立国之本。叶适认为,这一阶层既可以为天子养活一些穷困、无业、游手的小民，又可以多出租调，为天子所用。如果对富人"起而诛之"，不但对国家无益，还会使穷人与富人彼此怨恨，滋生不安之心。那么对"兼并之家"就任其发展吗？不是。叶适认为，对于"豪暴过甚，兼取无已者，吏当教戒之。不可教戒，随事而治之，使之自改则止矣"。在"复井田之学可罢，抑兼并富人之意可损"的前提下，应采取何种国策呢？叶适也没什么具体的想法，只是建议要"因时施智，观世立法"。

十五、金融思想

南宋时期，在发达的商品经济背后，存在着许多不利于商品经济发展的因素，隐患之一即是货币问题。南宋使用的货币比北宋时要复杂得多。北宋时流通的各种货币，铜钱、铁钱、金、银、纸币，在南宋时都继续使用。但是由于铜铁矿的贫乏，劣质的私铸以及外流量的增大，铜钱、铁钱的数量逐渐减少，金、银又主要用于制作奢侈品和对外赔偿，纸币逐渐取代了其他货币而成为南宋的主要货币，南宋在中国乃至世界经济史上首次广泛使用纸币，并由此产生了许多过去从未遇到过的问题。南宋纸币主要有东南会子、川引、淮交、湖交等几种，在发行时，仍如同北宋的交子，按界发行，以若干年为一界，界满后以旧换新。在实际施行中，往往流通期限不断延长，或数界同时发行。在高宗、孝宗时期，特别是孝宗时期，由于实行稳健的货币政策，虽然也出现些许弊病，但发行总额基本稳定，流通基本正常。自宁宗以后，特别是开禧用兵以后，纸币的发行量大幅度增加。请看下表：

界分	发行时间	总收时间	行用期（年）	发行额（万贯）	与前一界或两界并行所达最高额（万贯）	备注
53	建炎元年（1127）	绍兴元年（1131）	4	238（188）	314	
56	绍兴三年（1133）	绍兴九年（1139）	4	1276（876）	1753	
59	绍兴九年（1139）	绍兴十五年（1145）	4	1676	3353	绍兴十三年后各界应停止展年兑收
61	绍兴十三年（1143）	绍兴十七年（1163）	4	1876	3753	
69	绍兴二十九年（1159）	隆兴元年（1163）	4	2073	4147	

续表

界分	发行时间	总收时间	行用期 （年）	发行额 （万贯）	与前一界或两界 并行所达最高额（万贯）	备注
73	乾道三年 （1167）	乾道七年 （1171）	4	2373	4547	
83	淳熙十四 年（1187）	庆元元年 （1195）	8	2368	4647	
86	绍熙十四年 （1193）	庆元三年 （1197）	4	2518	4837	
87	庆元元年 （1195）	庆元六年 （1200）	5	2418	4937	
88	庆元三年 （1197）	嘉泰二年 （1202）	5	2518	4937	
89	庆元六年 （1200）	嘉泰四年 （1204）	4	2418	4937	
90	嘉泰二年 （1202）	嘉定二年 （1209）	7	2518	4937	
91	嘉泰四年 （1204）	嘉定三年 （1210）	6	2918	5337	
92	开禧二年 （1206）			2518	7954 （三界并行）	

从上表可大略看出南宋自立国到宁宗开禧年间交子、钱引的发行情况。而从会子发行的数额来看，宁宗庆元元年增加到 3000 万贯，是孝宗乾道初年的 3 倍。纸币（楮币）的发行总额在开禧年间达到 1.4 亿贯，为孝宗时的 6—7 倍，宁宗在位末年达到 2.3 亿贯。随着发行额的大幅度增加，纸币币值不断下跌，到宁宗庆元元年每贯纸币只相当于 620 文铁钱了。

由于纸币贬值而导致严重的、难以遏制的恶性通货膨胀。当时的士大夫们对此多有议论。叶适自孝宗淳熙五年（1178）为官，到宁宗开禧三年（1207）罢职回家，近三十年的宦海生涯，所任多为地方财政官员，亲身经历了纸币贬值对社会经济冲击的整个过程，因此他的认识也是比较深刻的。在货币问题上，他始终不赞成朝廷现行的货币政策，反对滥发纸币。在《财计中》里，他认为过量发行纸币，会造成以下恶果：

其一，是造成货币贬值，物贵钱贱。他说："大都市肆，四方所集，不复有金钱之用，尽以楮相贸易，担囊而趋，胜一夫之力，辄为钱数百万，行旅之至于都者，皆轻出他货以售楮，天下阴相折阅，不可胜计""赍行者有千倍之轻，兑鬻者有什一之获,则楮在而钱亡,楮尊而钱贱者,固其势也","方今之事,比于前世,则钱既已多矣,而犹患其少者,何也? 古之盛世,钱未尝不贵而物未尝不贱"。当时朝野人士对此亦多有所认识。孝宗皇帝就曾说过:"会子少则重,多则轻";"民间甚贵重楮,不可使散出过多"。徐鹿卿说:"夫楮之所以轻者,以其多也。"杜范也说:"欲增重会价","必使有所增,然后可免折阅"。

其二,是会把铸币逐出流通,使楮币日多而铸币日少,同时批评朝廷大量积存铜钱加剧了市场的钱荒。他说:"凡今之所谓钱者,反听命于楮,楮行而钱益少";"不知夫造楮之弊,驱天下之钱,内积于府库,外藏于富室,而欲以禁钱鼓铸益之耶?"杜范亦指出:"昔也楮本以权钱之用,而今也钱反无以济楮之轻,钱日荒而楮日积。"

其三,是影响财赋收入和百姓的正常生活。他说:"且以汉唐之赋禄较之于吾宋,其用钱之增为若干? 以承平之赋禄较之于今日,其用钱之增又若于? 东南之赋贡较承平之所入者,其钱又增之若干? 昔何为而有余? 今何为而不足? 然则今日之患,钱多而物少,钱贱而物贵也,明矣","往者东南为稻米之区,石之中价财三四百耳,岁常出以供京师而资其钱;今其中价既十倍之矣。不幸有水旱,不可预计"。

关于治理纸币贬值、通货膨胀的办法,叶适没有提出具体的措施。而对于如何解决江淮地区由于私铸铁钱而引起的物价上涨问题,在绍熙三年(1192)出于职责所在提出了一些想法,主要观点集于其当年呈给光宗皇帝的《淮西论铁钱五事状》里。

十六、宏观经济思想

首先,否定传统"抑末"经济思想,要求发挥富商大贾的作用。"抑末"就是"抑商",几千年来的封建政权为了维护封建经济基础以稳定政权,长期以来采取"重本抑末"的政策。叶适却一反传统的轻商观点,引证历史事实,并从商业的社会功能去说明"末"的重要性,进而批判"抑末"的思想。他说:"书懋迁有无化居,周讥而不征,皆以国家之力扶持商贾,流通货币。夫四民交致其用,而后治化兴。抑末厚本,非正论也。"这说明,抑末思想并非从古就有。他把农工商的分工互利作用,看成是社会兴盛繁荣的前提,因而得出了"抑末厚本,非正论也"的论断。这是流行了一千多年之后的重本抑末观点第一次被否定。在当时抑末思想仍占统治地位的历史条件下,叶适公开否定"抑末",产生重商思想,是代表了时代的新要求。这决不是他个人的凭空臆想,乃是当时新的经济条件的产物。

南宋因江南水利的开发,江苏、浙西、江西、湖南、四川都成了稻米生产充足的地方。由于农业的发展,农产品的销售需要市场,这就推动了商业经济的发展。叶适在上宁宗札子中说:"(湖南)地之所产,米最盛,民计每岁种食之外,余米尽以贸易。"他们把粮食运销外地,"江湖连接,无地不通,一舟出门,万里惟意,靡有碍隔。大商则聚小家之所有,小舟亦附大舰而同营;辗转贩枭,以规厚利"。此外,两广地区也一样。"两广之米,舻舳相接于四明之境。"四川人民则就当地以盐换米,转运湖北。粮食以外,其他农产品的贸易也有了迅速的发展。据《梦粱录》记载:"严、婺、衢、徽等船多尝通津,如杭城柴炭木、植柑橘、干湿果子等物,多产于此数州耳。明、越、温、台海鲜鱼蟹鲞腊等类,亦上津通于江浙。"

随着国内商业经济的发展,宋代的海外贸易也发达起来。其主要出口商品是布帛、瓷器、金银铅锡及缗钱;其主要进口商品是香药、纺织品、珊瑚、珍宝等。宋政府在沿海对外贸易的城市,都设"市舶司"来管理。北宋时设有广州、杭州、明州、泉州、密州、秀州等六处"市舶司",南宋绍兴年间,又增设温州、江阴(常州)两处"市舶司"。由于商业经济大规模发展的客观事实,不能不在人们头脑中引起反映,叶适否定"抑末"的重商思想,也正是当时社会经济情况的反映。恩格斯说过:"对于一种陈旧衰颓但为习惯所崇奉的秩序举行的反叛"都是一个"新的前进步骤"。叶适对传统经济观点的反叛,也正是他经济思想进步性的具体表现。

叶适不仅为商业正名,而且还主张在政治上使工商业者能得到参加政权的机会。他说:"四民未有不以世。至于熏进髦士,则古人盖曰无类,虽工商不敢绝也。"叶适认为,有才能的工商业者,也应被选拔为政府官员,以便更好地发挥富商大贾的作用。叶适积极为工商业者争取政治权利固然为时过早,超越了时代许可的范围,但从经济思想发展过程来看,这无疑是有进步意义的。

为了有助于商业经济的发展,也为了解决浩繁军费所造成的财政困难,叶适主张遣散士兵,使之转业经商。办法是,给他"一二年之衣粮,使各自为子本,以权给之"。这就是说,给士兵们若干金钱,作为商业经营的本钱,使其自谋生路。自秦汉以来的历代封建统治阶级遣散士兵的办法,一般都是使其"解甲归田",各归乡土,重理农业。叶适却从发展商业经济的角度上来考虑,主张使编余的士兵转业为商,这确是历史上罕见的观点。这在当时来说,实在是难能可贵的。

同时,叶适在处理江淮地区的军事防务问题上,还建议充分发挥富商大贾的作用。他主张募浙西、湖南、福建等地的盐、茶、米大商人出资招募农民屯垦江淮一带田地,按军队方式编组训练。无事为农,敌来为兵。这使富商大贾们也能为国效劳,发挥作用。国家对他们的报酬,则是按他们出资多少予以官爵。按照叶适的估计，经营盐、茶、米的大商人家产都在淮南，保边境也就是保私产，他们必然乐于应募。姑且不论叶适的估计现实性如何，但他顺应社会经济发展的要求，重视发挥商人的作用的观点，无疑是正确的。

其次，主张扩大货币流通，发展商品贸易。宋代由于商业经济的发展，商品生产的增加，大小商贾都大量贩运和投售商品，使商品货币关系逐渐扩大和加强，货币需求日增，因而纸币也就应运而生。北宋真宗时已出现纸币，最初开始在行使铁钱的四川地区，由十六户富商"以楮作券"，称为"交子"，发行使用。不久，政府在成都设立专门机构，取代发行。此后发行数量越来越多，行使地区越来越广，政府就在京师设置"交子务"，在全国发行。南宋因铜料缺乏，铸钱量少，而在对外贸易中，铜钱又大量外流，于是纸币发行量日益扩大，结果造成通货膨胀，信用低落。故一般人只看重金银和铜钱，致使纸币大为贱落。叶适认为："楮行而钱益少，此今之同患而不能救者也。大都市肆，四方所集，不复有金钱之用，尽以楮相贸易。"同时，他又进一步指出："不知夫造楮之弊，驱天下之钱，内积于府库，外藏于富室，而欲以禁钱鼓铸益之耶！"这里，叶适错误地把"钱益少"的原因看成是"楮行"。他没有看到纸币的发行流通乃是社会经济发展的结果。"楮行"所以"钱益少"，罪不在纸币的本身，乃是宋政府滥发纸币所造成的。

南宋政府为了防止铜钱流到金统治区，故规定大江以北行铁钱，江南则不许流通。由于江淮一带私铸铁钱的现象十分严重，故造成价值低落，物价上涨，使政府和百姓均受其害，因而人心动摇。叶适为解决铁钱问题，提出了五点建议。

一是"开民间行使之路"，扫除铁钱流通的障碍。叶适指出："始初铁钱不分官私，民间不辨好恶，得钱便使。自禁私钱，百姓惩创，卖买交关，文文拣择。或将官钱指为私钱，不肯收受。"因此，叶适认为，朝廷禁断私钱以前，应将官私钱的样品榜示民间，使其辨认不疑，才能使官钱得以流通，私钱得以禁止。

二是"责州县关防之要"。责成各州县将私钱收换净尽，但不许使用捕捉惩罚方式，而是专力禁止行使私钱之家，使其具结不再行使私钱。叶适认为，这样"行之坚久，私钱无用，私铸自息"。

三是"审朝廷称提之政"。江淮地区行使铁钱的目的是防止铜钱外流到金统治区，故铜钱一到江北须换成铁钱，但铁钱不能流到江南。叶适认为，这是"事不均平"，必然会影响江北人民的生计。因此，他指出："若要称提得所，义理均平，当使铁钱之过江南，亦如铜钱之过江北，皆有兑换之处，两无废弃之虞。"叶适认为，如此江北人民知铁钱过江南也有"兑换之处，自加贵重，商旅之在淮南者，亦不敢轻贱铁钱，则金银官会及其他物货，自当抵小"，这样，"虽行铁钱，可以经久无弊"。叶适指出:"如果以为铁钱过江兑换者多,则不妨适当加以限制。"

四是"谨诸监铸造之法"。叶适建议,官方铸造铁钱不许任意减重和粗制滥造,也不能故意增加重量,扩大周郭。他认为,只有"钱文宜一,轻重大小宜均",才能便利钱币的流通。

五是"详冶司废置之宜"。叶适建议,因铁炭各地均有,所以铁钱仍让舒、蕲二州铸造,不必收归中央自铸。他认为,如此必使"官钱流通"和"私铸自绝"。

总之,叶适关于禁止私铸铁钱和扩大流通官钱的主张,对满足当时日益兴盛的商品贸易的需要,扩大货币流通,发展商业经济,都有一定的积极意义。

再次,反对财政言利聚敛,提倡"取之于民,用之于民"。自秦汉以来,在封建士大夫中流行着一种传统的理财思想。他们认为,讲求财政就是言利,从事理财就是聚敛。这显然是对理财的一种偏见。就在这种讳言财利的偏见影响下,历史上不少杰出的理财家遭受了不正确的批评,甚至恶毒的攻击。这样就使一般的封建士大夫不愿承担国家理财的任务,势必让一些专事搜括的所谓小人来担任管理财政的工作。叶适一反历史上这种传统的理财偏见,提出了"理财与聚敛异"。他指出,"理财"与"聚敛"有着根本的区别。凡取之于民而用之于民的是理财,取之于民用之于自利的是聚敛。他说:"夫君子不知其义,而徒有仁义之意,以为理之者必取之也,是故避之而弗为,人无仁义之意,而有聚敛之资,虽然有益于己,而务以多取为悦,是故当之而不辞,执之而弗置。"

叶适认为,正由于上述原因,造成"民之受病,国之受谤"。他反对理学家们"坐而言三代之",在财政问题上一切以《周礼》为依归的错误思想。他指出,《周礼》是适应周朝的制度,宋与周"世异时殊",即使周公居今之世,也不会再实行周制了。他以此强调理财也要顺应当时社会经济发展变化的需要,不能泥古守旧,以古害今。

同时,叶适还反复阐述理财的重要性,认为这是关系到国计民生的大事。他说:"古之人,未有不善理财而为圣君贤臣者也。"这里,叶适认为,古代不善于理财的人不成为圣君贤臣。他在口头上非议王安石的理财政策,曾说"王安石之法,桑弘羊、刘晏之所不道",但事实上是因袭王安石的理财概念。但是叶适并没有停留在他的前辈的水平上,而是进一步加以扩大和发展。他从分工、生产、流通等角度去阐述社会财富非加以整理不可,因而大胆提出了不能理财即不能成其为"圣君贤臣"的观点,从而彻底否定了"圣贤不为利"的传统理财思想,可见其态度比起王安石来还要鲜明而坚决。

第四,量入为出的财政原则。强调"国家之体,当先论其所入"。历史上的理财家在论述量入为出这一财政原则时,大都着重说明不量入为出的弊病,很少有人再对"人"的本身作进一步考虑。叶适不仅强调财政开支必须遵循量入为出的原则，而且还进一步指出："国家之体，当先论其所入。所入或悖，足以殃民，则所出非经，其为蠹国审矣。"这就是说，国家财政不仅要从数字上量"入"，还要考虑怎样的"入"。"入"得如果不合理，那就是对人民的横征暴敛。这样的收入越多，对人民的损害就越大，对国家也并不有利。显然，叶适并不单纯地从数量上看入与出的关系，而是与收入和支出是否合理联系起来考虑。在叶适看来，财政的来源如果不合理，则财政的支出也不会合乎常规。意思是，横征暴敛的收入越多，那么奢侈浪费的支出也必然越大。叶适认为，如此则势必造成"财既多而国越贫"。

第五，"以田养兵"，解决浩大军费的开支。为了解决"龠米寸帛皆仰于官"的军费开支，叶适主张"以田养兵而不以税养兵"。按照叶适的计划，是在各州购买附城三十里以内田地，亩数以每年收获足供当地军费开支为度。但购田则用官爵、度牒、官诰，不费国家一文现金。以他拟定的温州计划为例，其具体项目是，按温州军兵员所需费用及管理仓库和行政人员费用折合共计需谷若干扛，即据此数购买田地。买田按近城三十里内各乡各户田数收购半数。这意味着土地仍由原佃户耕种，以保持正常的劳动生产率，不像过去的军屯由士兵来劳动。

叶适的"以田养兵"计划，与历来的主张军屯有着显著的不同特点。过去大都主张利用官荒土地或强夺民田等方式来获取土地，叶适却主张以购买方式取得土地。这样，既不损害土地所有者的财产私有权，又解决了浩大军费开支。同时，购田在城市附近，对农产品的管理和出售，以及各种应用物品的购置，均可利用城市商业的方便，这体现了叶适对城市和商业有充分的认识。

十七、人口思想

首先，主张人与地相结合，保持两者在数量上的平衡。叶适认为，人口越多国家才会越强。他说："为国之要，在于得民。民多则田垦而税增，役众而兵强。"但是，叶适并不简单地认为人口越多国家越强，而是主张人与地相互结合，才能充分发挥人的作用。所以他指出："有民必使之辟地，辟地则税增，故其居则可以为役，出则可以为兵。"意思是，只要人地结合，就可发展生产，增加税收，进而做到平时劳动，战时为兵。但他认为，如果人与地不相结合，"使之穷苦憔悴，无地以自业"，那么即使人口再多，也毫无用处。所以他说："民虽多而不知所以用之，直听其自生自死而已。"这样，不但不能实现富国强兵，而且还会造成国危兵弱的严重后果。显然，叶适认为在人口众多的情况下，必须把人与地结合起来，才能发展生产，使民富国强。这种看法是很有见地的。

其次，强调调剂人口密度，实行均民。为了使人与地更好结合，叶适还特别强调调剂人口的密度，合理分布人口。他认为，要做到"田益垦而税益增，其出可以为兵，其居可以为役，财不理而自富"，就必须"分闽、浙、荆、楚，去狭而就广"，根本改变人口"偏聚而不均"的状况，实行均民，合理地调剂人口的密度。实际上，当时人口分布不均匀的情况确实是十分严重的。浙、闽一带人口本来就多，加上北方大批人口随宋政权南迁，以致粟米布帛等价格急剧上涨。田宅之价上涨十倍，而地力肥沃的土地价格甚至上涨数十百倍，这是人口增多而土地不足所造成的。相反，在荆、楚一带，自五代以来人口就日益稀少，"荒墟林莽，数千里无聚落"，有大量荒地未能耕种。所以，在浙、闽有人无地可种，在荆、楚又是有地无人来种，这样人和地都存在很大的浪费。因此，叶适从现实情况出发，强调调剂人口密度，实行均民，这对于发展生产、实现富国强兵，确有积极的意义。

再次，要求关心人民生活，扩大人民就业的机会。叶适认识到，实现富国强兵，要使人民获得就业的机会。只有人民的生活好了，国家才会富强起来，政权也因此得到巩固。他提出的关于扩大人民就业机会的一些新见解，有以下三个方面：叶适认为扩大人民就业机会，是关系到巩固国家政权的根本大事。只有扩大人民的就业机会，才能使"上之权"日益增强，反之则"益微"。因此，他强调人民就业的道路"可通而不可塞，可广而不可狭"。第一，叶适主张，凡愿意就业的人，都应该尽量"使之事"，给他们安排一定的工作，使之自食其力。第二，无论是担水、从事建筑或进行耕作，只要他们能够胜任，都可以。第三，叶适强调，安排人民就业，其工作一定要胜任。如果工作不胜任，就不应取得报酬。他主张要坚持有"功"才能有"食"的原则。

叶适整个经济思想的核心，就是以富国强兵为宗旨，主张增殖财富，发挥商人的作用，促进商业经济的发展。正是在这个基本概念的支配下，他所阐述的关于商业、财政、人口的思想，都着眼于有利商品生产和商业经济的发展。可见叶适顺应了南宋时期商品经济的历史发展趋势，他的经济思想，无疑是有其进步意义的。叶适在经济思想方面是有许多真知灼见的，这不论在思想的深度还是广度方面都超过了前人，达到了南宋时期经济思想的最高水平。然而，叶适的经济思想也不可避免地受着时代和阶级的局限，他无法也不可能依靠广大人民的力量，只有把希望寄托在封建帝王的身上，故不可能真正解决人民的切身实际问题。他在经济问题方面的许多精辟的论述和独到的见解，在我国经济思想史上留下了熠熠生辉的一页。

十八、农商一体

批评"重农抑末"、"贵义贱利"思想，主张"农商一体，发展工商业"。叶适面对温州地区商品经济发达的形势，认识到工商业生产对国家、对社会的重要作用。在承认农业生产重要性的前提下，主张"农商一体"，反对政府限制工商业的发展。他认为："夫四民交致其用而后治化兴，抑末厚本非正论也。"他首先要求政府提高工商业者的地位，让他们中的优秀人物有出仕的机会，在政治上取得发言权。他说："四民古今未有不以世，至于蒸进髦士，则古人盖曰无类，虽工商不敢绝也。"他要求以国家之力，扶持商贾，发展商业生产。他希望政府对工商业者采取自由放任政策。他说："今天下之民不齐久矣，开合、敛散、轻重之权不一出于上，而富人、大贾分而有之，不知其几千百年也。而遽夺之，可乎？夺之可也，嫉其自利而欲为国利，可乎？"他反对政府税收过重，"以夺商贾之赢"。叶适阐明理财与发展生产的关系。他认为税收过重一定会影响工商业的发展，理财若专门着眼于赋税的征收是错误的，应该努力发展社会生产。

我国自秦汉以来，封建士大夫中流行一种"贵义贱利"偏见，认为：求财政就是言利，从事理财就是聚敛。而叶适首先指出圣君贤臣必须善于理财。"古之人，未有不善理财而为圣君贤臣者也。"把理财看成是圣君贤臣的事业，是国家的头等大事，高屋建瓴地对"贵义贱利"说给予迎头痛击。叶适划清了理财与聚敛的界限。理财是"以天下之财与天下共理之者"，而聚敛"务以多取为悦"。就是说理财者是与天下为利，聚敛则是政府官员为自利，而与民争利，澄清了人们在理财中的一些错误观念。叶适承认雇佣关系中剥削的合理性。"盖富人之所以善役使贫穷者，持其衣食之柄也。是故使之以事而效其食。"叶适强调以"事"受"食"，承认这种关系的合理性，令人耳目一新。

十九、精兵简政

叶适力主解决冗官、冗兵、冗费。他从功利出发，主张富国强兵，而冗官、冗兵、冗费问题是困扰南宋使国家贫穷的三大问题。叶适无日不在考虑问题的症结所在而提出切实可行的建议。叶适认为解决冗官问题，可以从解决吏胥问题入手。在宋代，吏胥对人民的危害比冗官还大：一是人数众多；二是可以子孙传袭，世代为吏；三是与豪强勾结，为民蟊贼；四是宋代官员不懂法律条文，受制于吏胥。针对这些弊端，叶适提出必须提高吏胥素质，建议让新进士和任子之应仕者充任吏胥。他说："今官冗而无所置之，士大夫不习国家台省故事，一旦冒居其位，见侮于胥。今胡不使新进士及任子之应仕者更迭为之，三考而满，常调则出官州县,才能超异者,或遂录之。"叶适的建议从当时的实际情况出发,是可行的。顾炎武曾给予肯定:"善乎,叶正则之言也。今之天下,官无封建,吏有封建,州县之弊,吏胥窟穴其中,昔人所谓养百万虎狼于民间者,一旦而尽击之,天下之至快,孰过于此。"叶适改革冗官把重点放在整顿吏胥上,是抓到点子上的。就解决冗兵来说,当时南宋朝廷军费支出占全部财政支出的十分之八,"方今经费,兵居十八,官居十二",冗兵问题已到了非解决不可的地步。叶适首先指出募兵制的弊害,主张"由募还农"。"自今守其州县者,兵须地著,给田力耕;千里之内,番上宿卫,已有诸御前兵,不可轻改,因其地分募乐耕者以渐归本;边关捍御,尽须耕作,人自为战。三说参用,由募还农。大费既省,守可以固,战可以克,不必概募府兵。"他企图使州县守兵、御前大军、边兵都有田可以耕种,实现"以田养兵"的设想,以节省军费,提高军队战斗力。他主张精简军队,建议将四镇屯驻大军三十万减为十四五万;地方厢军、禁军"大州四五千,中州三千人,小州二千人"外,一律裁遣,发给遣散费,使之自行经营工商业,养家糊口。

二十、事功思想

叶适崇尚功利,主张务实的思想是建立在唯物主义认识论的基础之上的。他认识到客观世界是物质的统一体。"夫形于天地之间者,皆物也。"强调人在认识物质世界的同时,参加社会实践,务实求真,改造客观世界。首先,他认为人类知识的来源是客观世界,人们一刻也不能脱离客观世界。他说:"《中庸》曰:'诚者物之终始,不诚无物。'是故君子不可以须臾离物也。"其次,他认为判断认识的真假,应以客观对象为标准,义理的对错,应以客观事物为依据。他说:"欲折衷天下之义理,必详考天下之事物而后不谬。无验于事者,其言不合;无考于器者,其道不化。"他进一步认为只有接触实际,才能获得真知,强调实践的重要性。他说:"故观众器者为良匠,观众病者为良医,尽观而后自为之。"叶适就是在这样的基础上构建起唯物主义的功利观。他对于当时思想家长期争论的"道"与"器"的关系,作了唯物主义的深刻论述。他提出"物之所在,道则在焉"的著名论点,认为"道在物中,不能离物而独存","道虽重大,理备事足,而终归之于物",有力地批判了朱熹"未有这事先有这理"的唯心主义先验论,与之划清了界线。根据道不离器的原理,叶适认为义利都要通过功利表现出来。譬如叶适是主张实行仁政的。他提出"仁人视民如子",但他认为仁政是要通过实际功利体现出来的,否则就是空谈。譬如关于"义"与"利"的问题,当时唯心主义理学家特别推崇董仲舒"正谊不谋利,明道不计功"的观点,将义与利完全对立起来,而叶适在肯定仁、义的重要性后,认为仁义必须表现在功利上。他说:"古人曰,'利,义之和;利,义之本'。"指出义利的统一性和义的表现形式。正如"道"必须表现在物上,如果仁义没有在功利上表现出来,仁义就成为没有实际内容的空话,最后仁义本身也无法存在。他说:"仁人正谊不谋利,明道不计功。此语初看极好,细看全疏阔。古人以利与人,而不自居其功,故道义光明。后世儒者,行仲舒之论,既无功利,则道义者乃无用之虚语耳。"对唯心主义的义利对立观以严厉的批评。

叶适从功利的立场出发,重视务实精神。他治学、为文、奏事、施政,无一不从功利出发而求实效。他针对南宋弊政,对朝廷和社会的各个方面都进行过具体研究,对何者应革,何者应兴,提出过十分认真而具体的意见,很少发空泛无用的议论。他认为立论一定要有"实事"作依据,"若射之有'的','的'必先立,然后挟弓注矢以从之。故弓矢从'的'而'的'非从弓矢也,主张有的放矢"。他针对当时空谈道德性命的风气,尖锐地批评说:"读书不知接统绪,虽多无益也;为文不能关教事,虽工无益也;笃行而不合于大义,虽高无益也;立志而不存于忧世,虽仁无益也。"总之,叶适认为凡是不能在社会上产生实际效果的东西,都是无用的东西;能产生实际效果,有益于人类的东西,就是有用东西。

叶适从功利主义的立场出发,重视物质利益。他认为人民的物质生活和农业生产是整个封建"王业"的根本,道德是建立在物质基础上的。"先王制土处民,富而教之,必世而后仁。"人民物质生活提高了,道德水平才能相应地提高。"夫衣食逸则知教,被服深则知雅",因此他认为政治家一定要重视人民的物质利益,而不能苟取于民。

叶适的事功思想,不是偶然形成的,是宋代东南地区社会经济发展的产物,有其深厚的渊源。南宋时期,温州的社会经济得到飞速的发展,商业繁荣,手工业发达,城乡商品经济活跃,对外贸易兴盛,这为永嘉事功学派提倡功利实用之学奠定了社会基础。叶适的事功思想正是发达的工商业经济在他头脑中的反映。

永嘉学派的开创者周行己等人,先在太学接受王安石的新经,后来又接受程颐的洛学,且兼张载的关学。所以永嘉事功学派先期是新学、洛学、关学的会归。随着学术思想的发展,永嘉学派又与朱熹的道学派、金华学派、四明学派在频繁的接触中,吸收各流派之长而发展事功之学。随后鉴于朱熹的道德性命之学、陆九渊的心学,无助于代表工商利益的事功,在互相的争论中,乾道、淳熙时期形成独具特色的永嘉事功之学。而叶适则是永嘉学派的集大成者。从主观方面看,叶适受到温州学者刘愈、郑伯熊、郑伯英、薛季宣事功思想的影响,特别是师从陈傅良从游四十年,接受了他的事功思想;同时也受到金华学派吕祖谦、永康学派陈亮、四明学派袁燮的相互影响。特别是在晚年,叶适经过长期的社会政治实践和经史研究,摆脱了朱熹空谈道德性命的理学影响,察觉到程朱理学之非而与之作尖锐的斗争,大大地推进了永嘉事功思想的发展。叶适原来早年与道学集团有共同的政治思想,关系密切。叶适登上仕途,翰林学士周必大以门客名义推荐他去参加漕试,然后才得中第二名进士。叶适省试时的房师吕祖谦,是朱熹的好友,叶适中进士,也得到吕祖谦的帮助。所以叶适走上仕途是周、吕等人援引的结果,与道学集团关系密切。淳熙十五年(1188)六月,朱熹与林栗发生争论,林栗参劾朱熹"徒窃张载、程颐之绪余,为浮诞宗主,谓之道学,妄自推尊"。作为太常博士的叶适,不是言官,却挺身而出,向孝宗上《辩兵部郎官朱元晦状》为朱熹辩护。当赵汝愚、韩侂胄争权斗争时,叶适也站在赵汝愚、朱熹一边。斗争结果,赵败韩胜,朱熹免职,叶适外调,进而免职家居。庆元二年(1196)申严道学之禁时,指道学为伪学,叶适也被列入"伪学逆党籍"。直至晚年,叶适经过长期的社会政治实践;经过十六个春秋的悉心研究经史,对道学派清谈误国有所认识,觉察到永嘉事功之学与朱熹道学的分歧是儒家经典、宇宙观、认识论、道统论等一系列根本问题的不同,认为专谈道德性命的理学,偏离了儒家的本旨,与注重事功的永嘉之学大相径庭,因而改变了对朱熹道学的看法而加以严厉的批判,从而大大推进了永嘉学派的事功之学,奠定了永嘉事功之学在全国的学术地位。诚如全祖望说:"叶(适)、蔡宗止斋以绍薛、郑之学,左祖非朱,右祖非陆,而自为门庭者。"

叶适的事功思想是建立在唯物主义认识论基础之上的。马克思说:"观念的东西不外是移入人的头脑并在人的头脑中改造过的物质的东西而已。"叶适站在唯物主义立场上,敢于对风靡当时的程朱理学进行针锋相对的斗争。他强调物质利益,指出空谈道德性命的理学清谈误国,对于促进唯物主义认识论的发展,开启清初颜(元)、李(球)学派之先河,有一定的作用。

叶适从事功思想出发,站在爱国主义的立场上,讲究经世致用,步步着实,在缜密地考察了南宋经济、政治、军事、文化的现状以后,针对弊端,提出了一系列改革意见,对于南宋的抗金斗争和改革弊政,推动社会发展,是有积极作用的,在一定程度上反映了当时广大人民的利益。当然,叶适所主张的事功思想,是地主阶级的功利主义,与马克思主义所主张的无产阶级和人民大众的革命的功利主义是全然不同的。他为地主阶级立场所限制,为儒家传统观点所束缚,是有其局限性的。

第六节 实践者孙诒让

孙诒让又名德涵,字仲容(一作仲颂),晚号籀庼,浙江瑞安人,生于清道光二十八年(1848),卒于光绪三十四年(1908)。孙诒让是我国近代著名的一代经师,由于他的学术研究极为朴实,故又称朴学家,并誉为"有清三百年朴学之殿"。他十三岁就著成《广韵姓氏刊误》,十八岁写成《白虎通校补》,一生著作达35种,在经学、史学、诸子学、文字学、考据学、校勘学等方面都有卓越的成就。主要著作《周礼正义》是解释周礼最精审详备之作,《墨子间诂》为训诂名著,被誉为"现代墨子复活",《契文举例》是考释殷墟文字最早著作。孙诒让苦心经营,筹集资金50来万,领导温处16个县先后成立学堂300余所,为浙南近代教育奠定了良好的基础,并为地方启蒙运动和刷新乡土社会风气起着巨大作用。近代学术界俞曲园、章太炎、张謇、朱芳圃、徐世昌、梁启超、鲁迅、郭沫若、胡适等对他都有高度评价。《清史稿》482卷为他列传,温州和瑞安各地还修建了"籀园"、"怀籀园"、"籀公楼"等建筑物,来纪念这位大学问家和大教育家。

清道光二十八年八月十九日(公元1848年9月16日),一代汉学宗师和著名教育家孙诒让,诞生于浙江省温州府瑞安县治西北二十五里集善乡演下村(今瑞安市陶山区潘岱乡砚下村)的一个书香门第。他幼名效洙,又名德涵,后名诒让,字仲颂,别号籀庼。其父衣言,道光三十年成进士,入翰林,历官中外垂二十年。

孙诒让的治学是由父亲发蒙的。他五岁时即随双亲居北京,从父读书识文义。九岁受《周礼》,十岁即旁涉群籍,日以浏览《汉魏丛书》为乐。咸丰八年(1858),孙衣言出任安徽安庆知府,他才从北京返归里门。年十三,治校雠之学,即草成《广韵姓氏刊误》一卷。年十八复著《白虎通校补》一卷。到了廿六岁,便开始草创《周礼正义长编》。

他在治学道路上,尝自言:"少耽文史,恣意浏览,久之,则知凡治古学,师今人不若师古人,故自出家塾,未尝师事人,盖以四部古籍具在,善学者自能得师。"可见他幼承家学,从小即打下坚实基础,到后来博览群书,其所以著作等身,学术超越前人,主要是出于自己的专攻。他十九岁参加院试以第一人入邑庠。次年应浙江乡试,中举人。但后来因鄙薄八股文,虽八上公车,终未成进士。

自同治七年(1868)至光绪五年(1879)的这一段时间里,他侍父从宦于江苏、安徽、湖北三省,使他有机会结交大江南北的文人学士和学者名流,相互切磋学问,并甚得父执俞樾、座师张之洞的垂爱,获益匪浅。他对于乾嘉训诂考据之学,尤服膺段玉裁、钱大昕、王念孙、王引之父子及王绳诸家,走的是正统的朴学道路。光绪元年,他在三应礼部试不第之后,由于父亲的安排,曾以山西赈捐,援例签分刑部主事,但他不愿以入赀为官,只在刑部行走四个月,便乞假离开官场,回到时任安徽按察使的父亲身边,仍埋头做他的学问。此后,孙衣言调官湖北、江宁布政使,他都随宦在侧,由安庆而武昌,而后又回到南京。光绪五年(1879)秋,孙衣言以太仆寺卿致仕,他也随之返居乡里。中间除遵父命曾一再晋京应试与因参议学务而再至杭州外,均在家从事撰著,杜门不出。晚岁,并在乡办团防以御外侮,议变法以图富强,兴学校而言人才,营实业以济民生。清廷诏开经济特科,中外大臣陈宝箴、瞿鸿、张百熙、康景崇、端方、张之洞等先后三次举荐,均不赴;礼部征为京师大学堂监督、礼学馆总撰,也都坚辞不就。

　　光绪三十四年五月廿二日(1908 年 6 月 20 日),以病卒子家,终年六十一岁。从孙诒让十三岁开始撰著到卒前犹撰就《尚书骈枝》一书来看,其学术生涯,长达四十八年。计著有《广韵姓氏刊误》、《白虎通校补》、《六历甄微》、《温州经籍志》、《温州古甓记》、《古籀拾遗》、《周礼正义》、《札迻》、《墨子间诂》、《周礼三家佚注》、《逸周书补》、《大戴礼记补》、《周礼政要》、《九旗古义述》、《古籀余论》、《契文举例》、《名原》、《学务平议》、《学务枝议》、《尚书骈枝》、《籀庼述林》等二十余种。草创未就者尚有《经迻》、《四部别录》、《汉石记》、《古文大小篆沿革表》等多种。

　　孙诒让治学范围包括经学、史学、诸子学、古文字学、校勘学、目录学、金石学、文献学,均能创新发明,迈越前贤。他的学术研究门径,是建立在校雠学和文字学的基础上的。因此对校勘古籍,能以古人的语言解释古人的著作,不牵强附会,不泥从成说,古籍中的许多误字、疑义、错简,经他解惑辨析,往往能拨云雾而见青天,使人心目豁然。至于治理经书,他继承的是南宋永嘉学派的学风,以为研究经书义理和所记载的典章制度,在于以其微言大义,针对今之时弊,见诸施行,以收成效。通经致用,讲求事功,可以说是他治学的根本目的。

　　孙诒让的二十余种著作,以《周礼正义》、《墨子间诂》、《札迻》、《古籀拾遗》、《契文举例》、《名原》、《温州经籍志》、《籀庼述林》尤负盛名。《周礼正义》是疏证周代官制的书,系清人诸经新疏中最晚出而成就最高的学术巨著。《周礼》,初名《周官》,西汉末刘歆把它叫做《周礼》,经东汉郑玄作注,唐贾公彦作疏,遂为定本。但此经以官职纷繁,文字多古,聚讼日久,向称难治。同治七年,孙诒让以为《周官》一经,乃周公致太平之法,为政教所自出,便决心要为此经作新疏。初,罗举汉唐以来迄清儒之说录为《长编》,继草《周官正义》,订补郑注贾疏,并录近儒异义加以论辩,然自视以校理,但仍不无乖漏。孙诒让视墨翟为贤圣人,《墨子》是"振世救敝"的书,遂擅思十年,会集众说,依《尔雅》、《说文》正其训故,据古文、篆、隶校其文字,审文理脉络以移其错简,使之文从字顺,便于诵习。他还融会贯通,对墨学作了全面的分析,写成墨子传略、墨子年表、墨学传授考、墨子绪闻、墨学通论、墨家诸子钩沉等篇作后语附于书末,为后来研究墨学者开辟了许多途径。于是这一沉埋百年的古籍得以重光。书于光绪二十一年付刊,德清俞樾为之作序,盛赞它:"自有《墨子》以来未有此书。"梁启超则认为:"自此书出,然后《墨子》人人可读,现代墨学复活,全由此书导之。"治训诂必须通篆籀。在我国历史上,钟鼎文字,宋代就有欧阳修著《集古录》以后,摹写、考释、评述之书虽日繁,但他们只是搜集材料,未能深入探索,乾嘉学者也只是拘守《说文解字》,未越雷池一步。直到清末,才有吴大澂作系统的研讨,著《说文古籀补》、《字说》,从全文中探索字形、字义,取得较大成果。孙诒让从十七岁起即笃嗜金文,壮年曾登焦山访周鼎,手拓数十纸而归。自谓三十年来所睹拓墨累千种,每覃思累日,如对古人。其所著《古籀拾遗》三卷,系继吴大澂之书而作。运用字书与所见金文相互校核,以正宋薛尚功《历代钟鼎彝器款识法帖》、清阮元《积古斋钟鼎款识》及吴荣光《筠清馆金石录》三书之误。嗣又得吴式芬《捃古录》读之,反复玩味,又多获新义,复于光绪二十九年著《古籀余论》二卷,以订正吴式芬之误解及自己前作之疏谬者。其建树遂超出前人。但他对古文字的研讨,仍不以此为止境,当清光绪二十五年(1899)甲骨文在河南安阳殷墟出土后,丹徒刘鹗把他所得的甲骨,选拓出一千零五十八片,于光绪二十九年(1903),印成《铁云藏龟》六册,公之于世。孙诒让行楷书轴说明:纵123厘米、横29厘米。

当时学者半信半疑,章炳麟直指之为伪造。而孙诒让读其书即如获至宝,以为这是研究商代文字的可靠资料,便冥思苦想,发奋钻研,考释其形义,用分类法把甲骨文字的内容作了区分,并对大章单字逐个进行辨析,于次年(1904)又写出第一部研究甲骨文的专著——《契文举例》二卷,为甲骨文的研究开辟了道路,成为此学的开山之祖。第二年,孙诒让又进一步把金文、甲骨文、石鼓文及贵州红岩石刻文字与《说文》古籀互相勘校,举其歧异所在,明其省变之原,来探索古文、大小篆的沿革,著为《名原》七篇,对古文字学又提出一些新的见解,把古文字的研究推向了新的高峰。它如《札迻》一书,系孙诒让把自己三十年来阅读周秦汉魏以迄齐梁的七十八种古籍所做笔记,与他家见解互相参证,成为校勘文字、诠释疑义、订正讹误的校雠学名著。其考释精审,学者交誉。《籀膏述林》,则是他晚年的学术论丛,其书收录各类考、说、述、释义、序跋、钟鼎释文、金石考跋、记辨等专论一百二十多篇,显示了他一生治学的全貌。《温州经籍志》一书,是孙诒让早年对温州自唐宋迄嘉道以来一千三百余种著作所做的一部目录专著。分类遵照四部，子目参照四库总目。每书之下，采录原书序跋以及前人的评议识语，而后提出自己的见解，以申发其精奥，订正其讹误。全书网罗宏富，体例谨严，费时八载，于光绪五年才写定，以后各郡邑纷起撰著地方艺文，实由此书导夫先路。总之，孙诒让每著一书，必多创见。余杭章炳麟目无余子，对孙诒让的学问却极为钦佩。光绪三十四年（1908），他自本致书孙诒让说："自德清（俞樾）定海（黄以周）二师下世，光岿然，独有先生。"并盛赞其学术成就，以为"治六艺，旁墨氏，其精专足以摩姬汉，三百年绝等双矣！"享盛名于晚清，可谓光焰万丈，实不愧为乾嘉以后集大成的一位朴学大家。

孙诒让早在光绪十二年（1886）就开始接触西方先进的科学文明与政治思想。嗣后，痛国事阽危更进一步讲求新学，多方搜集有关时务政书，探索救国图强之道。他坐而思，起而行，便渐渐走出书斋，阐西学，议变法，办实业，兴学校，力图开通民智，革新政治，以挽救国家民族于危亡。甲午中日战起，当年七月，孙诒让奋袂而起，毅然担当了瑞安县筹防局总董的重任，向浙江巡抚廖寿车条陈堵塞海口、修理城垣、建筑炮台、购办军火、清查保甲、筹捐经费等六项要务，并殚心策划，在瑞安付诸实施。及清廷签订马关条约，孙诒让哀叹"今日事势之危，世变之酷，为数千年所未有"，遂抱"移山填海之徽志"，倡立兴儒会，手订《兴儒会略例》二十一条，希望通过这一民间组织，"合谷行省四万万人为一体"，由民众集资办银行，营商业，修铁铬，开矿山，办工厂，兴团练，结外交，清吏治，"以围异族之犷暴，以致中国之隆平"。迨康有为公车上书，要求维新变法，深佩其所论洞中症结。及戊戌变法失败，复经庚子之役，孙诒让扼腕时艰，心情沉重。光绪二十七年春，清廷迫于形势，重申变法更制，下诏求言。孙诒让应盛宣怀之请，针对当时政治弊端，写定《变法条议》四十条，主张罢废跪拜朝仪，清除冗官晋吏，裁撤内务府和太监，建立预决算财政制度，设立议院，创办报馆，准许人民言事，设商会，练民兵，办警政，治冶炼，开工厂，重农耕，修水利等等。不少内容，触及腐朽的封建制度。盛宣怀迟迟不敢上陈，乃知所谓变法更制，也只是欺人之谈。

至此他深感清朝的政治已无可救药，其政治立场遂从忠君救国的改良维新，而转为同情反清革命。其时，浙江是光复会的基地，革命活动风起云涌。光绪三十三年五月，秋瑾被捕，他请求座师湖广总督张之洞密电其侄浙江巡抚张曾设法营救。光复会会员嘉兴秘密革命组织"温台处会馆"负责人敖嘉熊避难来温，他深虑"永、瑞耳目甚多，非避器之处"，通过友人护其出走东洋。同年，乐清虹桥明强女学校长、光复会会员陈鼐新聚众演说"新山歌"，宣扬革命，府县严命缉捕。陈潜来温州，孙诒让甘冒风险，延之于家，护其东渡日本，复挺身而出，与浙江布政使宝芬、温州知府锡纶相抗衡,力为陈黼新申辩。几经周折,终于平息了这一风波。凡此种种,说明孙诒让随着时代潮流,在一定程度上支持了旧民主主义的资产阶级革命,这对他的一生来说,也是至为难能可贵的。晚年,孙诒让不得已而求其次。用墨家苦志力行的实践精神,努力服务桑梓,兴办教育并进行各种实业活动。自光绪二十二年(1897)至三十二年间,他与黄绍箕、绍第兄弟等创立瑞安务农友会,置地试验,改进农桑。嗣又派人至湘鄂两省考察矿务,组设富强矿务公司,开采永嘉的铅矿。为开辟海上交通,建立大新轮船股份公司,租湖广轮航行于瑞安上海之间,其后又与南通张謇等设江浙渔业公司于上海,开始用渔轮在沿海捕鱼。

光绪三十一年(1905)秋七月,瑞安设县商会,公推孙诒让为总理。任内,为收回苏杭甬权,与杨寿潜、刘锦藻等成立浙江保路拒款会,并在瑞安设立分会,致电清廷,坚决反对向英国借款,力争筹资自办。在地方事务中,孙诒让认为"自强之原莫先于兴学"。因而他用在教育事业上的心血最多,收效也最著。他从光绪二十二年起,先在瑞安一县办教育,创建了一所专攻数学的算学书院(后改名学计馆),以造就科学技术人才。其手订章程、学规,对德育智育的培养和书院的管理,都提出了严格的要求。

未几,他又创办了方言馆和瑞安化学学堂各一所,专攻外语和化学,还在郡城创办一所蚕学馆,以事改良蚕桑。经过五年的办学实践,到了光绪二十七年(1901),又将学计馆和方言馆合并扩充为瑞安普通学堂,分设中文、西文、算学三个专修班,对十五岁以上三十岁以下的学子实施中等教育。为使教育普及,并在瑞城各隅办起四所蒙学堂,以为幼童就学之所。后又办德象、毅武、宣文三所女学,使中产人家深在闺门的女子也有了接受教育的机会。在培养师资造就专门人才方面,他曾给资派送瑞安曾通学堂高材生陈恺、许藩二人留学日本习数理化,并邀集高材生家长,建议令子弟赴日留学。一年中瑞安东渡留学者达二十余人,在浙江教育史上,开留学国外的风气之先。光绪三十一年(1905)八月,清政府决定废科举,设学校。

孙诒让受温处两府人士的推戴,于当年十月就任温处学务分处总理。他的教育事业遂由瑞安一县,推广而至于浙南地区。在学务分处总理任内,孙诒让首先整顿了温州府中学堂。并深刻地认识到欲求教育普及,必须专赖师范教育。于次年夏六月,决定在温处两府各办师范学堂一所。温校择址道司前原校士馆。为解决建筑资金及建校后的常年经费,他力排顽固势力的干扰,支撑于官绅之间。历时三年,心力交瘁,终于以3.6万元的巨资,于光绪三十四年(1908)建成温州师范学堂,计校舍楼房13楹,平房12楹,当年招生240名入学。事前,为造就小学师资以应急需,曾假温州府中学堂次第举办理化、博物、体育、音乐等科传习所,半年速成毕业;同时并于每年暑假集中各科小学教师,举办短期讲习会,以提高在职教师的素质,使新教育事业逐步走上正轨。任职期间,他共筹集教育基金 50 多万元,在温处两府 16 县创办了各类各级学校 300 余所。其筚路蓝缕开辟山林之功,为朝野所共仰,嗣受委为学部二等谘议官、浙江学务议绅。

光绪三十三年十一月,复被全省学界推举为教育总会会长(会长蔡元培久未任职。孙以副会长摄会长职务)。这时,他环顾国内教育情况,结合自己十余年的办学经验,复上陈《学务平议》、《学务枝议》于学部,对全国教育大计,提出建议。其所陈都是切中时弊的精辟见解。其讲求事功,实事求是的作风,除学术论著外,率于教育事业上见之,实为新教育事业的先行者和开拓者。孙诒让逝世后,《清史稿》为之立传。后来,温州六县人士,为缅怀其开拓教育之功,乃购地辟籀园建籀公祠和籀园图书馆以资敬仰。其瑞安故居的藏书楼玉海楼,被列为全国重点文物保护单位。籀园甲的籀公祠和坐落瓯海区慈湖南村的墓地,也都作为温州市的历史文物加以保护。

在经子训诂方面,孙诒让的代表作是《周礼正义》和《墨子间诂》。《周礼》亦名《周官》,分《天官冢宰》、《地官司徒》、《春官宗伯》、《夏官司马》、《秋官司寇》、《冬官司空》六篇(其中《冬官》一篇在汉初已佚,补以《考工记》),是记录我国古代官制的书。孙诒让认为《周礼》是周公致太平之书,先王政教所自出,周代法制之总萃,而秦汉以来,诸儒不能融会贯通,郑玄注失之简奥,贾逵疏过于疏略,遂于 1873 年开始撰述,至 1899 年方才完成《周礼正义》八十六卷。前后费时二十六年。孙诒让的《周礼正义》一书,集前人研究《周礼》之大成,广泛而详细地征引各种文献,已为《周礼》的可信性提供了强有力的证据。章太炎赞许为“古今之言《周礼》者莫能先也”。梁启超对此书也推崇备至,说这部书可算清代经学家最后的一部书,也是最好的一部书。孙诒让有感于清末政治腐败国家危难,以“墨子强本节用,劳心苦志,该综道艺,应变持危,其学足以裨今之时局”,在清代学者毕沅、汪中、王念孙父子等人整理的基础上,覃思十年而撰成《墨子间诂》十五卷。经孙诒让的集解,《墨子间诂》成为人们阅读的善本。至今还没有一本《墨子》校注能超过并取代《墨子间诂》。特别是书中与近代西学相通的名学、光学、力学等知识的阐发,是与孙诒让的努力分不开的,以至墨学又成为近代显学。梁启超在《中国近三百年学术史》中评述说,墨子领头的先秦诸子学之复活,实为思想解放一大关键。

在古文字研究方面,孙诒让的《契文举例》是我国第一本考释甲骨文的研究著作。1899 年王懿荣发现甲骨文后,第二年便殉难了,没有顾得上对甲骨作著录和研究,1903年刘鹗将其所得甲骨编为《铁云藏龟》。孙诒让说,不意衰年睹兹奇迹,爱玩不已,辄穷两月力校读之,以前后重复者参互采绎,乃略通文字,于1904年便撰成《契文举例》二卷。该书分日月、贞卜、卜事、鬼神、卜人、官氏、方国、典礼、文字、杂例十篇,既释文字又考制度,开了古字考释与古史考证相结合的先例。孙诒让考释的字共有185个,虽然多半是在和单个金文的比较中认出来的常用字,但他毕竟是较系统地研究甲骨文字的第一人。在古文字研究方面,孙诒让还著有《名原》二卷,该书综贯音、形、义,从商周文字辗转变易之轨迹,探明古文字的源流,并开启了用甲古文考证古文字的先河,被誉为"划时代的作品"。

在教育思想上,孙诒让主张普及教育,在他拟定的《温处学务分处暂定学堂管理法》中提出:"国民之智愚贤否,关国家强弱盛衰。初等小学本应随地广设,使邑无不学之户,家无不学之童。"而普及教育又应从官吏开始。他提出:"欲求全国无不受教育之民,必先求无不受教育之官吏。"他提议清政府明文规定,十年之外,非京师大学堂毕业者,不得为知府;非各省中学以上毕业者,不得为州县。十年之内,因京师大学堂和各省中学名额有限,一时不能满足这一要求,可采取变通办法,即开设"吏治简易学堂",通过短期进修方式,让官吏接受新式教育。孙诒让还重视师范教育,注重师资队伍建设。他认为:"推广学堂而不先设师范,犹之无耜而耕,安期收获。""西国教员多为师范出身,故胸有成竹。"孙诒让认为:"学校教育之良否,由于教员人格之若何,盖教员一举一动、一言一语印于儿童脑中,其感化有永不能灭者。"因此,他对教师的素质提出了具体的要求。第一,教师必须热爱教育事业。第二,教师要有丰富的科技文化知识。第三,教师还要掌握教育学与心理学知识。第四,教师要有科研能力。第五,教师要有健康的身体。孙诒让以他教育活动的卓越贡献和教育思想的独特见解,赢得清末教育界的一致推崇,在近代教育史上亦占有重要的地位。

在运用西方文明方面,孙诒让晚年在创办乡邦实业过程中所体现的经济思想可以说是西方文明在他身上奏响的一个最强的音符。如今温州商品经济迅速发展,温州模式响彻大江南北,与100年前孙诒让从西方文明中汲取经济理念而运用到乡邦实业上来是分不开的。永嘉学派"经世致用"思想推动他办乡邦实业的意念,西方经济思想则促成他创办乡邦实业的行动。他在《镇海叶君家传》中写道:"寰海五大洲遂为商战之天下,凡觇国之强弱者,必于商权之广狭也。决其智者奋其策,强者角其力,该商战之烈于武事矣,顾西国重商,挟其财力之富,抵山戏惊捷,常立于不败。"正是由于他对西方十分了解,才作出这样的评述。由于他从西方国家看到只有重商才能立于不败之地,因而开始了创办乡邦实业的实践。"1905 年在他的推动下,瑞安设商会,并推他为总理。"他把西方经济中的"资源合理利用、注重效益与创特色经济"的思想运用到地方经济资源开发的实践中来。温州古称"八蚕之乡",到了近代仍有发展。孙诒让便抓住此特色,创办了蚕学馆,"兼用中西新旧诸法,考验品种",有效地促进了浙南地区蚕业的恢复与发展。同时他从西方经济发展首推交通得到启发,认识到"振兴地方,输注文明,以开通道路,便利旅行为第一要义",在 1904 年,倡议成立了"东瓯通利公司",同年 7 月,他又集资成立"大新轮船股份公司"于瑞安。同时,他还十分注重城市交通建设。他根据温州地理特点,认识到人力车是城市交通的最佳选择,于是他创办了"人力公司"。为了适应经济发展对人才的需要,他又开设了工商业的补习学校。孙诒让发展地方经济的眼光无不荡漾着他运用西方文明的波纹。

第四章

温州人创业意识实践

> > > >

　　温州经济作为一种发展模式,之所以能一鸣惊人并引起全国人民的广泛关注与赞许,关键在于它不同于一般的广东模式、苏南模式或上海模式。温州模式是温州人自力更生、艰苦奋斗的经济模式,是中国典型的老百姓自己的经济模式。也就是说,温州经济是温州"人文经济"。众所周知,"犹太人"一般是优秀商人的代名词,而中国浙江的温州人作为一个特殊群体,走南闯北,出现在世界的各个角落,因善于创业、经商,故被称为"中国的犹太人"。

在改革开放 30 年中,温州商人在世界各地建起的众多的温州城、温州街、温州村、温州店,把温州经济与全国经济乃至全球经济联系在一起,成为中国改革开放大潮中一道独特的风景线。

第一节　想法与尝试

一、不怕做不到　就怕想不到

众所周知,温州人为了创业"敢想敢干"的冒险精神的确令人敬佩。早在 20 世纪 80 年代初,当许多地区的农民朋友过着"鸡犬之声相闻,老死不相往来"的封闭生活时,他们却两手空空,成群结队地走出家门,闯荡全国。90 年代初,他们敢于漂洋过海,到异国他乡去闯世界。就连战火硝烟弥漫的伊拉克、科索沃地区都有他们做生意的身影。其中,有"胆大包天"的王均瑶,有拿巨资办大学的周星增,有敢承包油田的弱女子王荣森,还有一个人敢包整条楠溪江的季展敏,不胜枚举。所以,在一般人的心目当中,他们最佩服的是温州人这种敢闯敢干的冒险精神。

敢于冒险无疑是优秀企业家必备的基本心理素质,也是许多温州企业家们创业的看家本领。在温州商人这个特殊群体中,敢于冒险的风云人物莫过于王均瑶了。

王均瑶原本是温州苍南县龙港镇的一个青年农民。20 世纪 80 年代初,市场经济的大潮把年仅 16 岁的王均瑶推进了 10 万供销大军的行列。此后的许多年,闯荡市场的磨砺,造就了王均瑶敏捷的思维、开阔的思路和超前的意识。一次偶然的机会,一个忽然的念头,改变了王均瑶平凡的生活。

那是在 1990 年,王均瑶还是民航温州机场驻长沙办事处的一名普通供销员。当时,温州机场刚刚建成,虽已正式通航,但还没有温州至长沙的航班。在长沙办事的人员一般从长沙回温州都要乘火车再转汽车,长途奔波,非常辛苦。另外,温州三面环山,自古以来交通闭塞,从长沙到温州,有 1200 公里的漫长里程,其间要翻山越岭,需要数十个小时才能到达。时间就是金钱,这对当时在长沙的温州商人们来说,是非常无奈的事情。但每逢过春节,温州商人仍然要成群结队从全国各地返回家乡。

1991 年春节前夕,年仅 24 岁的王均瑶和温州老乡一起租了一辆豪华大巴,从长沙赶到温州。路途遥远,人人归心似箭。王均瑶情不自禁地说:"坐汽车太慢了!"这话被邻座的一个老乡听到了,引起同感,便随口说道:"飞机快,要是坐飞机就好了!"是啊,为什么不能坐飞机呢?王均瑶的大脑开始快速运转起来。为了省去转车的麻烦,可以包租豪华大巴,那么,可不可以包租一架飞机往返长沙与温州之间呢?在长沙的温州发财商人不下万人,市场前景相当看好。"承包飞机"这一闪念,浮现于王均瑶头脑里,就如同一块金子一样不断闪耀着金光。就在这 1200 公里的颠簸路途中,王均瑶觉得捕捉到了一个巨大的商机,回到长沙后便开始了实际的行动。但是,与改革开放初期很快引入多元化市场竞争机制的公路运输不同,航空业历来是国家严格管制的行业,王均瑶大胆包机的想法被当时很多人认为是异想天开。然而,有着温州人"敢为天下先"精神的王均瑶开始了他永不气馁的追求。一开始,他来到了湖南省民航局,在运输处处长面前,激情洋溢地提出了自己的构想。考虑到私人包机一事非同一般,一个运输处处长不能擅自作出决定,但这位处长认为"可以考虑考虑"。为此,王均瑶先后几次跑到浙江省民航局、湖南省民航局,并进行了客源的调查、论证,写出了一份构思严密、数据可靠的可行性报告。湖南省民航局迅速研究了这份可行性报告,并经过考察后,终于与王均瑶达成了包机的协议。

王均瑶正是依靠超人的胆识,果断地抓住了航空领域的第一个商机,也开了中国航空业由政府全面垄断到私人经营的先河。承包了长沙到温州的航线后,航班几乎班班爆满,座无虚席,证实了这的确是一个赚钱的机会。其后,这个年轻人成立了天龙包机有限公司,又在两个月之内开通了上海至温州、上海至黄岩两条包机航线,同样生意极佳。短短几年,王均瑶的天龙公司已与国内 20 多家知名航空公司合作开辟了航线承包和航空货运代理业务,包机业务很快遍布全国,成立了10多个分公司,每周达400多个航班。

有许多事情,不怕做不到,就怕想不到。从王均瑶的创业经历中,我们可以看出,作为一个成功的企业家,他在自己的创业过程中,就做到了善于冒险,并及时把握先机和商机。

同时,冒险和收获常常是结伴而行的。市场具有很大的随意性,各种不确定因素交替变化,从某种程度上来说,冒险就意味着抓住新的机遇。所以,面对各种抉择,需要创业者具备一种坚定勇气,一旦自己认定了就要坚决地干下去。命运之神往往垂青那些敢想敢干的冒险家。

二、破釜沉舟　背水一战

温州打火机产业界的周大虎办打火机厂的经历,真可谓是不畏艰难,敢为人先,破釜沉舟,背水一战的典型。

1992年周大虎的妻子不幸下岗了,这无疑是对一个工薪阶层家庭的沉重打击。周大虎不愿过着只靠工资支撑的艰难日子,经过再三考虑,决定辞职下海。当时,温州打火机行业正干得热火朝天,周大虎的打火机厂又刚刚起步,难以与其他厂竞争。由于开始时企业效益不好,一度他招收的工人都跑光了。巨大的反差促使周大虎冷静地思考,狭路相逢勇者胜,与其退一步让企业慢慢地被市场所淘汰,不如让企业上一个新的台阶。要想让企业生存下去,必须要有自己的品牌。

于是,他给自己的厂子取名大虎打火机制造厂,并给厂里生产的打火机申请"虎"牌商标。为了节省开支,周大虎还把家都搬到厂里。同时,全家三口挤在一间不足十平方米的房间里,不分昼夜地攻克生产技术难关。最终,他造出了外观与日本打火机相似,在质量上毫不逊色的"虎"牌打火机,并在同年拥有了温州市打火机行业的第一个注册商标。正是这重视品牌的举措为他赢来了巨大的商机。那是在1993年,一个偶然的机会,德国商人英塞尔在外国市场上发现大虎打火机厂生产的"虎"牌打火机,认为它物美价廉,一个念头在他心中形成。老谋深算的英塞尔乘飞机来到温州,周大虎热情地接待了他。当时,大虎打火机厂刚创建不久,既缺乏资金又缺乏技术,英塞尔合作办厂的建议,无疑是诱人的。然而,周大虎几经考虑,只同意合作经营,不同意合作办厂。他对英塞尔果断地说:"我同意你关于创打火机国际品牌的建议,但不同意改变企业的性质,我们可以定点为你定牌生产打火机,你的投资和利润可以在经销中得到丰厚回报。"

英塞尔最后同意了周大虎的建议,由德方投资及提供技术支持,帮助大虎厂创牌。大虎厂仍保留生产"虎"牌打火机不低于 70％的份额,英塞尔拥有大虎厂欧美地区的产品代理权。

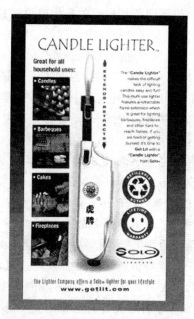

合同签订之后,英塞尔即高薪聘请外国打火机高级工程师,直接指导大虎打火机的创牌生产,进口设备则以产品货款予以抵消。这样,大虎打火机厂的生产技术和管理水平很快与国际接轨。仅用了一年多时间,大虎打火机厂便创造出了国际品牌的雪茄专用打火机,并使大虎打火机厂成为全国惟一一个经中国外经贸部批准,拥有自营进出口权的打火机企业。

紧接着,大虎打火机厂再接再厉又专门为日本广田株式会社、美国百年历史名牌企业进行定牌生产。同时,自己的"虎"牌打火机也不断创新,远销美国、日本、西欧等 30 多个国家和地区。短短几年,周大虎就以小小的打火机打出了一片属于自己的"天下"。公司固定资产由 5000 元变为 5000 万元,增值万倍,企业年产值超过亿元,员工 500 余人。成就威名的"虎"牌打火机,正独步神州,"虎视"全球。

周大虎面对贫困,敢于挑战自我,以破釜沉舟的创业勇气创办打火机厂的成功经历告诉我们,市场经济是一个冒险家游戏的乐园,它蕴涵着一个基本的类似生物界的竞争规律——优胜劣汰,适者生存。中国有句古话:"退一步海阔天空,忍一时风平浪静。"其实,这句话只说对了一半,在做人方面,固然要心胸宽广,然而,办企业不是前进就是后退,不是生存就是死亡,每一个创业者都逃脱不了这规律的制约。

记得著名的政治家、前英国首相丘吉尔先生曾说过这样一段话:任何人面对危险,如果选择的是逃避,那么这种行动只会加剧危险的程度;相反,如果一个人面对危险,能勇敢地冲上去,这时危险就被战胜了一半。

温州人的冒险精神果真是名不虚传。温州人干事情,既不看先生黑板上写了没有,也不看别人做了没有,而是看实践中需要不需要做,实践中能否行得通。只要实践中需要的,他们都甘愿赴汤蹈火,千方百计地去做。温州的整个经济格局乃至社会秩序的变革,不存在一个可以量化的目标或评价标准。它是极具地方特色和自由的,是一群人通过各种奇思异想和"胆大妄为"的行动而完成的。进而言之,温州经济的改革与发展从一开始就不是一种按图索骥式的改革,而是一种"摸着石头过河"式的改革,这样的改革背后固然有着"我不下地狱,谁下地狱"的毅然决然,更有着那种"西出阳关无故人"的彷徨和险峻。但是,这种改革是一种真正的"发展才是硬道理"的改革,从一次冒险走向另一次冒险。

诚然,敢于冒险是一个成功企业家的必备素质。但冒险意识和冒险素质不是一朝一夕就能形成的,需要日常生活中不断的训练和培养。其中,一个非常重要的举措就是要学会放弃,特别是放弃自己旧有的习惯、思维方式和思想观念等。这是因为,旧的东西尽管有许多不足之处,但它是人们习惯化的东西,久而久之,人们就习以为常了。俗话说得好,旧的不去,新的不来。学会放弃,就意味着人们要敢于改变自己,敢于改变现状,不被一些迂腐的条条框框或思想包袱所拖累。这样人才会在关键的时候,勇于突破自己的心理防线,做出果断的决策。相反,一个因循守旧、性格优柔寡断的人是很难在机遇到来时,做出即便只有丝毫风险的行动。

三、机不可失　时不再来

发现商机,并能把握商机,是任何一个成功商人的基本素质。那么,究竟什么叫"商机"呢?所谓"商机"就是赚钱的机会。这种赚钱的机会并非空中楼阁,而是来自于各种市场的真正需求。尽管有时候所需求的商品并不存在,但是,聪明的温州人总能比他人领先一步,捕捉到这种商机,自己发明创造出来,以满足市场的需求。比如,温州人在实践过程中发明剥栗器就是一个例证。

那是 1992 年的一天,温州乐清五金机械厂朱厂长并不满足于本地的生产经营,决心到上海寻求新的商机。多年来,朱厂长领悟到了一条发财道理,那就是"只要是人群密集之处,就一定有财神爷微笑"。一次,他来到了热闹非凡的大世界,看见许多特别爱惜时间的上海人却排着长队购买糖炒栗子。仔细观察,他发现上海人购到栗子后,便迫不及待地尝新,吃相既不雅观,又难以完整品尝糖栗。于是,一个崭新的念头在他头脑中产生了,何不生产一种能剥离栗壳的剥栗器呢?他立即动起了脑筋,画出了剥栗器的草图。赶回温州后,三天就生产出数万只这种剥栗器,运到上海,就请食品店代销,果然凡购买糖炒栗子的上海人见到这种既方便又廉价的剥栗器,都要买上一只。

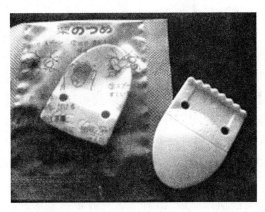

令人佩服的是,温州人有时在消遣的过程中也能捕捉到大好商机。下面这个事例最能说明问题。

众所周知,长期被外国列强占领的澳门终于在 1999 年胜利回归了,当时有许多内地人争先恐后地组团前往澳门旅游或考察。其中,不少人是以旅游观光者的身份走一回,感受这一曾经的殖民地的异域风光。当时,温州也组织了一批人前去旅游观光。然而令人意想不到的是,就是这"玩一玩"竟"玩"出一项投资达数千万元的旅游项目来!

为了迎接澳门胜利回归祖国,一尊高达 20 余米的妈祖像在澳门路环岛山顶落成。温州商会来到澳门,是少不了要去看一看这尊妈祖像的,况且在山顶上还可俯视澳门全岛景致。然而,由于实行交通管制,游人从山脚须徒步攀登路环岛山,极为不便。尽管这样,沿途来自日本和我国台湾、香港等地的游客仍络绎不绝,人流可观。这时温州考察团的温州江心屿索道有限公司董事长郑豪迈产生了一个念头,何不从山脚至山顶建一条索道呢?他下山立马展开调查,了解到每年 6 月以后,大批日本和我国香港、台湾游客要到这里的海滨度假,每天抵澳的台湾航班就有 32 个,此外,从内地来的游客更是不计其数。郑豪迈以极其敏锐的眼光,在澳门人的眼皮下捕获了一大商机。他的建索道的投资方案提交给澳门有关部门,立刻获得了回应。2000 年 4 月,郑豪迈初步与澳方达成合资建设这一项目的协议,首期将由郑豪迈投资 3000 万元,建一条落差近 200 米、长度达 800 米的索道,并围绕该项目投资,建设诸如餐饮、露宿等相关娱乐项目。要不是具有独到眼光,这一有利可图的项目,能被郑豪迈在无意中发现吗?

无论是温州乐清五金机械厂朱厂长发明剥栗器的事例,还是温州江心屿索道有限公司董事长郑豪迈果断投资澳门索道的个案,我们可以看出,一个成功的企业家,一项基本的素质就是在市场经济大潮中,善于把握商机。正所谓"机不可失,时不再来"。

如何捕捉商机,其实是一门很深的经商学问,以上几个创业者的成功经历告诉我们,作为一个精明的创业者,为捕捉新的商机,首先要善于收集和接收各种与生意有关的经济信息,甚至是与此有关的一些政治新闻。比如北京科利华的宋总就善于收集商业信息,来领导企业的发展,而且他收集信息的渠道也是与众不同的,那就是成天看电视。其次,对待各种可能存在的商机要及时地分析与实地考察。其实,任何商机都存在一定的风险。对于创业者来说,一旦投资不慎,就可能带来巨大的经济损失。因此,对于优秀的企业家来说,对各种商机要进行周密的调查和分析,不武断、不轻信他言,要相信自己的调查和判断。再者,一旦认准了赚钱机会,就要迅速、果断地出击,决不能优柔寡断,坐失良机。现实生活中,一些遭受重大经济打击甚至破产的创业人士,老是不明白"为什么别人做这生意能成,我怎么就不行?"其实,一个重要的原因就是,他或她没有把握好投资的时机。市场好像大盘,创业投资者好比一个个股民,你要选择好投资的最佳时段,才可能盈利,如果你贻误战机,等到最佳时机过去后再投资,结果被"套牢"的是你自己。

四、发扬温州人冒险精神

当今世界竞争异常激烈,大到一个国家,小到一个企业、个人,谁能敢为人先一步,谁就能在竞争中棋高一着。温州这些年来经济发展的突飞猛进,正是不断大胆冒险探索使然。从第一个民营资本组织到第一个股份合作制组织,从第一个私人承包飞机的个人到第一批温州人到海外去创业,温州人的所作所为不正是这种敢为人先的冒险精神的体现吗?

综上所述,我们总结了许多温州商人大胆创业的个案,那么,究竟什么叫做冒险精神呢?一言以蔽之,就是凝结在创业者身上的那种敢作敢当、自我负责的创业精神。具体说来,它包括四个基本层次:第一,要敢闯敢干。也就是说,面对各种不确定的创业风险,创业者要有足够的胆识和气魄来承担,不能做临阵脱逃的胆小鬼。第二,要善于把握先机。具体指创业者要有敏锐的市场观察能力和市场预见能力,并能在第一时间做出自己的判断。第三,要具备良好的心理素质。创业者面对创业的成功与失败要有一颗平常心,真正做到"胜不骄,败不馁"。第四,冒险需要智慧,具体说来,就是要求冒险创业者要有良好的决断力以及良好的应变能力。只有具备以上几方面品质,我们才可判断一个创业者具有良好的冒险精神。

冒险精神既不是从天上掉下来的东西,也不是从书本上就能学来的东西,它是一种复杂的不可言传的"默会知识",是创业者在家庭、学校和社会实践中锻炼出来的东西。正所谓,庭院里跑不出千里马,温室里长不出参天松。一个人的创业精神最终需要在社会实践的大江大浪中磨炼。当然,家庭和学校教育的正确引导、培养、开发是孩子冒险精神养成的重要环节。那么,在家庭和学校生活中,我们究竟应该如何发扬冒险精神? 我们认为,关键在于培养我们的风险意识和应变能力。

首先,要了解自己风险态度的类型,对症下药。实验心理学研究表明,面对各种风险,一个人所表现出来的态度大体可以分为"进取型"、"中间型"、"保守型"和"极端保守型"四种类型。其中,"进取型"的创业者愿意接受高风险,为的是获得高额的利润;"中间型"的人士愿意承担风险,追求高于平均的利润;"保守型"的人士则往往为了安全或者获得短暂的收入,宁愿放弃可能高于一般平均利润的未来利润;而"极端保守型"的人士,几乎不愿意承担任何风险,宁可把钱放在银行甚至放在家里。

那么,你们到底属于哪种类型呢? 下面有几道试题,不妨测测看:

你喜欢跟别人打赌吗? (是、否)

你经常在日常生活中患得患失吗? (是、否)

你会不会在"赔了夫人又折兵"的情形下还能保持"英雄本色"? (是、否)

你是否宁愿把钱借给别人以获得高额回报,也不愿意把钱存到银行里? (是、否)

你对自己的决定是不是乐观、自信? (是、否)

你是不是喜欢自己已经做出的决定? (是、否)

当听到使你非常高兴的事情,你还能控制自己的情绪吗? (是、否)

如果你的回答有六个或者七个"是",就是"进取型"的人;如果你的回答只有一两个"是",应该算是"极端保守"的人;而答案若有三个或者五个"是",则属于"中间型"或者"保守型"。对于创业者来说,一般需要有前两种类型的风险态度;

如果你属于后两种类型,则需要加强锻炼。但是,针对风险意识,我们还要有辩证的态度。任何人在承受风险时都要有一定的限度,如果超过了一定的限度,风险就会变成一种负担,可能对个人的情绪、心理造成伤害。

其次,要注重应变思维能力的培养。在创业过程中,面对千变万化的市场,需要创业者具备敏锐的观察能力和应变能力。

第二节　痛苦与甜蜜

一、既能睡地板　也能当老板

江泽民总书记在《温州经济丛书》题词中说道:"世界的人都知道温州人会做生意,沿海靠山赋予他们这种开放的精神,冒险的精神,最重要的是温州人能吃苦。"

温州人为什么能赚钱呢? 仁者见仁,智者见智,不过有一点是举世公认的,那就是吃苦耐劳。关于这一点,相信全国人民都会同意的,为了赚钱,温州人什么苦都能吃,什么脏活苦活累活都肯干,什么自然灾害都不怕,能吃常人不能吃的苦,干常人不想干的活,赚常人看不上眼的钱。

"吃得苦中苦,方为成功人。"别以为商人赚的钱都是天上掉下来的,要知道,每一个铜板都是他们走遍千山万水、吃过千辛万苦而挣来的血汗钱!"温州人既能睡地板,也能当老板。"大名鼎鼎的中良公司老总季忠良先生就是一位睡地板的老板。

季忠良曾经就是一位地地道道的拉板车的工人。他出生在温州市一个普通工人的家庭里,他的父亲在温州市运输公司汽车西站当工人,母亲在运输社里干的也是拉板车的体力活。他尽管出身贫寒,但生性刚强且聪慧能干。也许正是这一点导致了他日后的成功,使他走上了充满传奇色彩的人生奋斗之路。

季忠良 1974 年开始在汽车西站当临时工拉板车,两年后好不容易才顶替父亲进了温州运输公司汽车西站当上一名正式工人。工作当然离不开扛货物、拉板车,艰辛的生活在他的生命中留下了许多难以磨灭的记忆。1984 年,在温州市场经济大潮的推动下,季忠良毅然抛掉铁饭碗,成为最早的"下岗"工人,他决心要凭自己的努力和才华闯出一条路来。

是金子总会发光的。在市场经济这样一个氛围中,季忠良的商业天赋得到了淋漓尽致的发挥。当年的温州啤酒是个稀罕物,必须拿空瓶子去换。在了解这一市场信息之后,季忠良便做起了不被人注意的回收啤酒瓶的生意。烈日炎炎的夏季,他头戴草帽,肩挑竹篮和麻袋,冒着酷暑走街串巷收啤酒瓶,其中的艰辛是常人很难想象的。也许他天生就是一个做事业的人,连收购啤酒瓶这样的小头生意也要把它做大。他听人说福建那边啤酒瓶很多,却因没有啤酒厂而无人收购,于是他便通过海运一下子收购八万只,从厦门码头装船运到温州码头,与温州啤酒厂以两个空酒瓶换一瓶啤酒,再把啤酒就地出手。这不仅解决了啤酒厂的困难,也使他成为温州"收啤酒瓶大王",由此他的收益也是可观的。温州人肯吃苦能创业的精神在季忠良身上可以说得到了最生动的体现,在收啤酒瓶的过程中,他发现福建漳州一带的水仙花与温州的差价很大,而收啤酒瓶在夏天,卖水仙花则在冬天,他便又做起了贩运水仙花的生意。然而,季忠良的创业之路并非一帆风顺,其中有阳光也有乌云。不久,温州市妙果寺小商品批发市场建成,季忠良看准这里必然有大的发展,便拿出自己几年积累下来的700元钱租了一个摊位,成为温州这个最早建成的服装批发市场的首批经营者之一。

这是他独立从事服装经营的第一步,在这里他有过许多成功,也有过失败与挫折。有一次他差不多被逼上了绝路,经营失败了,债台高筑。永不服输的季忠良并没有被眼前的困难所吓倒,相反他决定东山再起。于是,他用很少的资本创办了一家小型服装加工厂,向客户批发服装,不久又成为妙国寺市场小有名气的"服装大王"。他的探索取得意外的成功,生意兴隆,企业迅速壮大。在市场中摸爬滚打的季忠良又抢先一步办起了温州第一个经营面料的企业——温州永达纺织品公司。为了批购到精良的面料,季忠良跑遍了全国十几个省市的面料生产厂家,这使他大开眼界,同时对中国面料市场的行情、技术、生产能力等了如指掌,很快又成为温州一带名声显赫的"面料大王"。1993年5月,季忠良投资1500万元,与美国田仁股份公司合资在兰州大滩经济开发区兴建成中美合资中良西服有限公司。

具有跨世纪眼光的季忠良高起点创业,无论是公司的建筑风格、装饰装潢,还是生产设备、人员素质,都向世界知名企业看齐,成为西北服装行业一道亮丽的风景线。短短几年,中良公司靠自身滚动发展,不但推出了中国排行第一的西服品牌,而且发展成为拥有26个分公司、30多个专卖店、年产西服20万套、年产值突破亿元的西北最大的西服企业。这种在国内经济界罕见的企业高速发展现象,曾一度成为众多经济学专家研讨的"季忠良现象"。

季忠良的成功经历告诉我们这样一个生活的道理：一个人要在社会上有所作为，出身的贫富并不重要，重要的是他必须独立设计自己的职业生涯，并进行一番艰苦卓绝的打拼，胜利女神才会钟情于他。正如我国古代著名的教育家孟子所说的："故天将降大任于斯人也，必先苦其心志，劳其筋骨，饿其体肤，空乏其身，行拂乱其所为，所以动心忍性，增益其所不能。"

二、吃过苦　就不怕苦

据一份权威资料统计，世界上大约有 80％ 的亿万富翁出身贫寒或者学历较低，但是，他们白手起家艰苦创业，最终赢得了令人羡慕的财富和声誉。德力西集团的董事长胡成中先生显然也属此类。

英雄是时代的产物，同理，那些令人崇拜的企业家也不是天生的，而主要是经过后天的努力与拼搏锻炼而成的。胡成中出生于一个依靠辛勤劳作而维持生计的裁缝家庭，在他的记忆中，除了经常挨饿就是父亲挨斗的阴影。初中辍学后，早熟的胡成中便跟父亲学裁缝，一干就是几年。在学裁缝的日日夜夜里，服装行当特有的吃苦精神和质量意识开始在胡成中头脑里萌芽，使他形成了"质量、价格、服务是三件宝"的市场意识，这给他以后的创业积累了宝贵的精神财富。

改革开放的春风吹到了温州，1979 年，当温州许多农民洗脚上岸，纷纷奔赴全国各地开始跑供销时，胡成中便想改变家传做裁缝的工作方式，开始加入了这支浩浩荡荡的十万供销大军。这是他有生以来，第一次对自己的命运做出自己的选择。跑供销是一件十分辛苦的差事，如果没有良好的身体条件和坚强的意志,一般人是难以承受的。谁也没想到,年纪轻轻、身体单薄的胡成中硬是挺过了这道关口。他在跑供销的几年中,长途跋涉坐不上汽车、火车座位是家常便饭,因为买的是站票,他经常被挤得"上不着天,下不着地",有时候能"金鸡独立"一下就不错了,实在支撑不住了,胡成中就干脆睡在别人的座位底下或公共通道旁边,而他为了节省差旅费住进低档旅社饱受蚊虫的"考验"更是司空见惯的事。但肯吃苦、善思考的胡成中却坚信"吃得苦中苦,方为人上人"的古训,硬是咬着牙坚持了下来。

在跑供销时,胡成中的做法与其他人大相径庭。他聪慧的人脑里老是在琢磨怎么才能更好地接到业务。当时的情况是,大家都往大单位跑,虽说合同笔数不多,但成交量不小。而胡成中觉得自己年轻,经验不够,必须要走捷径。他坚持"农村包围城市"的行销策略,瞅准尚不被别人重视的基层小单位去联系业务。第一趟他在湖南长沙附近的一个县跑了 35 个公社抽水站,做了 800 多元的生意,赚了 500 多元钱。这便是早年胡成中淘的"第一桶金",尽管数额不大,但凝聚了他艰苦创业的第一滴心血。

吃过苦,所以就不怕苦。胡成中的创业之路竟是那样的艰辛和富有传奇色彩。从小裁缝成长为大企业家,从睡火车座位下到坐上豪华奔驰 600,从一个初中未毕业的学生到拿到美国洛杉矶大学的工商管理硕士证书,还被浙江大学特聘为硕士生导师,胡成中的每一次成功都得益于他的吃苦精神和市场意识。温州民营企业的发展始终牵动着中央领导的心,2000 年 5 月 10 日和 2001 年 5 月 1 日,时任中共中央总书记的江泽民同志、时任国家副主席的胡锦涛同志在百忙之中先后视察德力西集团,并对集团董事长胡成中的成长历程以及德力西的发展经验给予充分的肯定,使胡成中及其领导的德力西人备受鼓舞。

胡成中的成功事迹留给人们的不仅仅是他苦心经营的大规模企业,上亿万元的资产和家业,他那种艰苦创业的精神也是一笔宝贵的精神财富。胡成中的艰苦创业经历教育我们,创业是挡不住的诱惑,创业能够全面考验一个人的综合素质。

首先,创业是一种不平庸的观念,它是在自我意识的力量推动下,实现自我的一种理念。其次,创业也是一种披荆斩棘的实践,只有通过实践,才能将自己的理想、观念转化为活生生的现实,即使失败,我们也不后悔。再者,任何一个成功的创业者都不是一帆风顺的,创业是一件十分艰苦的工作,他们是在用自己的血汗、时间和信念去创造自己的明天。面对艰难困苦,一定要咬牙挺住,最困难的时候,也往往是离成功最近的时候。

眼下一些新闻媒体时常报道当前我国中专生、大学生就业难的问题,毕业生找工作难固然有所学专业、学历及社会需求等诸多方面的问题,但主要的还是就业观念和吃苦意识问题。许多毕业生的就业观念还停留在计划经济时代,大家都希望留在大城市工作,不愿意到小城镇或农村去工作,怕吃苦。其实,从一定意义上说,今天的市场经济社会已经没有什么单位能让你终身依赖,惟有自立自强才是我们可以依靠的。而调动自己的一些潜能,创办自己的企业,是自立自强的一种最好形式。自主创业是解决就业问题的另一条出路。

俗话说得好:"吃得苦中苦,方为人上人。"一方水土养育一方人,温州人多地少,资源相对稀缺,这练就了温州人不畏艰难、顽强拼搏的吃苦精神。正如人们对温州人的评价那样:"没有他们干不了的活,没有他们吃不了的苦。"由于历史原因,白手起家的温州创业者大多未接受过高等教育,有的甚至没有迈进过中学的大门,他们被称为"非精英阶层"。然而,就是这些城镇的平民、乡村的农民,当从海上吹来的风中嗅到改革开放的气息时,便纷纷离开家乡,闯荡天下。作为中国改革开放后最早的"打工族",他们从当时人们最瞧不起的、最不起眼的"活路"做起,补鞋、弹棉花、卖纽扣等一毛钱一毛钱地积攒下来。

一个人能否经受住艰苦生活的考验是决定他能否成就一番事业的一个至关重要的因素,对于个人来说,肯吃苦就是一种无形的创业资本。尤其是对那些出身低微的人,更应通过比常人吃更多的苦来创出一片属于自己的天空。无论是当过补鞋匠的南存辉、拉过板车的季忠良,还是干过小裁缝的胡成中,他们都出身贫寒,但人穷志不短,最终成为艰苦创业的时代英雄。

对一个人的成长而言,吃苦是人生中必不可少的一课。著名的西方教育家洛克就认为吃苦教育对儿童早期发展有重要作用,并把吃苦当成一种自然而然的生活方式。只要能坚持这样一种生活方式,任何人都能干出一番事业来。反过来,无数事实证明,如果你怕吃苦,那么不管你父母给你打下多好的基础,不管你多富裕,你也不可能有什么大的作为。

当然,我们并不是说一个人只要具备吃苦的品质就一定能成功,而是强调吃苦精神是一个人创业的重要前提条件。现在许多年轻人,尤其是那些家庭条件优越的独生子女,一个致命的弱点是害怕吃苦。天上不会掉下馅饼,要创业就得脚踏实地、身体力行,就要付出比常人更多的劳动,要吃比常人更多的苦。吃苦才能创业,创业离不开吃苦。

三、天生我材必有用

在温州,每一位成功企业家的背后都有一段不平凡的故事。接下来,我们再给大家讲述一位温州妇女艰苦创业的故事。

陈红女士一眼看上去似乎比实际年龄要大一些,身材也有些发胖。她为人非常的热情,说起话来滔滔不绝,很像北京老胡同的居委会老大妈。朴实无华甚至有些落伍的衣着打扮使人难以相信,她竟是一位在德国好几个城市都开有洗衣店的温州老板。

说来话长。陈红1946年出生于温州市,18岁那年到寒风刺骨的吉林当了一名光荣的文艺兵,开始了让许多年轻人羡慕的军旅生涯。1967年,她爱上了一位颇具阳刚之气的军官。结婚后便随丈夫到边远的青海工作,一干就是十年。1977年,夫妻双双被分配到了首都北京,任职于北京某建筑公司,一干又是十年。正当陈红的日子越过越好时,不幸的事却发生了。1988年,经不住金钱诱惑的丈夫因贪污受贿罪入狱。自己也因公司裁员,突然间成为中国第一批下岗工人。

刚下岗那会,陈红心里难过极了,她认为自己是天底下最不幸的人了,极不适应,甚至想到了死。毕竟经过部队这么多年的培养和教育,最终,她勇敢地战胜了自己,决定到劳务市场寻找工作。她先后在大大小小的公司做过仓库管理员、办公室文员、销售助理等,就连最难做的房地产推销员她也干过。1991年,陈红积累了一定资本和经验,便开始自己给自己当老板,独立创办公司,代理房产业务。在生意场上几经磨炼的她,充分利用"农村包围城市"的营销策略,公司收益颇丰。

故事讲到这里,按理说,赚了不少钱的陈红应该对自己的成功满足了或者说休息一下了,然而,陈红并不这样认为。1993年,陈红赴德国看望攻读博士学位的女儿,休养期间,感觉无聊,还是想找点事做做,于是萌生在德国开洗衣房和中国餐馆的念头,因经营有方,后发展成遍布德国的二十几家连锁店。

陈红自强不息的创业经历告诉我们:天生我材必有用,此处不留人,自有留人处。天无绝人之路,老天在一个地方向你关起一扇门,那就肯定会在其他地方为你打开一扇窗。在任何地方,任何时候,都有你的出路,你都能做点有价值的事,面对各种艰难困苦,个人千万别丧失了生活的信心。

另外,从他们身上我们都可以看出温州创业者们那种超乎常人的刻苦和勤奋精神。其实,温州人的勤劳突出表现在他们善于发扬"四千"精神上,那就是走过千山万水,说尽千言万语,吃尽千辛万苦,想尽千方百计。也有一种观点认为,温州企业家的成功靠的是运气和胆量,其实不然。这是因为,再好的机遇对于懒惰者都是没有用的,但恰恰是温州企业家的勤劳品质才使平常的机遇变成发财的良机。在温州人的观念里,没有付出就没有收获,天上不会掉馅饼。

四、没有最好　只有更好

如果一个企业要在激烈的市场竞争中长期立于不败之地，建成五十年、一百年甚至是几百年的名牌企业，靠的就是企业文化的整体提升。在温州打响"穿在温州"，建设服装名城的道路上，有一家休闲服企业，如黑马扬鬃，给人们留下了雄健、美好的印象，它就是邱光和领导的温州森马企业有限公司。

邱光和与温州的许多创业者一样，出生于贫苦的农民家庭。然而，邱光和的家庭还有些特殊，在他小学毕业的时候，父亲因为患病而丧失了劳动能力，整个家庭的重担便压在妈妈和大他四岁的姐姐身上。在家人希望的目光中，贫寒的邱光和终于在农校、夜校作为编外的学生读完了初中和高中。

不甘受穷，要出人头地，是邱光和发愤图强的内在动力。也就在这个时候，温州民营经济开始大潮涌动，他再也按捺不住闯荡商海的激情。1984 年，他和两个朋友一起创办了瓯海娄桥工贸公司。虽然靠勤奋生意不错，但决策意见经常发生冲突。1988 年 7 月，几个朋友开始分开，邱光和便创办了瓯海家用电器公司。邱光和凭借其优秀的市场营销能力和"先做好人，后做好生意"的经商理念，先后开设了五家门市部，在温州地区有关主要城镇设立了 80 个销售网点，把生意做得十分红火。

市场是千变万化的，也是最无情的。到了 1994 年的时候，温州家电销售市场的竞争已经达到了白热化的程度，各个商家纷纷拿出了浑身解数，一台洗衣机的利润只有 15 元左右，一台冰箱或彩电的利润也只有 50 元。然而，邱光和凭借他的实力、信誉和以不变应万变的能力，尽管利润下降了，但经营仍很红火。谁知天有不测风云，一场史无前例的灾难却给邱光和以沉重打击。1994 年 8 月 21 日，一场百年未遇的 17 号台风夹着大潮，似发怒咆哮的怪兽袭击温州，冲向邱光和拥有几千万存货的门市部和仓库。面对突然的打击，邱光和并没有被打倒，他一方面力所能及地做些挽救和弥补工作，一方面开始关注起服装市场情况。中原地区服装销售火爆的景象，使他产生了投身服装生产的想法。失败的经历，使邱光和显得更为明智、冷静和谨慎。几个月深入的市场调查和对消费者的访问，特别是一位外商就名牌服装两年地区代理权开口要价 120 万元的事情，对邱光和震动很大。他想：服装必须要创出名牌，创牌就要创出国人自己的品牌，只要创出品牌，生意就会红红火火。

那是 1996 年初，邱光和在掌握大量服装市场第一手材料和研究、分析、捕捉服装流行趋势的基础上，又集中资金，把他即将开拓的服装类别准确的定位在休闲服上。这是一个重大的企业战略抉择，稍有不慎，会全盘皆输。但是，邱光和坚信,走在前面的外国休闲服已成为大众时尚,这是向发展中国家传递的一个重要信号,机不可失,时不再来。事实证明邱光和的选择是正确的。1997 年 3 月 12 日,是邱光和一生中难以忘怀的日子,更是森马人不会忘记的日子,经过大家的努力,第一批森马牌休闲服装从广州生产基地运抵温州。这批产品有外套、T 恤衫、毛衫、牛仔裤、内裤、袜子、皮带、皮包、衬衣共七大系列 500 个规格和品种,共投入资金 2000 多万元。由于邱光和和公司后来引进的一批优秀人才对市场流行趋势把握准确,森马服装很快在高手林立的服装市场上脱颖而出,迅速占领了市场制高点。

在邱光和看来,一个成功的企业,销售首先是销售信誉,然后才是产品。因此,没有名牌服务的名牌产品是不完整的,只有时时为消费者送上真诚的名牌服务,才能使消费者永远信赖,这样的企业才能做强做大。同时,从邱光和多次创业永不服输的经历,我们显然可以看出他那种百折不挠,永不满足现状的奋斗精神,邱光和及其领导的森马集团正是靠着这种与时俱进的守业精神,才不断走向一个又一个的事业高峰。

从上面几个事例我们可以看出,一个企业不管它有多大的资产和规模,只有不断与时俱进,才能永远立于不败之地;一个企业家不管他有多大的家产和多深的资历,只有艰苦守业,不断拼搏,才能真正珍惜,利用现有的劳动果实去成就更大事业。

五、发扬温州人吃苦精神

吃苦精神,其实是一种内含在每个具体个体身上的习惯化了的日常行为理念和行为方式。从可操作的视角来看,作为吃苦精神,它具体包括五个方面:第一是肯吃苦,面对各种困难和挫折能泰然处之;第二是踏踏实实地干,少说多做,并能理论联系实际;第三是善于从小事做起,要勤劳,积少成多;第四是要善于积累财富和使用自己的金钱,要形成良好的生活行为习惯;第五是不满足现状,做事情要持之以恒,不能靠三分钟的热度,真正做到既能创业也能守业。

如何发扬温州创业者们的吃苦精神? 我们认为,培养吃苦精神要重点从下列四个方面入手:

首先,要培养吃苦的意识,并把这种意识渗透到家庭和学校日常活动中去。肯吃苦是温州创业者们一个共同的性格特征。在创业初期,他们大都脚踏实地、精打细算。为了能赚到足够的创业资金他们不惜睡地板、站火车,甚至是出苦力,做了别人不愿意做和做不了的各种活计,而恰恰就是这不起眼的活计为他们赢来了不少的启动资金。更为宝贵的是,他们从中体会到创业的艰辛和对金钱的珍惜。

因此，培养吃苦意识的明智做法是，要学会在日常生活中自己来管理自己的生活，多吃点苦头，更多地了解和体验现实生活的真实层面，对任何事情都不要过于理想化，自己的事要自己做。在未来创业过程中，就会不怕过艰苦的日子，且不会被眼前的暂时苦难所吓倒。正所谓，不经历风雨，怎能见彩虹？

其次，要养成独立、自强、善于从小事做起的日常行为习惯。有句名言叫"一屋不扫，何以扫天下？"对一个要成就一番事业的人来说，如果连一点小事都处理不好，他想取得辉煌的成就是不可能的。天下哪有永远免费的午餐？成天躺在沙发上，幻想通过不正当手段一夜暴富、一夜成名的做法，到头来只会竹篮打水一场空。要做事，先做人。现在在学校生活中有一种奇怪现象，好多学生为了怕影响自己的学习，不参加班级或学校组织的各种社会活动，更不用说当某某班干部，总以为当班级干部为大家服务是吃大亏了。其实不然，这种思想认识是极其狭隘的，因为他们只认识到了事物的一个方面，而忽视了事物的极其重要的另一面。通过参加学校组织的各种活动及担任干部职务，能锻炼自己的独立、自强和管理协调的能力。而这种宝贵的独立生活和工作的能力正是大家在未来生活和创业中必不可少的基本素质。

再者，就是要在日常生活中养成勤俭节约的个人美德，提高对勤俭节约者光荣而挥霍浪费者可耻的道德认识。学会节俭对渴望成功的创业者们来说非常重要，因为凭借节俭的生活习惯，可以为你积攒一笔为数可观的资金或者说资本。这样你就具备了一定的创业条件，一旦时机成熟，就可以大显身手。否则的话，一个从不会管理金钱的人，很难想象他会有成功的机会。俗话说得好，不当家不知柴米贵。为了培养自己勤俭节约的生活习惯，学生不妨在适当的时候"小鬼当家"一回，亲自掌管家里的日常开支或财务，体会一下家里日常琐事和柴米油盐带来的烦忧。同时和父母的做法作一个比较，看看谁的开支大，结果是可想而知的。

最后，要创造各种条件，培养勇于克服困难的顽强的意志品质。在现实生活中，意志品质对于一个人的成功显得尤其重要。我国著名作家路遥先生曾经说过这样一句脍炙人口的话："人只有初恋般的热情和宗教的意志才可能成就一番事业。"因此，对那些幻想有朝一日能像比尔·盖茨一样创业和富有的未来创业者们来说，要善于创造各种条件，培养自己顽强的意志品质，比如，进行高强度的体育训练、野外生存锻炼等。

温州人能吃苦的可贵之处在于：穷时能吃苦，富裕后还能吃苦；当小老板时能吃苦，当大老板时还能吃苦；在没有文化时能吃苦，到了知识时代还能吃苦。

温家宝总理在访问意大利时对欢迎他的华侨说:据我所知,今天到场的华侨企业家中百分之七八十是温州人,我知道出来的中国人都很艰辛,今天大家穿得整整齐齐,但当年出来时不知道吃了多少苦,到今天这一步相当不易。温州人能吃苦,而且吃苦不叫苦,这就是中国人力量所在。

第三节 信用与企业

一、信用是立企之本

随着市场经济的深入发展,市场经济已经对人们在创业中所表现出来的道德水准,提出了更高的要求。成熟的市场经济,成熟的创业人,诚信是其伦理基础。

说到底,做买卖到了一定境界上最重要的就是诚信待人。办企业、做生意当然要赚钱,但是怎么赚,为谁赚,怎么才能赚得长久,这里面学问就多了。从成熟的市场经济所提出的要求来看,最关键的就是要讲求信誉,诚实经商,对用户和顾客负责,这样才能赢得他们的心,才能获得长久的回报。质量、品牌、承诺、服务、品位等等,从某种意义上说,都是诚信精神的一种外化形式,或者说在这些背后都有诚信精神做支撑。当然,真正做到了诚信,总是与优良的业绩和事业的发展分不开的。

某人才调查中心曾采访过 100 名世界超级富翁,当问及他们成功的秘诀时,虽然各人说法不尽相同,但这些成功人士中,九成以上提到了两个字:诚信。即诚实、守信用。

信用是什么?《辞海》的解释是:遵守诺言,实践成约,从而取得他人的信任。用通俗一点的语言说,就是说到做到,言而有信。说话不算数,叫做没有信用。没有信用,企业就会失去市场。

20 世纪 80 年代末,温州民营经济走过的是一条粗放式的发展道路。在中国市场体系尚未完善的情况下,在缺乏有效的市场规则约束的情形下,温州众多的小企业受短期利润最大化目标的驱动,走上了经济发展的反面。企业规模小、层次低、产品档次低、质量差,一些影响经济生活正常运行的"假冒骗"时有发生,从而为"温州模式"蒙上一层阴影,使温州成为"假冒伪劣"的代名词,温州的产品在全国一片打假,走南闯北的温州人喝了自己酿成的苦酒。

在艰难的市场环境中,痛定思痛的温州民营企业开始觉醒了。在 1994 年 5 月温州市委、市政府"质量立市"口号的倡导下,温州经济开始走上了"第二次创业"的健康发展之路。

二、温州人烧假货

柳市,这个曾因假冒伪劣电器产品而"闻名"全国的温州乐清市的一个小镇,在全国性围剿假冒伪劣低压电器产品,治理整顿市场的活动中,陷入前所未有的困境,如乐清市委的一位负责人所说的,柳市已经被市场逼到了绝路。在严峻的局势面前,柳市人觉醒了,"质量立市"的口号喊出柳市人民的心声,政府、社会、企业共同把打假治劣活动作为柳市再生的"生命之战"来打。20 世纪 90 年代以来,柳市的大规模打假治劣活动从未间断过,从质量万里行到商品质量大检查,从联手打假到专项整顿,并逐步建立起市、镇、企业三级质量管理责任制,从而把产品质量的提高落到了实处。打假治劣扶优淘汰了一批靠假冒伪劣产品起家的企业,也造就了一批经得起市场磨炼的优秀企业,正泰、德力西、天正等企业就是在打假中成长起来的。

20 世纪 80 年代末,温州制鞋业的遭遇更是令人叹息。1987 年 8 月,杭州武林广场一把大火把 5000 多双温州劣质皮鞋付之一炬,继而这把火烧到了南京、长沙、株洲,也烧尽了温州人的脸面。然而,也正是这把大火烧醒了温州人的头脑,温州人终于认识到,制假售劣虽能赚到大笔利润,但败坏了名声,与所造成的市场损失来比,眼前这些利润只能算是蝇头小利,长此以往,这世界哪里还有温州人的立足之地?

温州制鞋业坐不住了。370 多位鞋厂厂长联名向全市制鞋企业发出"提高质量,重树温州皮鞋形象"的倡议,全市 1400 多家制鞋企业积极响应。温州的制鞋业"重生"了,崭新的生命有了一个崭新的名字——中国鞋都。12 年后,令温州人扬眉吐气的是,在 1999 年 12 月 15 日,同样是在杭州武林广场,温州制鞋业的老总们点一把火,将数千双冒牌温州名鞋的假冒伪劣鞋付之一炬,与 12 年前温州鞋在这里被当众烧毁形成了强烈的反差。曾有报载:"12 年前一把火,烧温州人假货。"

如同低压电器、皮鞋一样,温州的服装、打火机、眼镜、机械产品、塑料制品等行业,也都历经风雨走向成熟。12 年后的一把火,把假冒自己产品的假货付之一炬,烧掉了什么?烧掉了"寡信"、"欺诈"和"唯利是图"!造假,是搬石头砸自己的脚,而最终决定企业命运的是质量。保证质量是企业取信于民的前提,质量是信用的保证。凡是世界著名企业,无一例外,都是把质量放在第一位的。日本产品就是因为质量过硬才走到了世界的前列。

三、信用比赚钱更重要

中国加入 WTO 后,正泰集团公司董事长南存辉说:"今年是中国加入 WTO 的第一年,在这一年里所有政府部门的游戏规则都要改变,所有的企业都要考虑如何适应。如何做好这篇文章,关键是政府要做讲信用的政府,企业要做讲信用的企业,人要做讲信用的人。温州则要建立'信用温州',正泰则要成为'信用正泰'。"他又说:"在社会主义计划经济向市场经济转型时期,一些人的人生观、世界观、价值观发生了扭曲。有些人唯利是图,不重视知识产权,不信守承诺,甚至采取欺骗等手段损害他人的利益。美国安然事件给世人敲响警钟,中国的股市黑幕给我们敲响了警钟。信用对一个企业,对一个行业是十分重要的。信用也是生产力,可以说千金难买信用。信用没有了,就什么都没有了。"南存辉这发自肺腑的话是非常中肯的,作为一个企业,讲信用的最直观体现就是要对用户和消费者负责,要提供安全、可靠、高品质的产品。下面是一个关于南存辉不计成本抓质量的例子。

1993 年 12 月,正泰的产品出口到希腊,产品已装好了,船期也定好了。但南存辉还是放心不下。这是自己企业的产品第一次出口欧洲市场,他看重的不是利润高与低的问题,而是品牌打不打得响、信誉好不好的问题。做好,等于欧洲市场就能顺利占领;而做砸了,则意味着整个欧洲市场的大门就会对正泰紧闭,因此必须保证万无一失。想到这里,他坐不住了,赶到仓库时,产品大都已经装箱上车,正准备运往港口。此时,细心的南存辉却发现产品外观色泽有些差异。除此之外,其他方面均完全符合质量标准。南存辉的眉头开始皱得紧紧的,他立刻问在场的工作人员:"这是怎么回事? 你们是怎么把关的?"工作人员正想做一些解释,而南存辉不等解释,便果断下令:这批货不能发,所有产品全部开箱检查,直到没有一点问题为止! 看着工人们从卡车上将一箱箱的产品重新卸下,运回仓库,负责运输的经理急了。他提醒南存辉,这样一来,就会误了船期,如不能按时交货,外方会提出索赔的。南存辉却不为所动,他站在那里,冷着脸一言不发。所有在场的人都知道南董的脾气,在质量方面,他压根儿就没有什么商量的余地,没办法,只好按南董的指令办,全部开箱检查。等到检查完产品,再重新装箱时,已误了船期。离交货期限近了,怎么办呢? 负责运输的经理去请示南存辉。"空运!"南存辉斩钉截铁地说。南存辉的话音一落,大家都惊呆了。精明的助手一算账,好家伙,如果由海运改为空运,这批产品非但赚不上钱,而且还要亏80 万元人民币。天下哪有愿做亏本生意的人? 南存辉似乎看出了大家的心思,他冷静地说:"大家的心情我理解。但企业的信誉、产品的品牌更重要。我们今天损失了 80 万,但有了信誉,我们以后还可以赚更多的 80 万。我们宁愿少做一个亿的产值,也不能让一只不合格的产品流向市场。"

信用重要还是产值重要,看你是为了谁。若是单单为了自己,多做产值,不顾客户利益和市场信誉,甚至损害它们也在所不惜,这样你可以一时多赚钱,但是名声损坏了,客户逃掉了,牌子砸掉了,还能继续赚下去吗? 南存辉就是硬要承担 80 万资金的亏损,这不仅是"生意经",更是一种人格的境界。

四、信用是企业核心价值观

奥康总裁王振滔是通过故事、标语、仪式和象征等手段来树立员工的质量意识,从而营造一种企业文化的。有一次,包装人员因疏忽,误将一双不合格皮鞋包装入库,王振滔知道这一情况后,立即下令拆包检查,可这双皮鞋已发往外地,他立即发电报给全国各地办事处,责令将这次所发的货全部退回厂部,重新拆箱检验再发回。这不仅增加了运费和人力,还耽误了上市季节,很多人对此不理解。但正是因为很多人的不理解,使得这个故事在奥康广为传扬,至今这双鞋还放在企业形象展示中心。

还有一个"美元换来大订单"的故事。一次,奥康集团国际贸易部接下了意大利客商价值 20 万美元的订单,双方谈好产品单价为 23 美元,并签订了购销合同。但在产品投产时,奥康公司发现生产部门在核算成本时将皮料的价格算得过低,若按实际成本计算,每双鞋的出口价格至少还要增加 1 美元。当员工请示是否与外商洽谈加价时,王振滔表示:"既然签了合同,就是亏本了,这笔买卖也要做。"消息传到意大利客商的耳朵里,他们主动提出在价格上增加 1 美元,但被王振滔婉言谢绝。他说:"多赚 1 美元少赚 1 美元并不重要,重要的是我们要恪守信用。"这种诚信经营的做法令意大利客商十分感动,他当即决定按每双 24 美元的单价追加 100 万美元的订单。几个月后,奥康集团又接到这位意大利客商 200 万美元的订单。

此外,在售后服务上,奥康设立了质量投诉"绿色通道",开通了 24 小时专人值班的质量投诉电话,公开接受消费者监督并及时收集质量反馈信息。产品售出后在 3 个月内出现质量问题,顾客不满意的,包换超过"三包"期的,继续跟踪服务,始终做到以消费者满意为己任。为保护消费者利益,奥康还在每双鞋上都贴上防伪标志,通过拨打防伪标签里的电话,消费者就能判断自己所购的鞋是否真货。

"失信不立。"没有信用的人,无法立身;没有信用的企业,无法生存。但信用是靠一件事情一件事情踏踏实实地做起来的。"王振滔找鞋"的故事,胜过一打质量保证书。当然,建立信用有多种方式,投诉电话、"三包"、防伪标签等都是信用的一种承诺。可以说,企业没有信用,就难得到发展。

五、弘扬温州人诚信精神

我国古代《管子》一书中有这样一段话:"非诚贾不得食于贾,非诚工不得食于工,非诚农不得食于农,非信士不得食于朝。"这句话的意思是说,不论哪一个行业，做生意、做工、务农、为官，都要讲诚信，如果做不到，就不要以此为生。过去我国商界的一些老字号，都在店内挂着"童叟无欺"的招牌，表明连老人和小孩都不会欺骗，足见商家的诚信态度。

诚信是人格健全的标志。企业的领导、员工有了健全的人格，塑造出健康的企业文化，履行诚信原则，成功的机遇才会时时等待着它。上面列举的温州企业家难道不是最有力的证明吗？

我们不反对企业追求正当的利润，但是我们反对把功利片面化。这种片面化脱离了功利的精神价值，片面追求物质价值，把文化、文明、道德弃之不顾，只知道眼前的物质利益和经济利益。实际上就在于一个"为谁"和"对谁有利"的问题。如果仅仅是为了个人和小团体的功利，那么就是狭隘的、孤立的和片面的。温州企业家们的恪守合同、忠诚服务、捐赠资助等等，体现了富而思进、诚信待人、诚心为国的精神；他们自觉地"以人为本"，时时刻刻把人作为自己的出发点和落脚点，以服务作为经营管理的方针和目标；他们把个人与社会、眼前与长远、局部与全部、代价与目标等，有机地结合在一起，推动着有利于人民和社会进步的功利不断扩展和深化。

第四节　鸡头与凤尾

一、"宁做鸡头，不做凤尾"

"宁做鸡头，不做凤尾"，体现了温州人的老板情结，但在当今这样一个充满竞争，强手如林的社会中，要想求得发展，更重要的是"众人拾柴火焰高"的合作力量。问问所有成功的企业人，其成功的背后是什么，绝少不了一条，那就是合作。合作不仅仅是一种策略、一种手段，而且是一种精神、一种品格，推而广之是企业的一种必不可少的文化。

对于创业来说，需要许多条件。从创业者自身来说，需要具备果断的判断力，灵活、机智、勇敢的意志品质；此外，天时、地利、人和，也不可或缺。实践证明，在所有这些因素中，合作是企业发展的一种内动力。

"宁做鸡头，不做凤尾"，说明温州创业人要当老板的意识非常强烈。这个意识突出表现在两个方面：一个是在事业发展上，他们始终想做领头羊，表现为一种创业精神、领先意识；另一个是在个人的发展上，他们不愿意长期打工，只要时机一到,一定要做个老板,哪怕是守地摊的。

天津陶陶鞋业服饰有限公司董事长陶加,原先也是温州小裁缝,后来决定到天津闯荡一番。一开始,他和朋友只是从外地买进一些面料,然后在天津做些服装的简单加工,虽然也尝到了一些小的甜头,但始终没有公司和品牌。后来,他意识到要在天津站稳脚跟,必须创办自己的公司与品牌。说干就干,于是在1992年,陶加创办了自己的公司——天津市梦特制衣有限公司,组织规模化生产,并使自己的服装打入了天津的许多著名商场。

尽管生意做得红红火火,但善于思考的他却发现在大商场做,有很多的制约因素,这些人为的情感因素,往往会给厂家的经营和开发带来干扰。要想实现真正意义上的自主经营,创造更多的社会和经济效益,必须走专卖的路子。为此,陶加同天津劝业场签订了长期租赁三楼400多平方米场地的协议。经过精心策划和布置,他开起了陶陶时装广场,广场内不仅有自己生产的服装,还有广东、香港、台湾和韩国的名牌服装。随着市场的变化,陶加又及时调整了企业的发展战略,在1997年创办了经营面积为700平方米的陶陶鞋业超市。该超市在保留服饰的同时,突出了中档鞋业的经营。这一举措具有很高的战略眼光,广大消费者的喜爱便是有力的证明,短短几十天,陶陶鞋业超市的营业额达到870万元。成为行业的领头羊,这是陶加的发展目标。看到陶陶鞋业营业额不断攀升的情况,陶加认为"陶陶"成为连锁经营典范的时机已经到来。为此,"陶陶"第二家连锁店又隆重开业。同时,考虑到商场在经营过程中需要对断码鞋进行特价处理,现有的商场又没有足够的空间,公司又迅速开办了陶陶鞋业特价店,生意也非常火爆。由于精心策划,定位准确,"陶陶"连锁店一个接一个开张了,成为天津居民家喻户晓的品牌产品。2000年,陶加又相继在天津和平路步行街、小白楼商业区和唐山市新世纪商城开办了三家连锁店。几年下来,陶陶鞋业营业面积从原来的400多平方米发展到了现在的近7000平方米,年销售60万双皮鞋,营业额超亿元。如今,陶加无可争议地成为行业的领头羊。

不想当元帅的士兵不是好士兵,不想当老板的温州人就不像是温州创业人。有一温州人姓陈,少年时赴荷兰,端盘子洗碗10年,开了一个餐馆。数年后,陈老板回温州,与朋友合股开起维多利亚大酒店,此后,他陆续涉足地板、酒吧、房地产等生意。虽出有宝马,居有洋房,家财万贯,但陈老板仍不满足,继续买地、盘店面。

温州创业人大都靠着一身薄技独立闯荡江湖,最终创下了属于自己的辉煌事业。比如,现在大名鼎鼎的正泰集团董事长南存辉,便是当年子承父业的小小补鞋匠;德力西集团老板胡成中,也是其裁缝父亲手下出师最早、手艺最好的徒弟。不过,过于强调个体自主性,过于相信自己的能力,也容易滋生一些人性的弱点。比如说,过于自负,难以容人。

二、打造服装联合舰队

进入20世纪90年代以来,国内服装行业发展异常迅猛,外地服装业高起点、高档次、集约化的发展态势对原本较有优势的温州服装业构成了威胁。1995年全国服装行业百强评比,温州服装企业竟无一上榜!这让温州服装界人士大为汗颜。在新的形势下,如何发挥温州服装的优势,创出温州服装的品牌?现实问题严峻地摆在了每一位温州服装企业家的面前,身为温州服装商会副会长的陈敏更是弹精竭虑。通过服装商会的上下联络,1995年,一个大胆的构想终于在陈敏头脑中形成,把几家规模较大、效益较好、影响力较强的服装企业组织起来,成立温州服装工业集团,发挥区域优势,走联合发展之路。出人意料的是陈敏自己所在的"金顶针"服装公司的董事会竭力反对组建联合企业。对"金顶针"的大多数股东而言,他们担心的是正值上升时期的"金顶针"会被其他企业拖垮;而对陈敏而言,他担心的却是若不走创品牌之路,被拖垮的可能是整个温州服装业。恰在此时,原本有联合意向的几家企业也产生了分歧,由于各企业之间经济实力、企业规模等彼此不分伯仲,很难形成核心企业作为联合舰队的掌舵人,组建服装工业集团之事中途流产。

陈敏这个人,自己认准了的事,不论遇到什么困难,不达目的绝不罢休。服装工业集团虽然流产,但他对温州服装的发展有了更加清醒的认识,走集团化之路、创出温州服装品牌的决心更加坚定。触动陈敏下决心走向"庄吉"的原因是他遇到了事业上强有力的合作伙伴。在温州几家企业尝试组建服装工业集团的过程中,陈敏与庄吉服装有限公司的董事长郑元忠有了较多的接触。几次商谈中,陈敏超前的经营管理意识以及对温州服装发展独到的见地,给曾是乐清"柳市八大王"中电器大王之一的郑元忠留下了深刻的印象,而郑元忠丰富的闯荡市场的经验以及知人善任的胸襟也让陈敏在很多问题上与他达成共识。因而,当郑元忠主动邀请陈敏加入庄吉共谋发展时,陈敏便毅然放弃在"金顶针"已经拥有的一切,决然加入"庄吉"行列。陈敏曾戏称他去"庄吉"是人生最大的一次"赌博",其实,他是太需要一个不束缚其手脚实现创温州服装名牌的环境了,而"庄吉"恰恰为他提供了这样的环境!陈敏的加盟,给原来有一定基础的"庄吉"注入了一股新鲜血液。他的全新观念、全新市场运作方式以及在"金顶针"时已经确立的个人声誉,为庄吉的重新崛起赢得了机遇、资金、客户、效益等。

庄吉集团于1996年春隆重成立。成立一年多时间,就留下了一连串闪光的足迹。1997 年,在国际服饰博览会上"庄吉"产品引起轰动;1997 年 4 月,"庄吉"服饰获国家质量优等品称号;1997 年 4 月,"庄吉"被评为全国服装行业销售利税双百强企业。目前,庄吉正着手重新完善导入 CIS,位于平阳县的 104 国道边、占地 60 亩、厂房面积 2 万平方米的庄吉工业园区也已建成投产。一个更加宏伟的蓝图已经展开,庄吉的前景无限灿烂。

想进入百强,却遇到外地企业的威胁和挑战,怎么办? 死守原来的阵地,可能就是死路一条。应改变方向,找合作伙伴。合作与竞争,好像是一对矛盾。人们往往认为,合作就没有竞争,竞争就不能讲合作。其实,在具体的实践过程中,没有这么简单。很多企业得到了很好的发展,往往就是在妥当地处理了这一对矛盾之后才发展的。在市场经济发展的今天,我们看到的往往是竞争中有合作,合作中有竞争,它们是互相促进,共同提升的。

三、群体聚合　共同发展

移民意大利的温州人,第一批人出国站稳脚,又将第二批人带出去,多年以后,移民数量达到相当规模,而因为出国后不懂外语,困难很多,他们就特别团结。他们有自己定的一些规矩。如温州人初到,他们就自发凑钱助其发展,等他成功后再还钱;他们互相不杀价,捆绑成团,外面的人"水泼不进"。他们靠仿制皮货起家,价格压得很低,很快把意大利皮货商打垮,当地商人十分害怕他们。现在,在完成资本原始积累后,他们又进军正宗高档的皮货市场。他们自称是中国犹太人,尽管世界各国对他们进行封锁,但他们仍然无孔不入地挤进去,将自己经济的毛细血管与世界经济的毛细血管相连。今天,在全世界温州人成了一道独特的风景线。

温州人更多的是以群体聚合的方式来从事各种工作,特别是在生意方面,血缘关系成了重要的因素。手工作坊和家庭工厂就是一个典型。楼上住人,楼下聚集着自己家或亲戚家的很多人,印刷、编织、裁缝、做鞋、制眼镜、造纽扣等。加工小电器,一边紧张地工作,一边不时说些简单的邻里故事、闲话笑话。到吃饭的时候,各自解下围兜,走到后面的厨房,围成一桌,开心聚餐。这样的工作模式,几乎不需要管理,赚得多,大家分得就多;反之,也能心安理得。谁要是想偷懒,看看四周都是亲人,你自己偷懒就意味着别人要多干一些,就会不忍心;更不会有人把原材料偷出去为自己所用,被大家发现,你还想做人吗?

如今,血缘在温州人新的经济模式中,仍起着重要的作用。家庭中的一个主要成员成了厂长或董事长,其他成员则分散在各个重要部门,分头负责,有凝聚力而少扯皮、拆墙脚之类的现象;对外是一个团体或一只拳头,对内是一个温馨的群体;遇到困难,大家齐心出击;遇到矛盾,开一次家庭式会议,解开疙瘩。血缘在企业里成了前进的动力,成了盈利的催化剂。

血缘的向心力是无可置疑的,但会不会缺乏海纳百川的胸襟呢?会不会使外来的才俊看不到彼岸那道最明亮的曙光呢?老乡和亲戚,也是人际关系的一种。只要避免了庸俗化、功利化,可以成为很好的合作模式。当然,它还要发展,还要融入更广阔的人才市场中去,寻求更为理想的人际关系。

上面的这些事例,能不能引起我们的反思呢?在许多人的心目中,商场就是战场,充满着尔虞我诈、你死我活的斗争,根本没有什么人情好讲。其实不然。中国古代和现代的历史,都无数次地强调"天时、地利、人和"在事物发展中的重要性,其中的"人和"指的就是人际关系,就是相互帮助,同心同德。从温州创业者的事例中,我们可以看到,在良好人际关系上形成的合作:

第一,可以产生合力。温州商人,在国外打天下,占领市场,单凭个体是办不成的。"众人拾柴火焰高",经过亲戚朋友之间的帮助与支援,不仅使一些人解决了困难,而且可以将事业发展得越来越大。

第二,事业上可以互补。创业者不是全能的,有的缺资金,有的缺技术,有的缺乏市场,有的缺乏品牌,如此等等。但他们又有各自的优势,通过合作,优势可以发挥,劣势可以得到补偿,推进事业的发展。

第三,人们的感情得到了融合。合作需要相互理解和尊重,在合作的过程中,人们可以比较充分地沟通与讨论,彼此获得了友谊。要迈向成功,仅仅依靠信念的支撑是不够的,还需要同事与朋友的鼓励和提醒,使你时时刻刻在成功时有再接再厉的勇气,在失败挫折时有重整旗鼓的信心。

第四,信息得到交流。现代市场经济中,要干一番事业,不管是创业还是守业,没有信息是不可想象的。一条珍贵的信息可以使人功成名就,信息的闭塞却能造成你的终生遗憾。人际关系就是信息的通道,关系疏通了,有了合作的诚意,相互支援,共同发展,就能够达到各自的目标。

四、共赢共进　优势互补

在温州市一些专业市场趋于疲软的情况下,东方灯具大市场却红火如常,成为一道亮丽的风景线。浙江东方集团总经理腾增寿说,这是国企与私企优势互补、携手并进、共同发展的结果。

坐落在温州市区矮凳桥的东方灯具大市场是浙江东方集团于1993年4月创办的。目前,市场建成古典式营业房近4万平方米,吸引了600多家私营及股份制企业进场营业。该市场还先后被评为全国文明市场和浙江省三星级专业市场。浙江东方集团利用国有企业的品牌、管理、渠道、人才、技术等优势,帮助进场经营的私营企业发展壮大。进场的600多家私营企业统一以东方集团牌子对外,增强产品的市场信誉。浙江东方集团则利用管理优势,成立市场办公室,协助有关职能部门在工商、税务、城建、卫生等方面为场内企业统一提供服务;成立灯具商会,对灯具新产品开发进行维权,使各企业节省大量精力;利用渠道优势,组织场内企业赶赴海内外展销,每年吸引2万余人次来市场参观并洽谈业务,以及通过在上海等地设立经销公司等方式帮助各私营企业开拓市场;利用人才、技术优势,举办灯具生产培训班,组建电镀公司帮助进场企业解决灯具生产中的难题,提高产品档次和质量。此外,该集团还开办宾馆及托运部,组织保安人员24小时巡逻,为场内企业提供一条龙服务。借助浙江东方集团的诸多优势,东方灯具大市场迅猛发展壮大。

在私营企业借助该集团的优势发展壮大的同时,该集团也利用私营企业的优势壮大自己。如今,东方灯具大市场每年为该集团增创利税3000多万元。同时,各进场的私营企业还以经营场地固定资产的4倍资金向该集团缴纳为期3年的信誉风险抵押金,充实了该集团的资金实力。此外,市场的繁荣,衍生出了许多配套服务企业,拓宽了该集团的发展空间。

国营企业与私营企业合作,为私营企业提供服务,帮助他们在市场竞争中立于不败之地;与此同时,自己也发展壮大,为国家和社会做出了更大的贡献。面对行业的竞争,不管是国营还是私营,都要以市场为导向,联合起来,只要能占领市场,就是胜利。

人类社会在"茹毛饮血"的原始社会初期,为了生存,在与大自然的斗争中,就懂得了合作的重要性,这是连小学生都通晓的常识。随着社会的文明进步,合作成为人与人之间的一种高尚"情感"表现。但是与此同时,生存竞争也是无处不在的。竞争、挑战,都是激发个人能量,使国家民族攀登高峰的内在要求。

到了现代社会,人与人、业与业、国与国为利益而进行的竞争日益激烈。资源的争夺、市场的争夺、人才的争夺比比皆是。事实上,有了竞争和挑战,人们的活力和创造性才能充分发挥出来,推动社会前进。但是,合作与竞争绝非势不两立的"天敌"。无数成功的案例证明,一个善于合作、同时善于利用竞争策略的人,往往会取得成功并增强自己的竞争力。

五、弘扬温州人合作精神

"合作"对我们并不陌生,古语讲的"单者易折,众则难摧",今人所说的"团结就是力量"等等,都是提倡和鼓励合作的,而且合作精神的发扬光大,的确成就了许多了不起的事业。

在新形势下谋求合作，在观念上，不可一味强调个人自主，无视环境；在目标上，要兼顾合作各方的利益，互利互惠；在人际关系上，要有感情投资，和睦协调；在管理上，要民主平等，不能专断弄权；在人格品德上，要讲究诚实守信，不可损人利己；在方法上，要有谋略的选择，顾全大局。这些，既是商品经济条件下合作的准则，又是社会主义精神文明建设的要求。

在商品生产、销售市场化的形势下，竞争空前激烈，合作的需求摆在面前，温州人与时俱进，在合作的平台上，写出了一篇又一篇的好文章。他们在合作理念、合作技巧、合作心态以及合作效率上，都有创新和发展，可以说令人刮目相看了。

首先，温州人有致富的愿望，懂得合作的价值。他们为了自己的事业，有合作的自愿性与积极性。有一个大自然的例子，说的是大雁在本能上就知道"合作的价值"。它们以"V"字形飞行，而且"V"字形的一边比另一边要长一些，为首的大雁在前面开路，能帮助左右两边的雁形成局部的真空，减小它们飞行的阻力。据说，成群的大雁排成"V"字飞行，比单独飞行要节省 20％的力气消耗，也就是说，可以多飞 20％的距离。温州人知道，要成功，必须合作！

其次，他们探索着各种不同类型的合作形式。有家族式的经营，有两人或几人的合伙；有局部的合作，也有整体的合作；可以采用互补的策略，也可以买断单干；有钱的出钱，有力的出力，有人的出人，有才的献才，有关系的出关系，人尽其才，各展所长，各得其所，他们甚至还设计了虚拟生产和虚拟营销！

第五节　突破与创新

一、心急吃不了热豆腐

温州人好像天生就具有善于模仿或"克隆"的天性。他们就像变幻莫测的魔术大师，见到什么就能变出什么来。例如纽扣、打火机、皮鞋、服装、电器生产线，没有他们所不能模仿的东西。

今天人们在电视上看到巴黎时装周或意大利时装周上亮相的最新潮流的时装，用不了多久，在温州市场上肯定会出现式样相似的时装，并随之销售到全国各地。据说，不少温州服装老板往往委托他们国外的亲戚，在外国人举办服装节以后,马上以高价购得他们的新产品,由熟人乘飞机带回温州,连夜拆开来,从里子到面料,从领子到袖口,从口袋到门襟,一一解剖,一一研究,以庖丁解牛的精神和技巧,将时装的奥秘一一破解。然后,将样式图交给大师傅,照葫芦画瓢,做出样板来,再交给裁剪部,不出几天,崭新的新式服装就投放市场了。打火机情形也是如此。我们前面提到的大虎打火机是仿自日本制造的打火机,其质量却已经超过日本制造。纽扣的生产一开始往往直接从国外时装上拆下几颗,加以研究,改造模机,再寻求质地同样的材料,很快就能仿造出来,几乎可以与原件相媲美。

温州的眼镜业也经历了一个从模仿到创新的演变过程。据最早从事眼镜制作的胡师傅介绍,当初他并不懂技术,完全是凭着一股子"别人行,我为什么不行?"的创业精神,拼命学习、请教。当时眼镜制造条件是非常简陋的,磨镜片是手工在地上磨,后来才过渡到用油石,再进步到用电动砂轮。如此简易制造出来的眼镜往柜台上一放,竟供不应求。另据《温州制造》一书的作者介绍:1982年,高中毕业的叶子健在温州一家工厂当车间工人,当时温州就有许多走私的金丝眼镜流入市场,其价格不菲,很多人可望不可即。初出茅庐的叶子健想,这种眼镜为什么自己不生产呢?于是,他用一个月的工资,买了金丝眼镜,然后将眼镜拆卸掉,凭着自己对金工的了解,分头到其他配件厂加工,再自己塑型装配,同时还购置油脂,在开水中成型安装,终于生产出第一批眼镜。

再有,温州大隆机器有限公司采用的发展策略也是寻求与外商合作,引进我国台湾以及意大利鞋机生产厂商的技术,再在此基础上进行技术创新。他们在1994年与台湾益鸿公司合作,为其生产配件。通过合作,他们学习到鞋机生产技术、设计技术、关键的生产工艺以及市场需求规律等经验。合作两年以后羽翼丰满,大隆终止了同台商的合作,而将自己研制生产的鞋机小批量推向市场,结果一鸣惊人,取得意想不到的效果。

此外,国外的特许连锁经营也被温州商人模仿过来。据统计,在全国各地由温州商人开的服饰连锁经营店不少于1万家,高邦服饰老板朱爱武的连锁经营就是一个例子。1995年,正值温州的西服业初成气候之时,洋品牌休闲服就以连锁专卖店的经营方式进入中国,令人耳目一新,朱爱武以她敏锐的眼光发现,连锁经营将是今后市场发展的一种趋势。为了证明自己的判断,她还走出国门,远赴美国进行市场考察,最终在自己的公司开始了特许连锁经营的尝试,结果取得很好的效益。

创造一种新产品或者改进一种新的生产工艺并不是一蹴而就的事,它需要一个时间和经验的积累。从上面的几个事例,我们可以看出,模仿其实就是创新的一个重要的初级阶段。也就是说，模仿，其实就是借鉴，也是创新的一种重要捷径，尤其对于像中国这样的发展中国家，经济的发展通过起初的模仿，可以大大节约生产的研发成本和尽快满足市场的需求。温州人不但敢于"拿来"，而且善于"拿来"。说到底，就是善于从别人先进的物品中汲取精华，并提升自己的水平。如今，温州的皮鞋、服装已成为拳头产品，这与他们善于"模仿"不无关系。

二、不断突破自我

美国未来学家阿尔温曾经说过这样一句话，他说："一个没有明确奋斗目标的企业，不管它现在的规模有多大、地位有多稳定，都将在新技术革命和经济大变革中失去生存的条件。同理，如果有了自己的奋斗目标，如果不注意变革陈旧的观念和模式，同样，这个目标也会成为空中楼阁。"对此，善于突破自我、标新立异的温州天正集团老总高天乐深有同感。

俗话说，生于忧患，死于安乐。由于在实际生活中，人们普遍存在一种似乎先天具有的惰性，因而使得很多创业的人士在小有成绩以后，就不思进取，甚至开始坐享其成。但曾经当过七年教书先生的天正集团老总高天乐却不这样。他始终认准这么一个道理，那就是做生意要不断突破自我，正所谓"思路决定企业的出路"。

那是1990年，高天乐在温州柳市镇创办了个人独资的乐清长城变压器厂。面对你死我活的激烈市场竞争，高天乐很早就认识到企业要想获得大的发展，必须要扩大规模，这样才能具有核心竞争力。为此，1994年，在高天乐一手组织策划下，长城实业联合七家同样性质的民营企业，组建了颇具实力的浙江天正集团公司。

组建成功以后，随着企业集团的发展和运营，高天乐又很快发现自己的企业存在着两个比较突出的矛盾：一是几个主要投资者之间的利益难以协调；二是少数人持股，多数人打工，企业的骨干队伍很不稳定。这时候，企业的投资者既是企业的所有者，又是企业的经营者，"两权"不分，内部股东之间的行为不够规范。在经过详细的调查之后，天正集团敢于对企业的问题进行大的"手术"，先后进行了两次重大的股权结构调整，最终使天正这个"人合"企业逐步向"资合"公司过渡，进入了发展的快车道。

随着企业集团规模的不断发展，和其他兄弟企业一样，人才问题又逐渐成为制约温州民营企业的新的瓶颈问题。在渴望高级人才加盟而实际许多企业高级人才难以引进的情况下，天正集团又比其他企业抢先一步，大胆引进了28名工商管理硕士。这在企业界和天正集团总裁高天乐就读的上海中欧国际工商管理学院掀起了不小的波澜。这支"梦幻团队"包括两名前上海上市公司的总经理和一名前香港上市公司控股公司的副总经理。高天乐对自己的选择充满了信心。他认为天正11年的发展经验表明,企业什么时候重视人力资源建设,什么时候就进入了快速的发展时期;什么时候忽视人力资源的建设,什么时候就会放慢了发展脚步。

中国入世以后,发展时间不长,在资金和技术方面远不及外国企业的我国民营企业如何才能谋求更大的发展?是敢于与"狼"共舞,还是关起门来搞生产,这是一个社会各界广泛关注的热门话题。在2002年的全国"两会"期间,作为全国政协委员的高天乐在接受记者采访时满怀信心,他说:"入世后,中国的民营企业要谋求大的发展,必须围绕'一个重点',实现'三个转移'。所谓'一个重点',是指入世后,中国的民营企业应该站在全球的角度来考虑如何提升自己的竞争能力。要做到'三个转移',那就是:一是由目前的以国内市场为主逐步转向国际、国内市场并举,实现企业向国际化方向转移;二是要提升科技含量,由目前的传统产业逐步向高科技产业转移;三是中国的民营企业要做大做强,就不仅仅是从事商品或产品经营,要逐步向产品、资本并重的方向转移,做到这'三个转移'就可以迅速提升自己的国际竞争力。"从高天乐身上,我们看到了他的成功,并不仅仅在于为社会创造了多少财富,更在于他给我们提供了一个艰苦创业、与时俱进、不断突破自我的具有创新思维的企业家典范。

三、不断创新　系统创新

创新不是虚无缥缈的东西,它是有一定规律可循的。这是从创新的本质层面来说的。但是,如果具体到微观的层面,那么创新的方式和策略却是千人千面,各有千秋。下面,就让我们看一看当前在温州如日中天的德力西集团是如何不断超越自我创新的。多年来,老总胡成中以卓越的领导才能和开阔的创新思维带领着德力西一班人,进行不断的创新、系统的创新。创新今天已经成为德力西企业文化的精髓。具体说来,突出表现在以下几个方面:

第一,产权制度创新。产权作为一种重要的权益规则是企业组织运行的中枢神经。作为一个不断发展壮大的企业集团,德力西的产权制度大体经历三个阶段的变革,不断地走向更高级的形式。1984年到1990年,德力西的前身求精开关厂,以家庭合伙制为主要形式,依靠自我积累、自我发展,初步完成了原始积累。1991年到1993年,胡成中将有一定生产规模的热销产品从车间分离出来,进行专业化生产,并开始兼并企业、吸纳新股,推进股份合作企业的战略性改组。1998年至今,胡成中成功实现了大规模的资产重组和资本经营,从而使德力西集团的产权制度在集团化的基础上进一步走向社会化,从而使产权制度发生了实质性的变化。

第二,管理运行机制创新。记得有一位著名的管理学家说过这样一句话:"企业的问题归根结底是一个管理问题。"德力西不断进行具有中国特色的管理机制创新,经历了由粗放型的家庭工厂管理到总厂式管理的过程。自 1998 年开始,胡成中对集团的管理运行机制进行了彻底的改革。首先是机构改革,企业采用集团公司代表集团行使职权,推出董事局事业部制扁平式管理体制,实行董事局领导下的总裁负责制,有效地缩短了管理的半径,大大地提高了管理效率。其次是人事体制改革,一方面对日益庞大的行政管理层进行全面消肿,分流了相当一批行政人员,同时,对在岗人员实行"定编、定人、定岗、定责",有效地整治了人浮于事的机关作风;另一方面,集团大胆突破了传统的用人观念,不拘一格引进人才。

第三,技术与质量的创新。一般来说,只有具备过硬的技术和质量,一个企业才能长期立于不败之地,也就是说技术和质量才是一个企业的核心竞争力。德力西集团自创业以来始终坚持"科技兴业"的发展战略,20 世纪 90 年代以来,便开始逐步摆脱模仿国外知名品牌的做法,注重加大技术投入和新产品开发力度,每年将占销售额 5%的资金用于技术改造和新产品开发,创办了电器科学研究所,建立了研发中心,在国内同行中第一个设立博士后科研工作站。每年有几十个规格不一、并拥有知识产权的产品问世。同时,积极构建企业的技术创新体系,设立了科研基金,为技术创新提供了资金保证。德力西已经成为浙江省"五个一批"骨干企业、省级技术创新试点企业、全国重点高新技术企业、全国质量管理先进企业。在胡成中的倡导下,德力西在推行严格的全面质量管理的同时,还通过了 SAS8001 职业安全卫生管理体系认证,是国内同行业中率先通过ISO9001 产品质量体系和 ISO14001 环境体系认证的企业。此外,德力西还将国际星际服务概念付诸实践,为用户提供及时、热情、周到的服务,使企业从适应市场走向创造和引导市场。

第四,营销模式的创新。在这个由消费者主宰市场的买方市场经济格局中,谁赢得了客户,谁就能占有宝贵的市场份额,当然,企业也就能保持旺盛的竞争力。随着企业品牌声誉的提高,1994 年以后,德力西改变了传统的"游击战"、"运动战"销售方式,把品牌资源与广大营销精英的优势互相嫁接,开网络营销之先河,产销分离,实现了销售职能社会化。网络营销战略的实施,快速推动了企业产供销的良性循环。1998 年以来,胡成中根据宏观市场形势的变化,针对网络营销运行中存在的问题,开始对网络进行整合,形成了总部营销中心、省级销售总公司、地市级分销公司三级销售与管理体系,理顺了营销通道,形成了整体推进、规模经营的态势。随着大产业构架的形成,2000年再次对营销网络进行提升,实施网络营销与品牌营销协调发展战略,推出了"纵向合一,矩阵式整体推进"、"独立经营、资源共享"的营销战略。

第五,经营方式的创新。企业经营如逆水行舟,不进则退。伴随着企业产权制度的变革和营销模式的变迁,德力西的经营方式也在不断地升级和完善。自1994年组建企业集团以来,德力西已告别单一的产品(生产)经营,在夯实主业的基础上,以输配电气为主线,初步形成生产经营、资产经营、资本经营和品牌经营的格局。几年来,胡成中通过品牌经营和资产经营,网罗了大量的社会资源,成功实现了一次又一次的低成本扩张,有力推动了德力西产业的发展与壮大。

第六,企业文化的提升。一个企业能否在大风大浪中披荆斩棘,作成一个百年的大企业,关键在于企业文化的养成。胡成中认为,不断加强企业的形象体系建设与理念体系建设,是提升企业文化的两项重要措施。近几年来,胡成中不断提升企业形象,推进企业"三名五度"(名品、名企、名人和知名度、美誉度、定位度、知名度、忠诚度)建设。创业以来,胡成中从最初的"以质取胜"的朴素理念出发,通过不断挖掘、延伸、完善,构建了以"德报人类,力创未来"为核心,包括价值观、人才观、经营观等在内的庞大理念体系,丰富了企业文化内涵。此外,德力西还一直致力于新经济组织党建工作的创新,积极探索党组织在民营企业经济建设中发挥作用的途径与形式,这不仅为德力西的企业文化注入了新的更具特殊意义的内涵,同时也为国内企业的党建工作提供了借鉴。

总之,德力西集团的创新实践证明,只要敢于创新,企业就会脱颖而出;善于创新,企业就会处变不惊;精于创新,企业就会常胜不败。这就是胡成中和他领导的德力西集团的不断创新给予我们的启示。相反,如果一个企业小有成功就停滞不前,那么,在不远的将来必然会被其他企业所淘汰。

思想观念是行动的先导。创新行动的产生离不开创造思维的养成。而创造性思维的形成要靠后天的学习和培养。首先,在日常学习和生活中要善思考,敢于质疑,挑战权威,形成独立的创新意识;其次,要善于培养自己的创新性人格或品质,比如乐于接受新事物,善于与他人合作,敢为人先等等;再者,针对日常学习和生活中的各种问题和困难,要善于运用发散性思维来尝试各种解决问题的办法,并找到问题解决的答案。长此以往,才能形成自己良好的交叉性、开放性的思维品质。这种发散性思维品质用在企业创新方面,同样有效。所以,创业者在创新过程中,要善于省略事物的次要步骤,抓住事物的核心和本质,善于超越思维的时间跨度,抓住不同时期事物的相同之处,从而以最快的思维速度把握到大好的商机。

四、发扬温州人创新精神

我国著名的经济学家厉以宁教授曾认为,在现代社会,成为一个成功的企业家必须具备四种条件:首先是要有眼光,就是说能够发现别人不能发现的赚钱机会。很多赚钱的机会,为什么你不能发现而他能发现呢?因为他有企业家的眼光。其次,是要有胆量和创新精神,因为任何新投资,没有做过的事情都是要冒一定的风险的。再次,是要有组织能力,就是能够把各种生产要素很好地组合起来,并使之产生高效率。最后,是有社会责任感。中国企业家必须关心国家的命运、民族的前途。其中,具备胆量和创新精神是最为关键的。何谓创新精神?我们认为,创新精神就是体现在创业者身上的那种敢于并善于对生产要素不断重新组合的进取精神。具体说来,它包括五个方面:一是求新求变的思维方式,具体表现在企业经营中,就是人无我有,人有我新;二是独立自主的创新性人格,具体表现在创业者身上,就是"宁做鸡头,不做凤尾"的独立人格;三是创新者要有远大的志向和抱负;四是要有"天生我材必有用"的充满自信的心理特征;五是坚韧不拔、不屈不挠的意志品质。

对于未来的创业者们来说,创新精神的培养要善于从小做起,从日常小事做起。

首先,要善于培养自己独立自主的创新性人格。从日常生活上来说,就是自己的事自己做,不要过分地依靠他人。不知学生听说过这样一则故事没有?这是一个真实的故事。说的是有一年北京大学本科新生报到的时候,一位娇滴滴的女大学生竟看着从学校食堂买来的熟鸡蛋,不知如何"下手"。别的学生一问才知道,原来这位学生以往上学时过惯了衣来伸手、饭来张口的生活,她竟然不会剥鸡蛋!这样的学生将来走向社会后别说艰苦创业,就是独立生存也成问题。

其次,要从小树立创大业的伟大志向。著名经济学家熊比特认为,企业家是不断在经济结构内部进行"革命突变",对日常生产方式进行"创造性破坏",实现生产要素的新组合的人。企业家的首要特征就是积极进取,包括强烈的创新精神、创新意识与创新能力,企业家与一般经营者的差别就在于前者有创新的意识与创新的能力。这种创新的范围是极其广泛的,它包括观念创新、技术创新、管理创新、组织创新、制度创新和市场创新等等。现代市场经济是一种竞争性很强的经济,企业要想在竞争中争取有利地位,就必须在生产经营活动中独具特色、独领风骚,始终处于同行业领先的地位,以增强企业的竞争力。这就需要企业家对新生事物具有高度的敏感性，要有丰富的想象力，要有宽阔的视野，要有锐意进取的勇气，要有接受和采纳新观念、新方法、新技术的胆识和魄力。总之，创新的动力，来自于企业家或创业者的敢于冒天下之大不韪的不懈追求。要善于培养自己乐观、向上、充满自信的心理品质。有位资深心理教育家曾说过这样一句发人深省的话，她说："其实，一个人的性格就是他的命运。"这句话是有很强的生活哲理的。现代社会是一个充满竞争和各式各样诱惑的社会。一般而言，一个成功人士的奋斗目标越高，他获得的成就也就越大。

再次，要善于培养自己坚韧不拔、百折不挠的意志品质。客观地讲，企业的创新活动并不是一帆风顺的。有的企业创新活动成功并带来了高额的收益，但是，有的企业创新活动却由于这样或那样的机会和条件的限制而失败了。这个时候就要创业者具备百折不挠、愈挫愈坚的顽强意志品质。对于一个优秀的企业家来说，哪里跌倒从哪里爬起，留得青山在，不怕没柴烧。如果遭遇一点挫折或打击就垂头丧气、一蹶不振，这样的人是不会成就一番大事业的。

最后，要善于培养自己不盲从，不迷信权威的善于批判的创新性思维。创新能力的核心是创新思维能力。创新思维是智力高度发展的产物，它是指发明发现一种新方式用以处理某件事情或者表达某种事物的思维过程，并且能在此基础上提供新的、具有社会价值的产物。一般而言，一个新的科学观念的产生，一个新发现或发明的提出，一个问题的解决方案的拟定，往往是人们创新思维的产物。如爱因斯坦的相对论、哥伦布发现新大陆、中国古代的"曹冲称象"的故事等等。然而，在实际日常生活中，多数人的思维都具有这样的特点：某件事情看多了，就司空见惯，见怪不怪了。这种依据已有的固定的思路进行思考和解决问题的方式，被称做"习惯性思维"。习惯性思维是创造思维的大敌。怎样才能克服这种思维定势呢？关键在于对任何权威的知识或做法，都应不迷信、不盲从，经常变换观察分析问题的视角，或者将事物和问题倒过来看一看，说不定可以给人一种全新的思路。

第六节　义利相统一

《战国策》当中有一个"舍利而市义"的故事，流传千古。有一年，孟尝君的领地薛闹饥荒，门客冯谖代为收租。冯谖到后，非但不收租，反而宣布一切债务作废。孟尝君非常生气，冯谖却坚称，舍小利而市大义。后来，孟尝君失宠，被贬到薛为侯。上任时，未至百里，百姓夹道欢迎。孟尝君恍然大悟。

虽然有"舍利取义"的大贤在前，不过，义、利之辩，始终存在。现代市场经济下，舍义取利固不可取，舍利取义实施起来，也颇有难处，需权衡取舍一番，坚持义利并举不失为双赢之策。

一、致富思源　富而思进

在文明竞争占主流的现代市场经济中，靠歪门邪道和投机取巧赚钱、没有道德的企业是绝对没有前途的。处理好企业与国家、社会的关系，处理好企业与消费者的关系是企业道德修养的重要内容。

拜丽德人深深懂得义和利是密不可分的，就企业行为而言，企业应当在满足社会需求中取得最佳利益，2000 年企业实现产值 2.5 亿元，获得超百万利润，并蝉联 3 届"文明私营企业"。

"致富思源，富而思进"，企业发展了，不能忘本，拜丽德自创立之日起，便把回馈社会作为企业发展的一项根本制度，积极响应市政府"送温暖"活动，向社会下岗职工、特困职工和家庭伸出援助之手，热心公益活动，资助五马老人站，赞助腾萍乡水利扶贫工程和中国田径大赛等等。拜丽德关怀人生、回馈社会的精神和鲜明的企业文化内涵，受到社会各界好评。

"义"与"利"之争在我国古代从来没有间断过。通俗一点说，"义"就是讲仁义，讲情谊，讲道德，讲利他；"利"是讲物质，讲得益，讲"实惠"。怎样处理它们的关系？在进入商品经济的今天，人们感到困惑。而实际上，两者是统一的，并不矛盾。说到底,只要解决了"为了谁"这个问题,难题就会迎刃而解。拜丽德不就是一个很好的例证吗?

二、造福社会　精神回报

1999 年 10 月 25 日,由周星增牵头,几位朋友一起,联合温州国际信托投资公司,共同出资 3 亿元兴办了上海建桥学院。2000 年 9 月,第一批 1352 名学生入学。这一年招生,建桥学院创造了上海民办高校招生史上的好几个之"最":报名人数最多,招生人数最多,招生范围最广,收费最高。2001 年 4 月,经上海市教委、上海市人民政府批准,徐匡迪市长签字,建桥学院又被破格列入国家计划内招生序列,成为上海市第四所列入计划内招生并有独立颁发大学文凭资格的民办大学。

"人生是一条抛物线,一项工作,一项事业的运作,都是一条抛物线。为了走得更高、走得更远,我们必须在一条抛物线到达顶点时,换一条抛物线,走到另一条抛物线上,这样才会形成阶梯式发展。这就要求我们勇于放弃,放弃就是改变,改变是一种痛苦的选择,但在改变中蕴藏着新的生机和希望,不放弃,不改变行吗?"这是周星增的心声,也是周星增人生的一个座右铭。他用自己的行动践行了这条信念。

在公立大学任教 10 年的周星增,下海进入民营企业——中国天正集团公司。在天正集团公司,他以出色的工作和待人的真诚,从财务部经理到销售中心总经理、集团公司董事、董事长助理,最终进入了领导核心层,可谓是一路攀花,一路鲜花。但周星增为了走得更高、走得更远,又来了一次人生道路上的重大改变,尽管这种改变是一种痛苦的选择,但他还是毅然决然地踏上了到上海办大学的征程。他为的是什么? 为的是实现自己的更高的理想,在更大的程度上体现人生的价值! 周星增曾说:"四平八稳地生活,不是我的性格,上海本身就是冒险家的乐园,为教育事业去冒这个险,即使不成功,我也认。"终于,他走进上海,在上海这样一个高校林立的知识密集区,在浦东创办建桥学院。这所学校在上海民办高校中规模最大,建设速度最快,设施最好。著名社会学家费孝通说:"周星增办学,标志着温州商人群体整体素质的提高,同时也说明温州商人在更高的领域拓展空间。"2001 年 6 月 15 日,曾庆红同志在视察学院时,问他:"企业办学校,当然也要考虑一定的经济效益,但主要是社会效益。你考虑过回报吗?"周星增回答:"我注重的是社会效益,大学办起来了,社会反响很好,我已经得到了回报。这是精神的回报,对我来说,造福社会,精神回报更重要。"

公益是什么? 是社会的利益。热心公益事业,这需要对大众的诚心。诚心就是真心实意,不是虚情假意。如果办企业仅仅为了自己,甚至根本不理会社会的需求与希望,我们就称之为"没有公益心"。牺牲自己,造福群众,不是口头上的豪言壮语,要付诸实施,这需要诚心。而还有什么比投身公益事业更有价值呢?从企业人到文化人,实现的是人生的一种超越。当然,经济的回报对于企业来说是重要的,但社会的回报、精神的回报,对于周星增来说,更重要。一个诚实而又高尚的理想本身就具有征服人的力量。

三、关怀员工　回馈社会

邱光和十分看重人性化管理,坚持以人为本,提出了事业留人、制度留人、待遇留人和感情留人的口号,并将之切实落实到企业的生产管理和平时员工的生活中去,演绎出一个个感人至深的故事。

1999年夏天,一场大火将公司领货员陈金香家的所有房屋烧得精光。正当陈金香愁眉不展时,邱光和发动公司干部员工并带头捐款,解决陈金香家的困难。

2001年2月,一名来自浙江绍兴的女员工患了肝病,邱光和得知后马上派专人安排她住院,悉心照顾。但这名女员工精神压力很大,她担心公司会因此而解雇她。她想不到的是邱光和等公司领导还专程前往医院慰问,问寒问暖,希望她早日康复回到工作岗位。这位员工看到老板对她如此重视,如此真诚,一时感动得热泪盈眶。

1999年,邱光和随温州市领导赴西安"招才引智",通过了解,邱光和选中了一批高材生。然而一些高材生及家长对在民营企业工作心存顾虑。为此,邱光和把这些高材生和他们的家长请到公司,与他们谈心、交流。不久,凌英等一批被森马相中的高材生,还没毕业就受到了邱光和的邀请,请他们赴北京参加服装博览会。

对于这份厚爱和信任,这批高材生感激不已,毕业后他们成了森马的一员。在公司里,邱光和像父母、像兄长、像朋友,定期与他们交流谈心,对他们的衣食住行给予无微不至的关心。每逢节日,公司还给员工家里发电报慰问;每逢员工生日,公司总会派人送上蛋糕和鲜花,并不惜投入巨资对员工进行各方面的培训,让大家在感到"大家庭"温暖的同时,素质得到不断提高。对此,被评为温州市优秀女职工的刘小平自豪地说:"现在的企业,尤其是服装行业,人才争夺激烈,跳槽的特别多。但我敢说,哪家企业也没有我们森马的队伍稳定。别处也有以高薪引诱我跳槽的,我明确地告诉他们,我已把自己交给森马了!"

森马的发展是成功的,为温州的民营企业树立了榜样。致富思源,森马没有忘记自己的社会责任,先后为各种社会公益事业捐赠钱物总价 250 余万元。1998 年全国各地发生洪涝灾害,森马先后三次向重灾区捐款捐物,总价达 50 万元。当森马接到中国企联、中国协会转发由全国妇联、北京市政府、中央电视台联合发出的"大地之爱·母亲水窖"活动函后,公司在全系统内开展"情系西部,支援西部缺水山区储水工程建设"捐赠活动并得到全体员工的积极响应。

在邱光和的身上,我们看到一个温州创业人的义和利相统一,这样的企业家,既是建设社会主义物质文明所需要的,也是建设社会主义精神文明所推崇的。对用户的极端负责,结果是用户成为义务"推销员";对雇员温暖如春,换来了他们忠诚敬业;致富思源,没有忘记对社会的责任。

四、奉献与索取

曾有记者问奥康集团老总王振滔,温州做鞋的企业这么多,竞争这么激烈,而奥康能够一直发展得这么好,这是否与你做慈善有关系呢?

王振滔哈哈大笑:"说心里话,我并没有这样想过,只是顺其自然,水到渠成。奥康的经营一直都很好,我不是靠做慈善事业去获得增长,而是在创造效益的同时回报社会。做慈善,首先是自己的爱好,如果带着其他目的去做的话,你的慈善活动也做不好。"另一方面,他又认为,任何事情都有前因后果。他讲了这样一个故事,几年前他的办公室里来了一位不速之客,一个在奥康的资助下即将从大学毕业的学生对王振滔表示毕业以后想到奥康工作以回报企业。王振滔让对方不要有心理负担,奥康捐助并不图什么回报,只希望他们好好工作,回报社会。很多奥康资助的大学生毕业之后都曾表示想来奥康工作,但都被王振滔拒绝了,这个学生也一样，很快王振滔就把这件事情忘掉了。

两三年以后的一天，他突然收到一条不知是谁发来的短信，说奥康在广东的专卖店里有很多杂牌子，对企业形象不利，提出改进的建议。而且之后的一段时间这个人常常发来短信，报告奥康在当地专卖店的情况，提出建议。王振滔感到非常奇怪，谁这么关心奥康呢？他就请人力资源部去查一下。结果发现，对方竟然就是当初那个受到资助的大学生，他如今在广东工作。王振滔很感慨："即使他人不在奥康，心里却还惦记着奥康，谁说做慈善得不到回报呢？"

王振滔还是总结了慈善对企业的几个好处。

首先是凝聚了人心，员工们干工作劲头很足，热情很高。在 2007 年奥康与中央电视台联合举办的首届农民工春节晚会"春暖 2007"上，王振滔一口气读了14 封曾接受过奥康资助的学生们的来信。这些信的后面都是说"感谢奥康的叔叔阿姨，祝你们身体健康"。王振滔说，奥康的员工穿着工作服出去，人们会用尊敬的目光看他们，因为这是一个做了很多好事的企业，如果企业给的其他条件都是一样的，那么这些员工还会选择奥康，因为这里除了薪水之外，还有一份尊重。

其次是提高了产品的美誉度。提高知名度不难，但是提高美誉度不容易。在知名度相同的条件下，很多消费者会选择奥康，因为奥康一直在做善事，消费者买了这个企业的产品，也会觉得自己做了一件好事。

第三，奥康做很多公益广告，做公益营销，对产品的销售提升也非常明显。

也许正因如此，王振滔才会和那些低调行善的中国慈善家不同，走到哪里，他都把自己的慈善理念宣传到哪里。有人说王振涛如此高调，是为了给企业和个人做宣传。他却大大方方地回应，如果此举能改变中国社会对富人"为富不仁"的看法,树立企业和企业家的正面形象,又何乐而不为呢? 也许让王振滔在开头所说的两种西方管理理念中选择他会觉得比较困难,两种说法各有各的道理。而他所说的"顺其自然、水到渠成"却把我们的思想引向古老的中国智慧。老子在《道德经》中说:"上善若水,水善利万物而不争。"然而,"不争"就会在竞争中处于下风吗? 老子在另一个章节为这个疑问揭示了答案,他说:"夫唯不争,故天下莫能与之争。""上善若水",这才是竞争的最高境界。

五、发扬温州人义利并举精神

温州没有广东的开放气候,没有深圳的特区政策,没有上海的投资环境,也没有苏南的区域优势,但温州人本着行业本无大小,也无贵贱,关键看你能否在从事的行业中出成绩,能否在从事的行业中体现的价值取向,许许多多的创业者从无到有,从小到大,从小着眼,以小搏大。"三百六十行,行行出状元"。纽扣、拉链、皮鞋、皮具、眼镜、打火机、剃须刀、水彩笔等,它们都是"小商品",却闯出了"大市场"。"东方犹太人"、"中国的犹太人",它们虽不是对温州人的正式称呼,但它们是对温州人既敢想又肯做这种勇气的概括,是对温州人能抓小又能做大这种智慧的赞誉,是对温州人在市场经济大潮中的威力的惊叹。

"有人测算,按各类纽扣的平均值计,每一麻袋纽扣的总数约为 50 万粒,每一麻袋纽扣的利润为数千元,一粒纽扣获利最薄以毫计。"据了解,从 25 年前桥头镇的叶氏兄弟偶然摆起第一个纽扣摊为缘起的桥头镇,如今已经发展成为一个以纽扣、拉链为龙头,集钟表、鞋革、花边等为一体的综合性批发市场和全国最大的服装辅料产销基地,其中仅纽扣一项就达 17 大类、3 万多个品种,纽扣企业达 560 家,从业人数近 1 万人,年产值 13.84 亿元,年产量 11.85 万吨,该镇纽扣产销量占全国总产销量的 80% 以上,还远销欧、美、东南亚等国家和地区,成为名副其实的"东方第一大纽扣市场"。近年来,中国鞋都、电器之都、制笔之都、泵阀之乡、拉链之乡、徽标之乡等 14 个国字号区域性品牌称号落户温州。

"比如泰山之高,它不敢登,见个小土堆子便上去了,只是小。"但温州人从不因为"小"而不为,温州人志在登泰山,但不弃"小土堆",而是一步一个脚印,才成就了今日温州经济的泱泱大潮,反映了温州人一切从现实出发"义利并举"的精神。

这种具有鲜明地域特色的永嘉学派主张的"以利和义",强调义和利相统一的思想文化,影响着温州人的思维模式和行为方式。瓯越大地的温州人恪守着敢为人先、吃苦耐劳、诚实守信、团结合作、开拓创新的原则,在蓬勃发展的经济大潮中奏响了义利并举的胜利凯歌。

第五章

温州人"敢为人先与民本和谐" >>> >

第一节　人杰地灵

　　人杰地灵释义：杰，杰出；灵，好。指有杰出的人降生或到过，其地也就成了名胜之区。出处唐朝王勃《滕王阁序》："人杰地灵，徐孺下陈蕃之榻。"钟灵毓秀解释：钟，凝聚，集中；毓，养育。凝聚了天地间的灵气，孕育着优秀的人物。指山川秀美，人才辈出。出于清陆以湉《冷庐杂识·神缸》："天台为仙境，为佛地，无怪钟灵毓秀，甲於他邑。"用法：联合式；作定语；含褒义，指人杰地灵。

　　永嘉学派首倡经世致用；北宋咸平，首列对外经商；池上楼头，谢灵运首撰山水诗稿；九山会馆，众才人首编永嘉戏文。九山错立，形似北斗。人文荟萃，星满南天。东瓯三杰，自成学派；永嘉四灵，独创诗风。王十朋江心撰《楹联》，云散潮涨，道尽了天道起落；高则诚沈楼著《琵琶》，离合悲欢，写极了世态炎凉。文天祥孤屿抗元，正气凛凛；林景熙越山埋骨，哀诗篇篇。刘基谋略，石门洞里书声琅琅；章纶忠戆，天牢监中刻诗片片。孙诒让训诂玉海楼，国学又出大儒；弘一师驻锡江心寺，释家再有鸿篇。黄公望画苑翘楚，方介堪印社领袖。夏作铭现代考古，乃开山之主；郑振铎民俗专著，为奠基之书。章梦飞武林挂帅，谢侠逊棋坛称王。苏步青数学巨子，夏承焘一代词宗。山高卧虎，海深藏龙。有多少忠贞烈士，出无数爱国英雄！三州反元，千万人举旗杀贼；全民抗倭，七百里筑堡防寇。红巾造反，金钱起义，东瓯自古争自由；文锦建党，贯真组军，浙南从此闹革命。叶廷鹏率领游击队，三打平阳；胡公冕执掌十三军，威震永嘉。粟裕率师，北上抗日；刘英坚持，地下斗争。

　　永嘉学派：南宋时期的著名学术流派，也称永嘉事功学派。创始人为温州人薛季宣，集大成者为温州人叶适。从晋至唐，温州一直称永嘉，所以称永嘉学派。提出"以利和义"，从"义"和"利"一致的思想出发，要求"见之事功"，强调富人的社会作用等。永嘉学派对后世中国资本主义萌芽起促进作用，对温州的经济社会文化有深远影响。

　　九山会馆、才人：温州城内有九座山，故称九山。会馆是下层文人和艺人的组织，从事剧目的编撰和演出。会馆中的编撰者称才人。温州是中国戏曲的发源地，现存最早戏文《张协状元》等便是九山会馆的才人们编撰的。

　　东瓯三杰：温州的陈虬、宋恕、陈黻宸是晚清知名思想家，主张民国新政，著书立说。办教育、办刊物、办医院，经世济民，被誉称为"东瓯三杰"。温州古称"瓯"，位于东，又称"东瓯"。

　　永嘉四灵：是继江西诗派后期在南宋诗坛上的一个诗歌流派。因主要人物徐照、徐玑、翁卷、赵师秀四人都是温州人，他们的号中均带"灵"字，故称永嘉四灵。

　　《琵琶》：即南戏登顶之作《琵琶记》。中国戏曲发源于温州，代表中国古代戏曲最高成就之一的《琵琶记》，作者为明朝温州瑞安人高则诚。

　　越山埋骨：元德祐二年，忽必烈任西僧杨连真伽为江南释教总统。二十二年杨连真伽发掘南宋诸皇陵，弃骸骨于草莽中，无人敢去收埋。正在绍兴作客的温州平阳人林景熙闻讯后义愤填膺，扮作采药人，收拾遗骨，装匣包裹，托言佛经，葬于越山，种冬青于其上，并悲愤写下《冬青花》等诗篇，以寓亡国之痛。夏作铭：夏鼐，字作铭，中国现代考古学奠基者，温州人。

　　三州反元：元末，由于元统治者残酷压迫和连年灾害，温州、台州、处州的广大农民举起造反大旗，旗上写着："天高皇帝远，民少相公多，一日三遍打，不反待如何？"开展了轰轰烈烈的反元斗争。

　　三次跨越：温州经历过"率先发展"、"二次创业"阶段，于 2006 年人均 GDP 达到 3000 美元。在这个基础上，2007 年初召开的温州市第十次党代会提出了"三次跨越"的奋斗目标，即下一个五年计划，温州要从基本小康向全面小康跨越。

第二节　文化发展

一、温州历史和现实

温州作为一个市,文化与经济有其鲜明的区域特色。创立温州学,对其进行系统的研究,无论从温州的历史或现实角度看,还是从温州人群体看,都很有意义。温州深厚的历史文化底蕴,为创立温州学积淀了丰富的养料。温州是中国山水诗的发源地,是南戏的摇篮,尤其是南宋时期以叶适为代表的著名永嘉学派,与当时朱熹的道学和陆九渊的心学三足鼎立,在中国思想史上占有重要地位。这个学派提出事功学说,主张"通商惠工"、"利义并行",把物质看成道德思想的载体,把经辛勤劳动拥有物质财富看成是光荣的事。这些思想影响着一代又一代的温州人。温州今天的发展,从一定意义上讲是传统"文化基因"作用的结果。温州经济社会发展其中和背后的历史文化,是解读温州发展奥妙的根,是探求温州发展规律的源,是创立温州学的沃土。温州现实中层出不穷的新生事物,为创立温州学提供了鲜活的材料。改革开放以来,温州人民解放思想,大胆创新,率先进行市场取向改革,率先发展个体私营经济,率先建立股份合作的企业组织制度,创造了许多个"第一",被专家学者称为"温州模式"、"温州格局"、"温州路子"、"温州现象"、"温州悬念"等等。研究温州的改革开放,研究温州的市场经济发展,对研究中国的改革开放和社会主义市场经济的发展,具有十分典型的意义。

温州人对温州文化的认同感,为创立温州学提出了现实需要。文化是一种情感,是一种力量。它以温馨的韵味、丰富的内涵,使人类在沟通感情中引起共通、共鸣,在思想交流中达成共识、共进,这是文化力量的真正所在。温州有200多万人在海内外创业,他们的年销售收入数以千亿计,相当于在温州之外还有一个温州。温州人具有恋乡不守土的秉性,他们虽然四处奔波闯荡市场,但时刻眷恋家乡。创立温州学其中一个出发点,就是发挥文化在联络和沟通人们情感方面的桥梁、纽带作用,以温州文化去凝聚海内外温州人,增强他们的文化认同感和家乡归属感,激发他们热爱家乡和建设家乡的积极性,从而把温州人"细胞"的活力变成温州"肌体"的活力,把"温州人经济"转化为温州经济。

对温州已有的研究,为创立温州学初步奠定了基础。多年来,不少专家、学者从不同角度对温州的经济社会文化发展进行了研究,并且在许多方面取得了成果。但是,从总体上看,现有的研究资源和学术成果还是分散的、零碎的,没有形成完整的研究体系。创立温州学,就是要整合现有的各种研究资源和学术成果,变分散的为整体的,变零碎的为系统的,使其发挥更大的作用。

温州学是研究温州文化的学科。温州富有区域特色的发展,既是中国改革开放的产物,也是温州历史发展的结晶,它连接着温州千百年的文化渊源。研究温州学,首先要研究温州文化。要研究温州文化的生成兴衰,研究温州文化的个性、特征,研究温州历史文化的地位和作用,研究温州现代文化的创新、发展。永嘉学派以及它所形成的传统重商文化,应当成为温州学研究的一个大课题。改革开放以来,温州经济闯出了一条新的路子,形成了小商品大市场,促进了民营经济的发展,温州人善于经商敢闯市场,都可以从温州传统重商文化中找到渊源。研究温州传统重商文化,对于温州以至全国其他一些地方发展市场经济,都有着启示和借鉴作用。研究过去是为了开创未来,如何适应形势的发展,不断推进文化创新,进一步提升区域文化品位,积极促进先进文化的发展,发挥文化力在社会经济发展中的支撑作用,更应当成为温州学研究的一个大课题。温州的信用建设,温州的现代商业文明建设,温州的学习型城市建设等等,都应当成为研究温州文化创新的内容。

温州学是研究温州人和温州人精神的学科。温州经济,讲到底是广大民众经济,是老百姓经济,是温州人经济。"温州人"是温州最宝贵的资源,也是温州最大的特有的优势。温州人敢闯敢冒险、敢为人先、吃苦耐劳、艰苦创业、务实求实、团结合作、开拓创新的精神创造了温州经济。温州学的研究,如果离开了对温州人和温州人精神的研究,就会成为无源之水、无本之木。首先,要研究温州人的观念。观念处在文化的核心层,起着导向的作用。温州发展的领先,在于温州人观念的领先。温州人"既能当老板,又能睡地板"等价值取向和精神理念,是温州发展的原动力。其次,要研究温州企业家群体。温州的企业家不少是从"泥腿子闯江湖"起步的,在市场经济的大风大浪中不断走向成熟,他们的成长过程反映了温州发展的轨迹。第三,要研究海外的温州人。温州人遍布世界各地,哪里有市场,哪里就有温州人;哪里有温州人,哪里就有市场。温州商人是世界华商中一支不可忽视的重要力量。

温州学是研究温州文化与经济互动发展的学科。经济与文化之间有着内在的联系。温州经济的发展,促进温州文化的发展;温州文化的发展,又能动地反作用于温州经济,推动温州经济更快地发展。温州学研究的一个重要任务,就是要揭示温州文化与经济互动发展的内在规律。在温州学的研究过程中,还必然涉及温州经济和社会发展的各个方面、各个领域,涉及经济学、管理学、社会学、文化学、伦理学、人才学等多门学科的内容。

二、区域性和世界性

温州学的研究,着眼于发展这个角度,遵循开放性原则,坚持历史与现实、区域性与世界性、文化与经济的统一。温州学的研究,既要继承传统,又要超越传统。源远流长的历史文化,给温州留下了一笔宝贵遗产,特别是永嘉学派"经世致用"思想,以及受这种思想影响所形成的传统重商文化,无疑对我们今天发展市场经济,进行现代化建设有着积极的参照价值。对优秀传统文化,应该继承它、挖掘它,使其发扬光大。这是历史的传承,文脉的延绵。然而,任何民族、任何地区的传统文化,都有其局限性,温州也不例外。温州人"人人想当老板"的自我性很强,有竞争意识,但有时缺乏合作、协作和甘当配角的精神;温州人精明、务实,但有时往往偏重于眼前利益,缺乏长远眼光;温州人重人情,亲和力强,但有时规则意识还不够。凡此种种,无不有着传统文化正面的和负面的效应。因此,我们不能为传统所累,不能将传统的东西固定化、模式化。"温州模式"最大的特点是没有模式,它是根据发展变化的情况而不断创新、与时俱进的。研究温州学,应该采取马克思主义的辩证唯物主义和历史唯物主义的态度,对传统文化大胆地进行扬弃、进行创新,把优秀的传统文化与先进的现代文化结合起来,不断赋予温州文化新的内涵和时代特征,在继承中创新、跨越,在创新、跨越中更好地继承。这是我们对待传统文化的正确态度,也是研究温州学的科学方法。温州学的研究,要立足温州,又要放眼世界。一个地方在其经济文化的长期发展过程中,必然体现出区域特点。温州文化在共性中有着鲜明的个性。正是这种鲜明的个性,使得创立温州学有了理论上的依据。研究温州学,首先应该立足于温州,离开了温州也就无所谓温州学。然而,在经济全球化步伐不断加快,世界性文化交流日益扩大的今天,任何一个地方的文化,不可能是孤立的、封闭的,而是联系的、开放的。研究一个地方的文化,应该把它放到全国,放到世界中去分析、去比较,大胆地借鉴和吸收人类一切文明成果。我们研究温州学,无意在今天这个全球化、数字化、现代化的时代,去强化乡土意识、地方观念,恰恰相反,希望通过它的研究,尤其是对温州人"筑码头、闯天下",开拓海内外市场的研究,对温州人开放意识、开放观念的研究,进一步增强温州人的全球意识和世界眼光,变"区域人"为"世界人"。因此,温州学的研究必须坚持开放性。研究的视野是开放的,要跳出温州看温州,跳出温州研究温州;研究的力量是开放的,要借助海内外各种研究人员,整合现有各种研究资源和研究成果,为我所用,以提高温州学的研究水平。

　　温州学的研究,要着重研究文化,又不能局限于文化。人类社会发展的一切现象,都有其文化的痕迹。温州学作为一门综合性的地方学科,应当把温州文化作为其主要研究对象。然而,文化和经济从来就是相互融合、相互联系、相互促进的。研究温州学,不能单纯就文化说文化,就文化研究文化,而是要从社会历史发展的全方位视角,以多学科交叉的科学视角,研究文化与经济的互动,研究文化力在经济社会发展进程中的作用。

第三节　当代受惠

　　文脉(Context)一词,最早源于语言学范畴。它是一个在特定的空间发展起来的历史范畴,其上延下伸包含着极其广泛的内容。"文脉"从狭义上解释即"一种文化的脉络"。美国人类学家艾尔弗内德·克罗伯和克莱德·克拉柯亨指出:"文化包括各种外显或内隐的行为模式,它借符号之使用而被学到或传授,并构成人类群体的出色成就;文化的基本核心,包括由历史衍生及选择而成的传统观念,尤其是价值观念;文化体系虽可被认为是人类活动的产物,但也可被视为限制人类作进一步活动的因素。"克拉柯亨把"文脉"界定为"历史上所创造的生存的式样系统"。城市是历史形成的,从认识史的角度考察,城市是社会文化的荟萃,建筑精华的钟集,科学技术的结晶。英国著名"史前"学者戈登·柴尔德认为城市的出现是人类步入文明的里程碑。对于人类文化的研究,莫不以城市建筑的出现作为文明时代的具体标志而与文字、(金属)工具并列。对于城市建筑的探究,无疑需要以文化的脉络为背景。由于自然条件、经济技术、社会文化习俗的不同,环境中总会有一些特有的符号和排列方式,形成这个城市所特有的地域文化和建筑式样,也就形成了其独有的城市形象。

　　文脉的继承与创新。继承与创新之间的关系问题多年来一直是设计关注的焦点。其实,从语言学的观点看,这一矛盾就是语言的稳定性和变易性之间的矛盾。作为设计者在形式设计上的得失成败取决于所掌握"词汇"的丰富程度和运用"语法"的熟练程度。设计者要想使自己的作品能够被他人真正理解,就必须选择恰当的"词"并遵守一定的"语法"。但这并不意味着设计者只能墨守成规,毫无个人的建树。设计者巧妙地运用个别新的符号,或者有意识地改变符号间的一些常规组合关系,创造出新颖动人的作品,这也就是设计上的创新。

　　城市要发展,就会有新的建筑产生。然而在"词汇"和"语法"趋于统一的态势中,文脉可以让我们不时从传统化、地方化、民间化的内容和形式中找到自己文化的亮点。一个民族由于自然条件、经济技术、社会文化习俗的不同,环境中总会有一些特有的符号和排列方式。就像口语中的方言一样,设计者巧妙地注入这种"乡音"可以加强环境的历史连续感和乡土气息,增强环境语言的感染力。外形柔和的阶梯韵律,钩出了刚劲有力的轮廓线。其应用高技术手段来表现的中国古塔的韵律是那么的惟妙惟肖,避开了从形式、空间层面上的具象承传,而从更深层的文化美学上去寻找交融点,用技术与手法来表现地域文化的精髓。从建筑布局和细部处理等多个方面都可以看到一些传统建筑形态语言运用与变异,在现代物质技术条件下拥有了新的活力。在此我们可以将其看成是对传统文脉的发展。泱泱华夏,遗落金瓯一角;古名东瓯,鄙称南蛮。斯地也,有崇山峻岭,大江汪洋。洞宫、括苍、雁荡,逶迤南北;鳌江、飞云、瓯江,横贯西东。斯民也,翦发文身,错臂左衽。开山辟地,不畏豺狼虎豹;驾舟下海,无惧浪潮风雷。勇与天地斗,敢与命运争,相继几千年,传承无数代,养成勤劳性格,造就冒险精神。此乃温州人也,屹立于浙南一隅。山隔水阻,远离中原,语音自成体系,民风别具一格。抚上古石犁陶片,知先人之艰辛自立;看今朝楼群车市,叹世道之幸福变迁。几经何时,温州人肩挑手提,走遍神州求生存;物换星移,白鹿衔花、风水使然?非也,乃善于首创,敢于人先。

临世纪广场,心花怒放;登半岛大桥,思绪潮涌。忆昔当年,姓"资"姓"社",争论当中举步难;回眸如今,正名树典,赞誉声里自扬鞭。率先发展,是千家万户,兴办家庭企业,大胆解脱束缚;有千军万马,四方销售产品,勇敢闯荡江湖。求薄利,谋多销;小商品,大市场。打火机烧红世界,星火可以燎原;牛皮鞋踏遍全球,举步定能登巅。二次创业,质量立市,决心雄心变口碑;三次跨越,科学发展,活力实力图和谐。新内涵新境界新飞跃,贵在创新;城市化信息化国际化,化出明天!

昔日蛮荒地,今朝文明邦。东西南北,海陆空交通方便;五湖四海,温州城辐射世界。新客初到,观海之岛、水之瀑、山之峰、崖之洞,景色绝好;老友重来,看古之村、史之迹、民之俗、瓯之戏,妙趣仍浓。长街闹市,美食王国;广厦华都,购物天堂。阅尽秀色,品了奇珍,再欣赏,温州人:有情有义,有胆有识,赶海弄潮,经天纬地,与你交朋友、谋发展,两下相宜。

苏步青有诗云:人物风流自古然,山川秀丽更无边。从今四化开门户,定见新光满大千。

第四节 继承先贤

南存辉,从昔日温州城内辛苦操劳的小小修鞋匠,几经奋斗终成资产超过亿万美元的年轻富豪,连续三度登上福布斯中国富豪榜。其中的跨度之大,变迁之巨,其实就是一部传奇。他始终认为:人的一生,最大的竞争对手就是自己。"不管是做人还是做企业,最难的是自我否定和自我超越!"

南存辉13岁初中刚毕业,父亲因伤卧床不起。作为长子,南存辉辍学子承父业。从此,校园里少了一个学子,人们的视野里却多了一个走街串巷的小鞋匠。13岁至16岁,他每天挑着工具箱早出晚归,修了3年皮鞋。生活的苦难塑造了他坚强不屈的性格,更坚定了他的生活信心。天资聪颖的他,没有放弃对社会的观察和思索。上个世纪80年代初,温州掀起一阵低压电器创业潮。1984年南存辉找了几个朋友,四处借钱,在一个破屋子里建起了一个作坊式的"求精"开关厂。4个人没日没夜地干了1个月,做的是最简单的低压电器开关。可谁知赚来的第一笔钱只有35元钱。3个合作伙伴都沮丧极了,而南存辉却兴奋异常,因为他觉得自己终于找到了一条通往财富的路子。就从这35元的第一桶金中,他仿佛看到了创业的曙光。1984年7月,他与朋友一起投资5万元,在喧闹的温州柳市镇上因陋就简办起了一个"乐清县求精开关厂",开始了他在电气事业里的艰难跋涉。

与温州老板们普遍的家族经营相比,南存辉最与众不同的地方在于:自正泰成立之日起,他就矢志不渝地推行股份制,以"股权释兵权"。当他的股权从100%退到目前的不到20%,正泰却在他的"减法"中发展得越来越大。1991年,在与朋友合作创办的"求精开关厂"解体后,南存辉吸收弟弟、妹夫等家族成员入股,组建了典型的家族企业——温州正泰电器有限公司,南存辉个人占股60%以上。到1993年,正泰的年销售收入达到5000多万元。锋芒初露的南存辉意识到,正泰要想继续做大,必须进行一次脱胎换骨的变革。于是,南存辉充分利用正泰这张牌,走联合的资本扩张之路。他先后将当地38家企业纳入正泰麾下,于1994年2月组建了低压电器行业第一家企业集团。正泰股东一下子增加到数十个,而南存辉个人股权则被稀释至40%左右。

他在摸索中渐渐发现,家族企业的一个致命弱点就是无法更多更好地吸纳和利用优秀外来人才,而人才又是企业发展的第一资源。到1998年,几经思考的南存辉突破阻力,毅然决定弱化南氏家族的股权绝对数,对家族控制的集团公司核心层(即低压电器主业)进行股份制改造,把家族核心利益让出来,并在集团内推行股权配送制度,将最优良的资本配送给企业最为优秀的人才。就这样,正泰的股东由原来的 10 个增加到现在的 100 多个,南存辉的股份下降至 20%多。家族色彩逐步在淡化,企业却在不断壮大,正泰目前已成为拥有资产 30 亿元,年销售额超过 100 亿元,年上缴税金逾 5 亿元的大型企业集团。对此,南存辉坦陈:"分享不是慷慨,对创业者来说,分享是一种明智。"

专业化和多元化的道路到底孰优孰劣的问题在业界已经讨论了很多年。对此,南存辉始终坚持不熟悉的不做;行业跨度太大,没有优势的不做;要多元化也是同心多元化。他告诉记者:"在企业快速发展阶段,有非常多的行业让你选择,找上门来的各行业合作伙伴踏破了门槛。这样很容易导致决策的随意性,好比烧开水,你把这壶水烧到 99 度只差 1 度就开了,突然你心血来潮觉得那壶水更好,把这边搁下不烧了而跑到那边重新另起炉灶,新的一壶还没烧开,原来那壶也凉了。"南存辉始终认为,一个人首先必须"烧好自己的一壶水"。在许多民营企业纷纷朝着多元化发展的今天,正泰的执著和淡定如此难得。从低压电器、高低压电器到工业仪表,正泰一直在做专业的电器制造企业。南存辉说:"国际上对正泰最有力的一个竞争对手去年年销售达 90 亿欧元,是我们的 10 倍。正泰在自己的领域里还有很大的发展空间。"靠着一次次的创新与求变,正泰步入良性发展的轨道,整体销售收入增长达到 40%,速度依旧惊人。"正泰神话"吸引了一批又一批媒体和经济学家前往正泰寻找奥秘。南存辉对此的解释是,企业发展的根本就是质量和诚信,这也是从他创业之初就认定要坚守的原则。南存辉对质量的追求到了令人叹服的程度。他有一句有名的话:宁可少做亿元产值,也不可让一件不合格品出厂。有一次,企业一批货物出口时,在运输过程中一只货箱出现了破损,重新装配时,偶然发现有一件产品不合格。南存辉得知后,毅然要求全部开箱检查。为了不影响交货,这批货物由海运改为空运。仅此一项,企业的运费就多花了 80 万元。

当登上福布斯富豪榜的消息传来,南存辉只是一笑置之。生活,该怎样继续还怎样继续。20 年如一日,他一直以来的俭朴习惯,都不曾因他跻身富豪排行榜而改变,正如他自己形容,他向往的"就是一种普通平常的生活"。早在十年前,南存辉挣的钱就够他几辈子花了,财富对于他的意义早已超脱个人的需求,这些年来驱使他不断在事业上打拼的原动力,是他深刻认识到通过自己的努力可以创造出更多的社会财富,帮助更多的人富裕起来。企业家的社会责任感,不断超越自己,实现人生最大价值的质朴愿望,在他身上显露无遗。"我们拼命挤进纳税排行榜,我们拼命退出富豪榜。"

作为全国最大低压电器企业的老板,南存辉是敢于与跨国公司叫板的中国人。当许多人还在谈论、分析 WTO 的影响时,南存辉已经走出了国门。2002年3月,在意大利国家电力公司的年度招标大会上,来自欧盟 15 个国家和全球各地的近 30 家电气公司展开激烈竞争,5 轮过后,一家来自中国的企业战胜了通用、西门子、施耐德等大型跨国电器集团脱颖而出,夺得 6000 万欧元的标的。这家震惊世界的中国民营企业就是正泰集团。其实,早在上世纪 90 年代,企业尚在发展初期的南存辉就已有了不输于外国巨头的自信和豪情。南存辉最大的梦想就是让全世界的同行都知道在输变电行业里面有一个品牌叫正泰,它来自中国。正泰集团是全国产销量最大的工业电器高科技产业集团。在国内外拥有6 大专业公司,50 余家持股企业,800 多家专业协作厂,总资产达 42 亿元。已经形成了高低压电器、输变电设备、仪器仪表、建筑电器、汽车电器等 100 多个系列、5000 多个品种、20000 多种规格的产品。2004 年销售收入 119 亿元,在全国民营企业 500 强中名列前茅。

第五节 播撒世界

经济学家钟朋荣曾将"温州人精神"概括为四句话,即:白手起家、艰苦奋斗的创业精神;不等不靠、依靠自己的自主精神;闯荡天下、四海为家的开拓精神;敢于创新、善于创新的创造精神。

"不安分"传承自"瓯越"文化。《山海经》中称"温州"为"瓯越"。大约早在五六千年前,散居于海中的瓯人,便开始在温州这块土地上定居生活,制作石器,从事原始农业生产劳动。他们披发赤身,与海浪搏击。这种文化骨子里延续的就是"先民精神"——海洋精神。用现在时髦的话来说,就是"向往海洋,渴望激情"。温州人的血液里渗透着一种不安分,这种不安分是天生的,是一种文化遗传基因。

海洋之子"抱团"出走。温州偏处一隅,地缘的闭塞决定了这个生存空间中一切物事的品格——孤独而高傲。现在有 70 多万温州人在海外,在浙江乃至全国应该都是最多的。因为,面对海洋一个人的力量是有限的,他们不得不团结在一起,互助才能同生。

温州的伦理文化体现为重情义。情有三种:亲情、友情、乡情。而这三种情又都是地缘文化的演绎。温州人发现商机,不会自己独享,而是联合亲友、同乡,一起开拓市场。温州人也是很豪爽的,会取大义舍小义。

事功的价值观。温州人的经商是一种本能,经商是要闯的,而不是守。成功是温州文化心理的导向,这里生发着努力和奋斗,也生发着虚荣和浮华。这种对成功者的趋同和膜拜,造成了一种昂扬的文化氛围。然而在许多温州人,特别是普通青年心目中,是否"城市英雄"是看赚钱本领的大小。这种英雄观若成为一个城市的主流意识,显然这个城市的文化品位是成问题的。

内部抱团与外部社会的和谐。温州人的长处和缺陷通常缘于同一种性格。表现得恰当是长处,表现过火可能就成了缺陷。但温州人的胆识和智慧、冒险精神和文化基因,决定了温州人不能局限在自己的小圈子里,而是走得更远,只能以更包容的心态去参与社会事务。

温州经济本质上是"温州人经济"。在中国内地,温州民间力量发挥得最淋漓尽致的地方——企业以民有为主,资金以民资为主,市场以民办为主,中介组织以民营为主,让老百姓自主决策、自负盈亏、自求发展,让千家万户成为市场经济的真正主体,使没有生产资料的劳动者变成拥有生产资料的投资者、小老板或大老板。

改革开放以来,温州民营经济的发展,是依靠温州人精神,创造了温州的辉煌。但是这个辉煌不是抽象的,而是具体的,它源于地域文化,并生发于现实。温州人精神是从"四自"精神发展到"敢为人先,特别能创业"的精神;从"敢为人先,特别能创业"的精神发展到"四敢"精神;从"四敢"精神发展到"敢为人先,民本和谐"的精神。在这个发展过程中,温州人精神积极因素趋于稳定,消极因素仍然阻碍着温州产业结构的调整与升级。温州人精神是与时俱进的,我们必须用科学发展观的思想来指导我们不断地实践、完善和提升。我们只有真正地领会了温州人精神的内涵,对于创业才有所裨益,从而更好地服务于地方经济。

参 考 文 献

[1] 中共浙江省委宣传部.弘扬浙江精神,开拓浙江未来——浙江精神研讨
    会论文集.2001 年 1 月印行.
[2] 徐海滨,李涛.温州形象.北京:文化艺术出版社,1993.
[3] 1978-1998 邓小平理论与温州改革开放实践研讨会论文集.1998 年 12
    月印行.
[4] 钱兴中.温州坐标(修订本).北京:中共中央党校出版社,2003.
[5] 张聪群.产业集群互动机理研究.北京:经济科学出版社,2007.
[6] 张德江.温州在改革中闯出了路.温州瞭望,1998(11).
[7] 陈艾华.弘扬浙江精神,加快现代化新温州建设.温州日报,2000.
[8] 洪振宁."温州人精神"的主要特征及其他.温州探索,1987(试刊号).
[9] 洪振宁.敢为人先是温州最具特色的精神品格.温州日报,2005.
[10] 朱仁华.向温州学什么.浙江日报,2000.
[11] 田汝康,金重远选编.现代西方史学流派文选.上海:上海人民出版
    社,1982.
[12] 熊慧君.由传统到现代——析改革开放以来温州人的心理及其变迁.
    温州论坛,1999(4).
[13] 周梦江.叶适与永嘉学派.杭州:浙江古籍出版社,1992.
[14] 王兴文.叶适财经思想论述.北京:光明日报出版社,2000.
[15] 周晓虹.传统与变迁——江浙农民的社会心理及其近代以来的嬗变.
    北京:生活·读书·新知三联书店,1998.
[16] 马克思恩格斯选集(第 4 卷).第 419 页.
[17] 方立明,薛恒新,奚从清.温州人精神:内涵、特征及其价值.浙江社会
    科学,2006(1).
[18] 习学记言序目.卷二十三.
[19] 水心别集.卷四十四.

［20］胡太玉.温州商人.兰州:甘肃人民出版社,2002.

［21］陈叙贤.温州探秘.北京:人民日报出版社,2002.

［22］胡宏伟,吴晓波.温州悬念.杭州:浙江人民出版社,2002.

［23］金辉,杨莉等.可怕的温州人.北京:作家出版社,2003.

［24］肖龙海,陈银蛳主编.温州精神:创业的温州人.安徽:合肥工业大学出版社,2004.

后 记

当这本小册子完成之时,肩上稍感些许轻松。为什么这样说呢?此前我是怀着忐忑的心情领受这一任务的,因为我们学院是国家示范性建设院校,也正如前言里讲的,示范什么,怎么示范,这些问题摆在每位高职人面前,并且是值得深思的问题。带着这样两个问题进入了工作状态,整个过程要体现出我院的建设理念。

当这本小册子在即将付诸印刷之际,我参加了"与时俱进的温州人精神——纪念改革开放 30 周年系列理论研讨之六"的研讨会。由于我对温州历史文化略知皮毛,参会期间及之后便有深刻的理解,温州人精神不但与时俱进,而且要用科学发展观、辩证的眼光来加以审视。尤其是温州市社会科学联合会副主席洪振宁先生对我的点拨,使我对一些问题厘得更加清晰了,他同时给我推荐了几篇颇为有价值的文章。此外他不但支持了我的工作,而且受我之邀,欣然为这本小册子作序,我真的好感谢啊!我甚怕遗漏各家温州人精神研究成果,但又不能全部集结,只能集众研究者之所长。

这本小册子具体分工是温州市社会科学联合会副主席洪振宁先生执笔代序、第一章第一节;温州大学法政学院孙金波博士执笔第一章第二节;温州市委党校熊慧君副教授执笔第一章第三节;温州大学宣传部长、硕士生导师陈安金教授执笔第一章第四节;温州职业技术学院组织部徐利群部长执笔第二章第一、三节,第三章第一节;温州职业技术学院党院办季凌斌主任执笔第三章第三、四、六节;温州职业技术学院学工部蔡后界部长执笔第三章第五节;温州职业技术学院招生就业处吴建明副处长执笔第二章第二、四节;温州职业技术学院工商系陈国雄执笔第四章;副主编、温州职业技术学院人文系蒋景东副教授执笔第五章并统稿;主编、温州职业技术学院工商系祝宝江教授选方向、列提纲、定稿并执笔第三章第二节。这本小册子的最终问世也是我院电气电子工程系晁拥军副教授教育规划课题——"温州人精神融入高职学生创业教育研究"的一部分成果。

这本小册子的完成我感谢四部分人士:

其一，感谢洪振宁先生及众温州人精神研究者和各章撰稿人；感谢温州经济研究所陈东来博士、宋时锐博士。

其二，感谢以下没有联系上的作者。浙江省社会科学院研究员王凤贤；中共杭州市委党校副教授张根有；上海大学来可泓教授；《世上温州人》作者袁亚平；《温州赋》作者尤文贵、郑朝阳；原温州市委书记李强。同时感谢其他先生、女士，你们的研究观点为温州职业技术学院教学改革发挥着作用，在此表示真诚的谢意！

其三，感谢副院长夏晓军教授在百忙之中对本书的审阅。

其四，感谢多年从事宋史研究的原温州师范学院离休教师周梦江老先生。他给本书寄语："我从事永嘉学派研究四十余年，研究的成果能够惠及后人，这就是我最大的心愿了"，并且亲笔签名赠送与我，同时给我提供了大量的、完整的、准确的、翔实的永嘉学派学术资料。从事宋代科技史研究的温州大学历史学硕士生导师王兴文教授，在我编撰过程中提供了大量翔实的资料，并给予悉心指导，可以说他不但为温州大学贡献了智力，同时也在为温州职业技术学院的发展添砖加瓦。我的妻子蒋景东副教授虽然从事商务英语教学科研工作，但是她一听到我为学院示范点做工作不仅高兴，而且欣然接受我的"调兵遣将"，承担起了副主编的任务。最后，感谢温州职业技术学院程跃秋副教授作为我们这本小册子的第一读者，提出了许多宝贵意见和建议，同时感谢温州职业技术学院退休教师张祖桐先生的支持。

由于水平有限，加之颈椎疼痛的心烦，在编写过程中难免会出现这样或那样的错讹之处，诸多不周之处敬请有关温州人精神研究者给予谅解。上述各方面的内容唯恐其不全，抑或没有叙述清楚，恐怕还有挂一漏万之处，敬请各方人士、学者原谅，欢迎来电、来函加以斧正。

祝宝江

于黄龙寓所

2008 年 12 月 8 日